CHRISTOFFER HOLST

TÖDLICHER INSELFRÜHLING

EIN SCHÄREN KRIMI

Aus dem Schwedischen
von Kerstin Schöps

WILHELM HEYNE VERLAG
MÜNCHEN

Die Originalausgabe *Gröna, Sköna Vårvindar* erschien erstmals 2021
bei Lovereads, Bokförlaget Forum, Stockholm.

Penguin Random House Verlagsgruppe FSC® N001967

Deutsche Erstausgabe 02/2022
Copyright © 2021 by Christoffer Holst
Copyright © 2022 der deutschsprachigen Ausgabe
by Wilhelm Heyne Verlag, München,
in der Penguin Random House Verlagsgruppe GmbH,
Neumarkter Str. 28, 81673 München
Redaktion: Janine Malz
Printed in Germany
Umschlaggestaltung: zero-media.net, München,
unter Verwendung von FinePic®, München
Satz: Uhl + Massopust, Aalen
Druck und Bindung: GGP Media GmbH, Pößneck
ISBN: 978-3-453-42554-5

www.heyne.de

PROLOG

Freitag, 31. Mai 1968

Die Nacht schwebt zwischen Frühling und Sommer. Kann sich nicht entscheiden. Gerade noch war es warm, in der nächsten Sekunde zieht ein kalter Wind über die Insel und raschelt in den Bäumen.

Der neunzehnjährige Sixten Axelsson schlendert ziellos durch die Gegend, die Hände tief in den Taschen seiner Anzughose vergraben. Es ist noch hell. Diese ersten Anzeichen des bevorstehenden Sommers liebt Sixten besonders. Nicht die Wärme, nicht die Freiheit. Sondern das Licht. Er liebt es, dass sich die Grenzen verwischen und die Dunkelheit nicht mehr die wachen Stunden des Tages beherrscht. Aber trotz dieser Vorfreude ist er bedrückt. Denn Sixten steht an einem Scheideweg. Es klingt dramatisch, aber eigentlich ist es fantastisch. In ein paar Wochen hat er seinen Abschluss in der Tasche. Dann kann er studieren – in die Welt hinausgehen, sich ausprobieren. Und das als Klassenbester. In fast allen Fächern hat er Einsen, sonst nur Zweien. Seine Eltern sind sehr zufrieden. Sie sind einfache Arbeiter und konnten von solchen schulischen Leistungen nur träumen. Sixten will ein anderes Leben führen als sie. Dieses Ziel hat er schon lange vor Augen.

Unter seinen Schuhen knirscht der Kies der Inselwege. Zu seiner Linken kann er das dunkelblaue Meer zwischen den Kiefern hindurchschimmern sehen, wie einen alten Vertrauten. Er freut sich darauf, schwimmen zu gehen. Er freut sich auf lange Sommerabende mit Bier und Spaß und Musik. Und auf das Nacktbaden in dem kalten Wasser der Schären. Mit Astrid vielleicht? Ihre Freunde finden, dass sie nach dem Abitur gleich nach Hollywood ziehen sollte. Sie ist schön, überirdisch schön. Und Hollywood braucht eine neue Greta Garbo. Sixten aber hofft insgeheim, dass sie noch ein bisschen in Schweden bleibt. Bei ihm.

Er bleibt stehen und holt seine Zigarettenpackung aus der Jackentasche. Zündet sich eine an und lässt den Rauch in den rosafarbenen Himmel steigen. Aber der Kies knirscht immer noch, obwohl er sich nicht mehr bewegt. Er wirft einen Blick über die Schulter.

Runzelt die Stirn.

Es ist ein Lastenmotorrad, das auf ihn zukommt. Sixten kneift die Augen zusammen, aber kann den Fahrer nicht erkennen. Er nimmt einen tiefen Zug und geht weiter.

Die Nacht duftet nach den Blüten der Traubenkirsche. Die Luft ist frisch, denn es hat am Nachmittag geregnet. Natürlich regnet es an eurem Fest, hatte seine Mutter vorhin gesagt. *Mein armer, vom Unglück verfolgter Junge.* Aber Sixten stört das nicht. Er liebt den Regen.

Außerdem war es den ganzen Abend recht sonnig gewesen. Er denkt an Astrids schmale Silhouette vor dem Horizont im Schein des lodernden Lagerfeuers unten am Meer, wo sie sich alle getroffen hatten, um Würste zu grillen, Bier zu trinken und zu singen. Astrid war so schön, wie von einem anderen Stern. Du bist zu gut für diese Insel, hatte er ihr ins Ohr geflüstert, als sie eng umschlungen am Strand lagen. Nachdem alle anderen schon nach Hause gegangen waren. *Bald verschwinden wir von hier.* In ein paar Wochen beginnt das richtige Leben.

Sixten wankt, er hat viel zu viel Bier getrunken. Oder Astrid hat ihn ganz trunken gemacht. Sie hat sich vorhin von ihm verabschiedet und ist nach Hause gegangen. Aber sie sind für morgen verabredet. Kein Wunder. Sie halten es kaum aus, länger voneinander getrennt zu sein. Jetzt hört er das Brummen des Motorrads hinter sich, dann verstummt das Geräusch. Sixten dreht sich um, sieht eine Gestalt absteigen und auf ihn zukommen. Der Mantel flattert im Wind, auf dem Kopf sitzt ein Hut.

Sixten winkt zur Begrüßung. Das würde er sonst nicht tun, aber das Bier hat ihn sehr milde und freundlich gestimmt.

»Guten Abend«, sagt Sixten.

Aber er bekommt keine Antwort.

Eine Möwe hebt kreischend vom Boden ab und steigt in den Himmel. Sie ist die einzige Zeugin vom Mord an Sixten Axelsson.

1

Zacke

Das hier ist der einzige Ort auf der Welt außerhalb von Stockholm, wo ich mir vorstellen könnte zu leben.

Cornwall.

Geliebtes Cornwall.

Dieser Gedanke geht Zacke durch den Kopf, während er mit dem Taxi an den knallgrünen Hügeln vorbeisaust. Es ist später Nachmittag, der Abend nähert sich, aber im Süden von England hat der Frühling schon Einzug gehalten, und es ist noch wunderbar mild. Was Zacke besonders freut. Seit er denken kann, hasst er den schwedischen Winter, vor allem die Zeit, bis der Frühling endlich übernommen hat und alles wieder ein bisschen besser und leichter wird. Die Leute sagen immer, dass jede Jahreszeit ihren ganz eigenen Charme hat. Aber Zacke liebt nun einmal die hellen Sommernächte und Rosé und Wärme. *Na und? Ich steh dazu.*

Der Süden von England ist immer etwas früher dran mit Frühling. Hier blühen die Kirschbäume bereits, und weit und breit ist kein kahler Ast mehr zu sehen. Alles ist farbenfroh und voller Leben.

»Whoops! A bit of a bumpy road, there!«

Der rothaarige Taxifahrer kichert vor sich hin, während der Wagen durch die vielen kleinen Schlaglöcher auf der schmalen Landstraße hüpft. Zacke erwidert das Lächeln. Gleich haben sie Padstow erreicht, die kleine Küstenstadt im Norden von Cornwall, in der sich im Sommer die einheimischen Touristen stapeln, die in der Sonne ihr Bier, ein Eis oder eine Tüte Fish & Chips genießen. Jetzt aber, Ende April, ist die Stadt noch angenehm leer und friedlich. Am Wochenende kommen die Bewohner der Umgebung mit ihren Familien in die Stadt, um Cornished Scones mit Clotted Cream zu essen. Dazu Tee, natürlich. Unmengen an Tee. Das Getränk hat seine Berechtigung in einer kalten Küstenstadt, die zu jeder Tages- und Nachtzeit vom Wind gebeutelt wird, der vom Meer landeinwärts weht. Gestern sah Zacke einem Mann dabei zu, wie er seiner Baskenmütze hinterherjagte, und hatte sein Grinsen hinter seinem Schal verbergen müssen.

Seit zwei Tagen ist Zacke hier oben, morgen geht es zurück nach Hause. Er wohnt im Old Customs House, einem Hotel, in dem – wie der Name verrät – früher das Zollamt untergebracht war. Es steht direkt unten am Hafen, und von seinem Fenster aus kann Zacke über die Bucht sehen, in der die Fischerboote und neugierige Möwen auf dem Wasser schaukeln. Das Bett ist weich wie eine Hängematte, wie so oft in England. Man legt sich in eine weiche Wolke und wacht morgens mit Skoliose auf. Aber gemütlich. Das einzig störende Detail an dem großen Doppelbett in dem hellblau tapezierten Zimmer ist die Tatsache, dass etwas fehlt. Einer. Jonathan.

»Alright, we're getting close!«, ruft der fröhliche Taxifahrer.

Durch die Windschutzscheibe kann Zacke das Meer sehen. Die Sonne strahlt von einem blauen Himmel auf die kleine, von Kirschblüten umrahmte Stadt Padstow und verwandelt sie in ein Gemälde. Zacke betrachtet die kleine Broschüre in seiner Hand, die er von Trevillan Mills mitgenommen hat, einem kleinen Weinberg, dem er gerade einen Besuch abgestattet hat. Ein sehr erfolgreicher Besuch. Der beste bisher auf seinem Englandtrip. Die meisten Leute können sich nicht vorstellen, dass man in diesen Breitengraden Wein anbauen kann. Aber das geht ganz hervorragend. In Sussex zum Beispiel wird Sekt von Weltklasse hergestellt. Das klingt verrückt, aber liegt daran, dass Sussex und die Champagne nahezu auf einem Breitengrad liegen und deshalb die Voraussetzungen optimal sind. Viele Hersteller von Champagner haben dort Land gekauft. Und mit Hinblick auf die globale Erderwärmung gibt es sogar Stimmen, die voraussagen, dass in dreißig Jahren der beste Schaumwein nicht etwa aus Frankreich, sondern aus England kommen wird.

Die Produktion in Cornwall ist nicht so groß wie in Sussex, aber es gibt Weinberge. Und die sind gut. Zacke konnte bei seinem Besuch von Trevillan Mills die Winzer kennenlernen, ein Ehepaar, das für den Weinbau brennt. Er ist durch die Weinberge geschlendert, hat die Rebstöcke befühlt und einen Sekt, einen Rosé sowie einen sehr spritzigen Weißwein gekostet, den man hervorragend mit einem gut gekühlten Pinot grigio mischen könnte. Für den Sekt und den Weißwein wird er eine große Bestellung aufgeben. Die werden sich großartig im *Mon Dieu!* machen.

Denn, obwohl es sich wie Urlaub anfühlt, ist Zacke beruflich unterwegs. Mindestens einmal im Jahr stattet er einer

Weingegend seiner Wahl einen Besuch ab, um neue Weine nach Schweden zu importieren und sie in seiner kleinen Weinbar am Mariatorget anzubieten. Das *Mon Dieu!* betreibt er schon einige Jahre. Letztes Jahr führte ihn seine Dienstreise nach Portugal, im Jahr davor nach Argentinien. Diese Reisen sind für ihn Arbeit und Vergnügen in einem. Und immer, wenn er von diesen Reisen zurückkehrt, entwirft er lustige Postkarten mit Fotos von der Reise, die er den Kunden gibt, wenn sie ein Glas Wein aus dieser Region bestellen. Auf der Rückseite steht in Kürze das Wichtigste über den Duft und die Herkunft des Weines. Das kommt sehr gut an und ist vielleicht auch einer der Gründe, warum Zackes kleine Weinbar sowohl bei den Foodbloggern als auch in den Restaurant-Tipps der Zeitungen immer wieder erwähnt und in den höchsten Tönen gelobt wird.

In diesem Jahr hatte Zacke lange überlegt, wohin die Reise gehen soll. Er hatte zwar eine wachsende Nachfrage nach neuseeländischen Weinen festgestellt, aber keine Lust, ans andere Ende der Welt zu fliegen. Und Frankreich und Italien hatte er schon viele Male besucht. In Cornwall war er schon zweimal im Urlaub, und es war Liebe auf den ersten Blick gewesen. Deshalb fiel ihm die Entscheidung leicht, als er entdeckte, dass er diesen Landstrich auch als Weinhändler bereisen konnte. Hier fühlt er sich wohl und sicher, was er besonders im Augenblick dringend benötigt. Denn die vergangenen Monate sind alles andere als angenehm und leicht gewesen. Genau genommen hat er den reinsten Albtraum hinter sich.

»Okay, that will be forty pounds!«

Zacke blinzelt überrascht, als er sieht, dass sie am Hafen von Padstow angehalten haben. Angekommen.

Ihm bricht der Schweiß aus, als er die Scheine aus dem Portemonnaie zückt. Vierzig Pfund – das sind fast fünfhundert Kronen. Für eine zwanzigminütige Taxifahrt. Über Padstow lässt sich wirklich viel Gutes sagen, aber günstig ist es hier nicht.

*

Gegen acht Uhr abends hat die Abenddämmerung den kleinen Fischerort in ein violettes Licht getaucht.

Zacke liegt in der Badewanne, auf dem Rand ein Gin Tonic und in der Hand der neueste Band der amerikanischen Thrillerkönigin Tess Gerritsen, den er sich morgens in der kleinen Buchhandlung um die Ecke gekauft hatte. Er handelt von einer Frau, die in ein altes Haus in Maine zieht, wo unheimliche Sachen passieren und sie von einem alten Fischer heimgesucht wird. Sein Handy liegt neben dem Gin Tonic auf dem Badewannenrand und spielt Jazz. Er liebt Jazz. Beim Kochen hört er immer Jazz. Und dazu trinkt er immer ein Glas Wein. Jonathan mag auch Jazz. Allerdings mochte er ihn nicht von Anfang an, aber Zacke hat ihn schließlich überzeugt. Es ist verblüffend, wie sehr einen eine Beziehung verändern kann. Wie man seinem Lebensgefährten im Laufe der Zeit immer ähnlicher wird. Das ist schon ulkig.

Nachdem der Gin Tonic ausgetrunken und das nächste Kapitel ausgelesen ist, zieht Zacke den Stöpsel aus der Badewanne, duscht sich kurz ab und trocknet sich dann mit dem weißen Handtuch ab, das weich wie Lammfell ist. Das schwarze Hemd passt hervorragend zu seinen feinen Lederschuhen, ein bisschen Wachs in die Haare, und schon steht

Zacke auf dem Kopfsteinpflaster von Padstow. Handy in der Jackentasche und die Lektüre im Rucksack. Das Meer ist ruhig und gluckst gemütlich gegen die Hafenmauer. Abends ist es selten windig. Er kommt am *BinTwo* vorbei, der winzigen Weinbar, in der er gestern ein Glas trinken war. Ganz in der Nähe ist auch das *Ruby's*, die Bar des Starkochs und Gastronomen Rick Stein, die hervorragende Cocktails anbietet, die man in gemütlichen Chesterfield-Sesseln genießen kann. Dann hat er das *Barnaby's* erreicht, das ebenfalls Rick Stein gehört, einem Sohn der Stadt. Am Eingang des kleinen Restaurants nennt er seinen Namen und wird an seinen Tisch am Fenster geführt, auf dem schon eine brennende Kerze steht.

Zacke bestellt sich ein Glas weißen Bourgogne aus dem eher bezahlbaren Preissegment und ein paar Vorspeisen: Haschee mit Zucchini und orientalischen Kräutern und Blumenkohl aus regionaler Zucht mit Ziegenkäse und lila Brokkoli. Dazu wird frisches Sauerteigbrot und Olivenöl gereicht.

Die meisten haben Vorurteile, wenn es um englisches Essen geht, aber sowohl in den Großstädten als auch in den ländlichen Touristengegenden hat das Königreich einiges zu bieten. Vor allem verwenden die Köche lokale und regionale Produkte. Bevor Zacke vor ein paar Tagen mit dem Zug nach Cornwall aufbrach, hat er für einen Abend in London Station gemacht. Er wohnte in einem sehr einfachen Hotel in der Nähe von Paddington, um das ganze Geld für Essen und Drinks auszugeben. Mit dem Taxi fuhr er nach Soho und begann den Abend mit einem Cocktail im *Bob Bob Richard* – einer superedlen und sauteuren Bar mit blauen Ledermöbeln und großen goldenen Lampen. Hier sprechen die meisten Gäste russisch, und ein French 75 kostet zwanzig Pfund.

Danach schlenderte er zum *Social Eating House*, von dem er schon so viel gehört hatte. Ein lebhafter und geheimnisvoller Ort mit gedimmtem Licht und Industriecharme. Die Speisekarte machte ihn überglücklich, und er aß sich fröhlich durch das Angebot. Frittierte Zucchiniblüten, Mac and Cheese mit Trüffel und das saftigste Lamm, das er seit Langem gegessen hat. Aus der Karte erfuhr er auch, dass alle verwendeten Lebensmittel aus der Umgebung stammten. Kent, Lancashire, Schottland, Brighton. Sogar Seetang aus Cornwall war mit dabei.

An diesem Abend ging er zu Bett und war bis obenhin voll mit Köstlichkeiten. Regionalen, ökologischen und ausgeklügelten Köstlichkeiten. Trotzdem fehlte etwas. Dieser Gedanke beschleicht ihn auch jetzt, in der kleinen, wunderbar eingerichteten Kneipe in Padstow. Während er seinen Wein genießt, wirkt der leere Stuhl auf der anderen Seite des Tisches besonders leer.

Zacke hat kein Problem damit, allein zu verreisen. Noch nie gehabt. Manchmal hat er es sogar regelrecht genossen, bestimmte Reisen allein zu unternehmen. Er genoss seine eigene Gesellschaft. Er ist Einzelkind und konnte sich schon immer sehr gut selbst beschäftigen.

Nur im Moment würde er alles dafür geben, ihn dabeizuhaben. Seinen Jonathan. Zacke weiß, dass es ganz allein sein Fehler ist. Es ist seine Schuld, dass er allein ist. Das Essen wird serviert, und er gibt sich Mühe, es zu genießen. Nachdem er aufgegessen und ausgetrunken hat, gibt er der Kellnerin ein großzügiges Trinkgeld von zwanzig Pfund und macht sich auf den Weg. Unten am Hafen kommt er an einem kleinen Supermarkt vorbei. Er zögert. Tritt von einem Fuß auf den anderen. Jonathan hasst es, wenn er raucht. Allerdings ist Jonathan nicht da. Und es ist doch erlaubt, sich ein bisschen Trost zu gönnen? Entschlossenen Schrittes betritt er den Laden und kauft bei der kugelrunden Verkäuferin mit den freundlichen Augen eine Packung grüne Marlboro. Damit schlendert er hinunter an die Hafenpromenade, setzt sich auf eine Bank mit getrockneter Möwenkacke und zündet sich eine Zigarette an.

Er saugt den Rauch tief in die Lunge ein und stößt ihn in Richtung Meer wieder aus. Eine Gruppe betrunkener Jugendlicher wankt vorbei, ihre Absätze klappern über das Kopfsteinpflaster. Von der anderen Seite kommt ein älteres Paar mit ihrem Cockerspaniel auf ihn zu. Zacke nimmt einen zweiten Zug und holt sein Handy aus der Tasche.

Sein Daumen schwebt eine ganze Weile über der Nummer.

Dann wagt er es.

2

Cilla

Ich bin auf dem Weg in die Küche, um meine Schale mit einer zweiten Runde Häagen-Dazs-Eis aufzufüllen, als mein Telefon auf dem Couchtisch vibriert. Adam gähnt herzhaft und sieht auf das wild gewordene Ding.

»Wer ruft dich denn um diese Uhrzeit noch an?«

Ich schnappe mir das Handy und grinse, als ich die Nummer sehe.

»Da muss ich kurz mal ran.«

Mit Schale und Handy schlurfe ich in die Küche.

»Hallo beim heißen Draht, Cilla am Apparat.«

Zacke lacht am anderen Ende.

»Du hast ja keine Ahnung, wie schön es ist, deine Stimme zu hören, Cilla.«

Ich stelle die Glasschale neben die Spüle und betrachte mein Spiegelbild in dem Küchenfenster, das auf den kleinen Innenhof zeigt. Alles in Adams Wohnung ist so Stockholm-Vasastan. Moderne Küchenschränke, weiß lackierte Möbel und … ein Innenhof. Daran gibt es natürlich überhaupt nichts auszusetzen. Aber alle Wohnungen in Vasastan, in denen ich bisher gewesen bin, haben einen Innenhof.

Innenhöfe findet man auf Söder eher selten. Oder sagen wir lieber, das Haus, in dem ich wohne, hat keinen.

Ich mag Södermalm. Nein, bitte wieder streichen. Ich *liebe* Södermalm. Dort fühle ich mich zu Hause. Und meine traurige Bude in der Bastugatan mit dem Linoleum im Badezimmer, der Sechzigerjahreküche und den uralten Fensterrahmen, die langsam abblättern, ist so weit von dem schicken Vasastan entfernt, wie es nur geht. Trotzdem habe ich die vergangene Woche ausschließlich in Adams Wohnung am Sankt Eriksplan verbracht. Ich bin kein einziges Mal nach Hause gefahren, um mir neue Klamotten zu holen. Tagsüber bin ich sowieso nur in seinen Hemden herumgelaufen wie die Frauen in einer romantischen Komödie.

Seht her – wie lässig und schön ich in den viel zu großen Hemden meines Freundes aussehe! Ich schlendere sexy durch seine superschicke Wohnung, mein Haar ist frisch gewaschen, und ich öffne die Balkontür und lasse die Sonne herein. Wenn ich in die Kamera lächele, blenden meine weißen Zähne die Linse so sehr, dass sie einen Extrafilter benötigt.

Nein, so ist es natürlich keine Sekunde lang gewesen. Adam ist quasi magersüchtig (zumindest versuche ich mir das einzureden), weshalb seine Boyfriend-Hemden eigentlich viel zu klein für mich sind und letztes Wochenende aus Protest zwei Knöpfe gesprengt haben. Aber ich habe mich bisher nicht dazu überwinden können, wieder in meine Wohnung zu ziehen. Denn er ist ja hier. Mein wunderbarer Adam. Jeden Abend sitzt er hier, auf seinem grauen, weichen Vasastan-Sofa.

»Oha«, sage ich zu Zacke. »Du bist doch erst seit ein paar Tagen in England?«

»Ich weiß, das ist auch albern, aber … ich musste einfach deine Stimme hören.«

»Kein Thema. Wie schön, dass du anrufst. Hast du denn heute einen grandiosen Winzer und seine Weinberge besucht?«

»Hm. Hier in Cornwall. Dort gab es britischen Rosé.«

»Britischen Rosé? Wow. Die Welt ist doch immer wieder gut für Überraschungen.«

»Da sagst du was.«

Ich höre, wie er die Luft scharf einzieht, fast als würde er …

»Zacke, rauchst du etwa?«

»Ja.«

»Im Ernst?«

»Voller Ernst.«

Ich lache.

»Was würde …«

Ich beiße mir auf die Zunge, weil ich den Satz nicht beenden will. *Was würde Jonathan dazu sagen?* Jonathan. Ein Thema, das im Moment absolut tabu ist.

»Was würde deine Mutter dazu sagen?«

Er kichert, und ich hoffe sehr, dass er nicht weiß, was ich eigentlich sagen wollte. Jonathan hasst es, wenn Zacke raucht, auch wenn dieser sich nur ganz selten mal eine Partyzigarette gönnt. Zum Glück sieht seine Mutter das genauso.

»Nichts Gutes, vermute ich«, sagt Zacke. »Aber schwierige Zeiten erfordern … einfache Lösungen. Da muss ich mir einfach zwischendurch eine Zigarette gönnen dürfen.«

»Selbstredend. Das unterstütze ich, mein Freund.«

»Danke.«

Es wird still in der Leitung. Ich öffne den Tiefkühlschrank, hole den Häagen-Dazs-Becher raus und schaufele mir zwei große Kugeln Schokoladen-Karamell-Eis in die Schale. Nachdem ich den Becher wieder zurückgestellt habe, lecke ich den Löffel sorgfältig ab, bevor ich ihn in die Spüle lege. So ein Becher Häagen-Dazs-Eis kostet im Supermarkt bei Adam um die Ecke fast siebzig Kronen. Da darf nichts, kein einziger Tropfen, vergeudet werden.

Ich breche das Schweigen als Erste.

»Zacke. Ich möchte dich an mein Angebot erinnern. Du bist herzlich willkommen, in meine Wohnung zu ziehen. Die steht im Moment sowieso die meiste Zeit leer.«

»Ich weiß, danke. Das ist so *sweet* von dir und bedeutet mir viel. Aber ich kann nicht weglaufen.«

»Du hast recht.«

Und doch hat er genau das getan, er ist aus Schweden nach Cornwall geflohen. Ist vor seinen Problemen davongelaufen. So ist Zacke nun einmal. Ich liebe ihn heiß und innig, aber er ist einer, der abhaut, wenn es brenzlig wird. Leider.

»Wann kommst du zurück?«, frage ich.

»Morgen.«

»Wollen wir uns morgen Abend sehen? Wir können bei mir eine Kleinigkeit essen?«

Zacke stößt unüberhörbar den Rauch aus.

»Nichts lieber als das.«

»Wunderbar. Passt dir sieben Uhr? Kommst du direkt vom Flughafen?«

»Das passt perfekt.«

Ich sage ihm, dass er immer anrufen kann, wenn er reden will, und dass er höchstens noch eine Zigarette rauchen darf. Nachdem wir uns Küsschen durch die Leitung geschickt haben, lege ich auf und gehe zurück ins Wohnzimmer.

Doch als ich den Raum betrete, spüre ich sofort, dass sich etwas verändert hat. Ich erstarre mitten in der Bewegung.

Hier stimmt etwas nicht. Aber was? Mein Blick wandert suchend durch den Raum. Zu den Balkontüren, die geschlossen sind und die dunkle Aprilnacht aussperren. Dann hoch zu der eleganten Deckenleuchte aus den Sechzigern, deren gedämpftes Licht auf das Fischgrätparkett fällt. In den vergangenen Monaten haben sich einige dramatische Dinge zugetragen. Unheimliche Dinge. Gruseliges. Geheimnisse. Morde. Aber was in diesem Raum passiert ist, seit ich ihn vor ein paar Minuten verlassen habe, ist alles andere als gefährlich. Ich sehe in Adams lächelndes Gesicht.

Erst dann sehe ich den Gegenstand, den er auf den Couchtisch gelegt hat. Er glitzert im Licht der Lampe.

Es ist ein Schlüssel.

Die Glasschale mit beiden Händen umklammert, komme ich näher.

»Was ist das?«

Adam lächelt, aber antwortet nicht. Stattdessen schiebt er den Schlüssel in meine Richtung.

Ich wiederhole meine Frage.

»Was ist das?«

»Eine Line Koks, wollen wir uns die teilen?«

Ich nehme den Schlüssel und drehe ihn zwischen den Fingern.

»Das ist ein Schlüssel, Cilla.«

»Ah.«

»Was meinst du, für welches Schloss er ist?«

Ich schlucke.

»Ein geheimes Tagebuch? Von deinem Großvater aus dem ersten Weltkrieg?«

»*Erster* Weltkrieg? Für wie alt hältst du mich?«

Ich lache und lasse mich neben ihn aufs Sofa sinken. Auf das graue, weiche, perfekte Sofa.

»Ist das der Schlüssel für ... deine Wohnung?«

Adam nickt.

»Aber ... warum? Dann kann ich jederzeit herkommen? Bist du dir da ganz sicher? Glaubst du nicht, dass du das bereuen wirst?«

»Das bezweifle ich. Du bist die gesamte letzte Woche hier gewesen. Das hast du vorher noch nie gemacht, stimmt's?«

Ich beiße mir auf die Lippe und drehe den Schlüssel hin und her.

»Darauf war ich nicht vorbereitet. Aber es fühlt sich total ... natürlich an.«

Er lächelt. Und fährt sich mit der Hand durch die stets weichen dunkelbraunen Haare. Als wäre er mit Balsam im Haar geboren worden. Und zwar nicht einbalsamiert wie eine Mumie, sondern wie Andie MacDowell in der L'Oréal-Reklame. Ich streichele seine Wange, kann es selbst noch nicht fassen, dass ich, Cilla Storm, in einer ernsten Beziehung mit dem heißesten Polizisten Stockholms bin. Vor zehn Monaten haben wir uns auf Bullholmen kennengelernt, einer kleinen Insel in den Stockholmer Schären, auf der ich mir eine winzige Laube in einer Schrebergartenkolonie gekauft und seither dort einige Abenteuer erlebt habe. Und jetzt sitze ich bei ihm auf dem Sofa und habe einen Schlüssel zu seiner Wohnung in der Hand.

Wenn man Adam kennt, dann ist das, als hätte er mir ein Stück vom Mond geschenkt.

Ich küsse seine weichen Lippen.

»Du wirst das hier bereuen, Adam Ångström.«

»Man lebt ja nur einmal«, sagt er und erwidert meinen Kuss.

3

Julia

Julia Appelqvist hastet die Treppe des Mietshauses hinunter. Ihre Schritte hallen so laut von den Wänden, dass es in den Ohren wehtut. Endlich hat sie das Erdgeschoss erreicht. Sie reißt die Haustür auf und stürmt nach draußen. Ein eiskalter Wind weht ihr entgegen, sie läuft, so schnell sie kann. Nur fort, fort von diesem Haus. Sie bleibt erst stehen, als die Entfernung zwischen ihr und dem Haus groß genug ist.

Da meldet sich ihr Asthma.

Es ist lange her, dass sie einen Anfall hatte. Aber jetzt schnürt sich ihr Hals zu, sie schnappt nach Luft, setzt sich auf eine Parkbank, nicht weit von der U-Bahn-Station Aspudden. Hektisch wühlt sie in ihrer Handtasche nach ihrem Asthmaspray und atmet drei Sprühstöße tief in die Lunge ein.

Sie schließt die Augen.

Wartet, dass sich ihr Atem wieder beruhigt. Wartet, dass er ihren Körper wieder mit Sauerstoff versorgt.

Dieser Idiot. Dieser verdammte Douglas. Das ist alles seine Schuld.

Wenn sie jetzt stirbt, wegen Atemnot oder so, dann wird er mit der Gewissheit weiterleben müssen, für ihren Tod verantwortlich zu sein. Und er wird leiden. Schrecklich leiden. Schlaflose Nächte wird er haben. Und alle werden ihn auf ihrer Beerdigung verfluchen.

Nachdem sich ihr Atem wieder langsam beruhigt hat, verdreht Julia die Augen und muss über sich selbst lachen. Sie wird nicht sterben. Sie hat doch ihr Asthmaspray. Außerdem hatte sie nur einen Asthmaanfall. *Krieg dich mal wieder ein, ey.*

Sie bleibt noch eine ganze Weile auf der Parkbank sitzen und genießt die friedliche Umgebung, die sie innerlich erdet. Über ihr zwitschern die Vögel in den Bäumen, zu ihren Füßen leuchtet das grüne Gras. Hier und da blühen bunte Blumen um die Wette. Alles Anzeichen des nahenden Frühlings. Was eigentlich niemanden verwundern sollte, denn es ist schon Anfang Mai. Aber der Frühling hat sich dieses Jahr besonders viel Zeit gelassen.

Als ihr Atem sich so weit normalisiert hat, dass sie wieder tief Luft holen kann, macht sie sich gemächlich auf den Weg zur U-Bahnstation. An der Schranke holt sie ihr Handy aus der Hosentasche ihrer Jeans und ruft Frida an.

»Hallo, Julia! Ich bin auf dem Weg zu einer Besprechung, kann ich dich später zurückrufen? Oder hast du dich gerade verlobt? In diesem Fall erteile ich dem Blumenboten noch schnell einen Auftrag.«

»Nicht wirklich«, brummt Julia und fährt mit der Rolltreppe nach unten zum Gleis. »Das Wiedersehen verlief … nicht unbedingt nach Plan.«

»Oh nein … Krise?«

»Ich sage mal so. Es werden auf jeden Fall ein paar Gläser Wein zur Bewältigung vonnöten sein.«

»Verstanden. Ich werde Henrik bestechen, den Kindern

was Essbares zusammenzupanschen. Im E&G um sieben?«

»Um sieben erst? Was soll ich denn so lange machen?«

»Ich bin Anwältin, Julia. Sei froh, dass ich nicht halb elf gesagt habe.«

»Okay. Bis nachher.«

*

Julia ist vor ihrer Freundin da, was nicht weiter überrascht. Sie ist seit zwei Jahren selbstständig und kann frei über ihre Zeit verfügen, was sowohl Vor- als auch Nachteile hat.

Klarer Nachteil: Man hat nie wirklich frei. Es gibt immer noch etwas zu erledigen. Neue Auftraggeber akquirieren oder sich um künftige Projekte in der Food- und Weinbranche bemühen. Denn dort fasste sie erst langsam Fuß. Und nicht zu vergessen die fehlenden Kollegen. Julia war eine Expertin darin geworden, sich zum Mittagessen mit Freunden zu verabreden. Aber während sie am liebsten danach noch stundenlang sitzen blieb und plauderte, mussten ihre Freunde meistens wieder zurück ins Büro hetzen, nachdem sie sich den Salat mit Ziegenkäse reingestopft hatten, wie ein Marathonläufer, der dringend Proteine braucht.

Klarer Vorteil: Sie kann morgens so lange schlafen, wie sie will. Und ist immer die Erste bei der Verabredung zu einem After-Work-Drink.

Sie setzt sich an einen der Tische am Fenster. Das E&G ist eine neue, gemütliche Weinbar am Ende (oder Anfang?) der Birger Jarlsgatan. Aus den Lautsprechern kommt diskrete Loungemusik, und Julia bestellt sich ein Glas eiskalten Riesling. Zum einen, weil sich die Bar auf deutsche Weine speziaLisiert hat, und zum anderen, weil besonders diese Traube in letzter Zeit boomt. Die Leute wollen etwas anderes trinken als die gängigen französischen und italienischen Weine. Ein gut aussehender Kellner mit Schnäuzer bringt ihr die Karte, und ihr läuft beim bloßen Lesen der Vorspeisen das Wasser im Mund zusammen. Kopfsalat mit Crème-fraîche-Dressing, frittierter Brie, sauer eingelegtes Gemüse ... Da ertönt ein *Pling* auf ihrem Handy. Julia schließt die Augen. Muss sie das sofort lesen? Entweder ist die Nachricht von Frida, die sich verspätet oder ... Nein, sie wird jetzt nicht ihre Gedanken davon vereinnahmen lassen. Das hatte sie sich und ihrer Therapeutin versprochen.

Leider aber gelingt es ihr nicht, die Neugier zu beherrschen, und es endet damit, dass sie das Telefon aus der Tasche fischt.

Baby – wir müssen doch darüber reden? Du kannst nicht einfach abrauschen! Wir sind doch erwachsene Menschen!

Lange starrt Julia fassungslos auf die Zeilen im Display. Wie erwachsene Menschen? Meint er das etwa ernst? Er findet sich erwachsen? *Erwachsen?* Ihre Hand zittert, als sie nach dem Glas greift und einen großen Schluck von ihrem Riesling trinkt. Der ist so was von nicht erwachsen. Eher die Kategorie *Gerade vom Schnuller entwöhnt worden*. Das ist unerträglich peinlich. Aber sie ist noch viel peinlicher. Denn sie ist auch ein zweites Mal auf ihn reingefallen.

»Oh Liebes, sorry, dass ich mich verspätet habe!«

Julia steckt das Handy schnell in die Tasche, als Frida in die Bar gerauscht kommt und sie stürmisch umarmt. Sie duftet, wie nur Frida duftet – nach Vanille und frisch gewaschener Baumwolle. Dann lässt sie sich schnaufend auf den Stuhl gegenüber plumpsen.

»Uff, ich sitze da gerade an so einem Fall, wo einfach kein Ende in Sicht ist«, stöhnt Frida. »Scheidung, Kampf um die Kinder und das Sommerhaus und so weiter ... Manchmal beschleicht mich das Gefühl, dass es den Leuten gar nicht um ein sinnvolles Ergebnis geht. Die wollen einfach nur streiten.«

Sekunden später steht der Kellner an ihrem Tisch, und Frida bestellt »ein Glas von dem, was meine Freundin hier trinkt«. Das tut sie immer. Und wenn Julia mal ausnahmsweise noch nichts bestellt hat, dann ordert sie: »Ich nehme alles über 13 Prozent!«. Julia und ihre beste Freundin könnten nicht unterschiedlicher sein. Trotzdem sind die beiden seit der Oberstufe unzertrennlich, was fast über zwanzig Jahre her ist. Julia könnte sofort allerlei Konfliktpunkte aufzählen, über die sie sich zerstreiten könnten. Ihr Leben als Freiberuflerin, Fridas Festanstellung als Rechtsanwältin, Julias Weigerung, Kinder zu bekommen, Fridas Reihenhaus und die zwei Kinder ... Aber trotz dieser großen Unterschiede ist jede der Anker im Leben der anderen. Und an solchen Abenden, wenn alles über einem zusammenzubrechen droht, ist Julia unendlich dankbar für diesen Anker.

Frida bekommt ihren Riesling, sie stoßen an und trinken. Dann stellt sie ihr Glas ab, stützt ihr Kinn auf der Faust ab und sieht Julia fragend an.

»Also ... erzähl.«

»Ach, ich weiß gar nicht, ob es da so viel zu erzählen gibt«, sagt Julia. »Er ist ... er ist ...«

»Ein Arschloch?«

Julia schüttelt den Kopf.

»Ich weiß nicht, ob ich es so ausdrücken würde.«

»Dann übernehme *ich* das gerne für dich. Dem kannst du einfach nicht über den Weg trauen. Er ist vollkommen unzuverlässig. Und nach allem, was du durchgemacht hast, ist das ungefähr das Allerletzte, was du gerade gebrauchen kannst.«

»Aber ... er hat auch gute Seiten«, protestiert sie etwas uninspiriert.

»Himmel, Julia. Das ist noch keinen Tag her, und du fängst schon an, alles wieder zu verdrängen. Nacktfotos auf dem Handy seines Freundes zu finden bedeutet nichts Gutes.«

Julia nimmt einen Schluck Wein und versucht, nicht an die Fotos zu denken, die sie an einem Freitagabend vor ein paar Wochen auf Douglas' Handy entdeckte. Sie stand in seiner Küche und kochte gerade, als sein Handy verräterische Laute von sich gab.

»Das waren auch gar keine richtigen *Nacktfotos* ...«

»Es waren zwei Riesenmöpse in Dessous, weil er seinen Tinder-Account nicht gelöscht hat und weiter mit den Tussis da chattet. Darf ich dich erinnern? Du bist weinend zusammengebrochen, und ich habe dich stundenlang getröstet. Und trotzdem hast du diesem Idioten eine zweite Chance gegeben.«

Julia nickt. Frida hat ja recht. Trotzdem hatte sie sich heute Nachmittag in der strahlenden Frühlingssonne voller Zuversicht auf den Weg zu Douglas gemacht. Er hatte sie seit Tagen mit SMS und Anrufen bombardiert, und nach langem Zögern hatte sie sich darauf eingelassen, sich mit ihm zu treffen. Um zu reden. Allerdings haben sie nicht nur das getan. Julia konnte ihm einfach nicht widerstehen. Diese blonden, strubbeligen Haare, dieser unfassbar schöne Körper und seine Küsse ... Sie war keine fünf Minuten in der

Wohnung, da lagen sie schon nackt auf seinem ungemachten Bett. Und weitere fünf Minuten später spürte Julia etwas unter ihrer Schulter, was sie pikste.

Es war ein winziger Stringtanga aus Spitze.

Ihr Asthmaanfall hatte sich auf der Fahrt in die Stadt wieder beruhigt. Aber Frida hatte natürlich recht. Man sollte sich nicht auf einen Mann einlassen, der bei einem Asthmaanfälle auslöst. Das würde jeder unterschreiben.

»Kannst du mir bitte versprechen, dass Douglas bei dir keinen Fuß mehr auf den Boden bekommt?«, sagt Frida mit ernster Miene.

»Verstanden.«

»Versprochen?«

»Versprochen! Okay? Ich schwöre feierlich: auf den Riesling!«

Frida nickt zufrieden.

»Sehr gut. Können wir jetzt bitte was zu essen bestellen? Ich sterbe vor Hunger. Wenn die hier nur vegane Sachen haben, bringe ich mich auf der Stelle um.«

Julia grinst.

»Wir sind in einer deutschen Weinbar, hallo? Die haben in ihrer Karte Fifty Shades of Fleisch. Magst du Schnitzel?«

»Jawoll!«

*

Zwei Stunden später haben sie wunderbare Vorspeisen, begleitet von frisch gebackenem Brot und einem gekühlten Spätburgunder, verzehrt. Sie haben den neuesten Tratsch und Klatsch in Fridas Kanzlei durchgekaut und über die

Pläne für die Sommerferien gesprochen. Fridas Mann Henrik will einen Wohnwagen mieten und mit den Zwillingen durch Europa fahren. Frida hat ihn daraufhin gefragt, ob sie nicht lieber was in einem tschetschenischen Arbeitslager buchen und drei Wochen lang von Sauerkraut leben wollen. Aber Henrik hat sich durchgesetzt.

Frida verdreht beim Erzählen die Augen und bringt ihre Freundin dadurch zum Lachen. Da sieht Julia aus dem Augenwinkel einen Mann, der am anderen Ende des Tresens sitzt. Er hat im Laufe des Abends immer wieder in ihre Richtung gesehen, vielleicht hat er sie in einer Talkshow gesehen. Oder ist es … könnte er es sein? Ihr wird ganz übel, aber als der Mann sich wieder abwendet, ruft sie sich zur Vernunft. Sie ist in den letzten Jahren so häufig im Fernsehen zu sehen gewesen, es wäre nicht das erste Mal, dass sie draußen – »in der Wirklichkeit« – wiedererkannt wird.

»Und was ist mit dir?«, sagt Frida und reißt Julia aus ihren Gedanken. »Hast du Pläne für den Sommer? Oder kommst du mit auf unserem Roadtrip durch Europa?«

»Habt ihr denn noch Platz?«

»Klar. In der Dachbox. Kein Problem.«

»Schönen Dank auch. Aber, um deine Frage zu beantworten, nein, bisher habe ich keine Pläne. Vielleicht verbringe ich dieses Jahr den Sommer in Stockholm. Was anderes wird mir auch nicht übrig bleiben, wenn mein Verlag mit der Rohfassung meines Buches nicht zufrieden sein sollte …«

»Stimmt ja. Wann ist deine Deadline?«

»Erster Juni. Das heißt, ich habe noch …«

»Knapp einen Monat Zeit?«

Julia nickt.

»Verdammt. Und, wie läuft's?«

»Nun ja…«

Den Anruf hatte sie vor einem halben Jahr bekommen. Die Sachbuchverlegerin eines großen, renommierten Verlagshauses in Stockholm hatte sie kontaktiert und um ein Treffen gebeten. Davon hatte Julia schon immer geträumt. Denn sie wollte am liebsten ein Buch über das schreiben, mit dem sie sich am besten auskannte. Essen und Wein. Das war an und für sich kein außergewöhnlicher Gedanke. Immerhin hatte sie seit Jahren einen Blog und einen Instagram-Account, der immer mehr Follower bekam. Und als wäre das nicht schon genug, gab sie regelmäßig Weinempfehlungen im Frühstücksfernsehen. Trotzdem verschlug es ihr die Sprache, als sie den Anruf bekam. Sie hatten sich in der Woche darauf im beeindruckenden Verlagshaus verabredet, und ganze zwei Wochen später war der Vertrag unterschrieben. Das Buch bekam den klingenden Arbeitstitel: *Winetastic! – Wie man Wein und Essen perfekt kombiniert, ohne arm zu werden.* Die Verlegerin geht davon aus, dass dieses Buch eine viel jüngere Zielgruppe anspricht, als dieses Genre ansonsten adressiert. Vor allem, weil Julia sich selbst als Marke mit in den Ring wirft und sehr beliebt bei den Dreißigjährigen ist.

Der Vertrag wurde im November unterschrieben, die Veröffentlichung ist für den kommenden Oktober geplant, um das Weihnachtsgeschäft noch mitzunehmen. Deshalb hat sie die klare Ansage, dieses Buch so schnell wie möglich fertigzustellen.

»Es läuft!«, sagt Julia. Frida lacht laut.

»Es läuft? Das sagt meine Assistentin immer, wenn sie noch nichts von ihrer To-do-Liste erledigt hat.«

»Tja, da haben deine Assistentin und ich offenbar einiges gemeinsam ... Ich wünschte nur, ich könnte mal eine Weile raus aus Stockholm. In solchen Momenten wünscht man sich das berühmte Sommerhaus und verflucht sich selbst, dass man kein Geld gespart hat, sondern immer ...

»... die ganze Kohle für Jahrgangschampagner ausgegeben hat?«

Julia nickt.

»Das kann schon sein. Aber deshalb verbringt man auch so gerne Zeit mit dir. Vor allem, weil man was von diesen Jahrgangschampagnern abbekommt.«

Sie stoßen an.

Kurz darauf verkündet Frida, dass sie langsam aufbrechen muss, und sie bitten um die Rechnung. Auf dem Weg nach draußen hört Julia plötzlich jemanden ihren Namen rufen und zuckt zusammen.

Mit klopfendem Herz dreht sie sich um und entdeckt eine blonde Schönheit, die am offenen Kamin sitzt. Die Frau kommt ihr bekannt vor, und als Frida sich von ihr verabschiedet, fällt ihr der Name auch ein.

»Ich glaube es ja nicht, Angelica!«, ruft sie.

Die Frau kommt auf sie zu, und sie umarmen sich. Mehrere Sekunden stehen sie stumm voreinander, sehen sich an und lächeln.

»Das ist ja ein Ding«, sagt Julia und spürt, wie sich ihr Puls wieder langsam normalisiert. »Wie lange ist das her? Drei Jahre?«

»Mindestens! Eher vier, würde ich sagen«, sagt Angelica und lacht ausgelassen. »Du hast ja keine Ahnung, wie oft ich mich melden wollte, um etwas trinken zu gehen oder so.«

»Ich auch!«

»Na ja, aber du bist bestimmt mit deiner Karriere beschäftigt gewesen. Ich sehe dich ab und zu im Frühstücksfernsehen. Toll! Machst du das jetzt hauptberuflich? Essen und Wein?«

»Ja, in der Tat. Das ist alles ein bisschen crazy!«, sagt Julia und lächelt.

»Aber es hat genau die Richtige getroffen. So verdient. Du hast einfach ein Näschen für so etwas, das haben auch schon alle während der Ausbildung gesagt.«

»Ach was. Aber was machst du im Moment?«

Angelica streicht sich das blonde Haar aus dem Gesicht. Sie ist schon immer hübsch gewesen, aber die vergangenen drei Jahre scheinen ihre Schönheit nur noch verstärkt zu haben. Sie trägt ein eng anliegendes schwarzes Kleid mit Spitzenbesatz an den Schultern, und an ihrem Hals funkelt ein Halsband.

»Ich arbeite bei Quality Wines.«

»Das ist nicht dein Ernst? Wie kann es sein, dass wir uns da noch nicht über den Weg gelaufen sind?«

Quality Wines ist einer der führenden Weinimporteure des Landes, und Julia hatte sich vor einiger Zeit dort um einen Job beworben. Es überrascht sie nicht, dass es Angelica gelungen ist, in das Team aufgenommen zu werden. Denn aus einem unerfindlichen Grund sehen alle Mitarbeiter bei Quality Wines aus wie Filmstars.

»Das ist wirklich ein Ding. Aber jetzt ist es uns ja gelungen. Wollen wir uns nicht gleich verabreden?«

Angelicas Worte lösen eine wohlige Wärme in Julia aus. Ihre Therapeutin Louise liegt ihr ständig in den Ohren damit, dass sie mehr unter die Leute soll. Sie hat Frida, aber ein paar mehr Kontakte würden bestimmt nicht schaden. Und mit Angelica hatte sie sich vom ersten Tag der Ausbildung zur Sommelière supergut verstanden.

»Gerne. Ich bin Freiberuflerin und ziemlich flexibel. Obwohl ich gerade an einem Projekt sitze, das mich ganz schön in Anspruch nimmt.«

»Ach ja? Jetzt machst du mich aber neugierig.«

»Ja … ich schreibe ein Buch. Über Wein.«

»Nein, ehrlich? Herzlichen Glückwunsch, das ist ja großartig!«, sagt Angelica und klatscht in die Hände.

»Ja, das ist wirklich toll, aber … es schreibt sich halt nicht von allein. Und ich tue mich schwer, zu Hause zu arbeiten, da fehlt mir die Inspiration. Leider. Ich habe vorhin meiner Freundin schon die Ohren vollgeheult, dass ich kein Sommerhaus habe, in das ich mich zurückziehen könnte«, seufzt Julia und verdreht die Augen.

Angelica lächelt und wirft einen Blick über die Schulter. Erst jetzt bemerkt Julia den breitschultrigen Mann in einem hellblauen Pullover, der in dem zweiten Sessel vor dem Kamin sitzt. Er hat ihnen den Rücken zugekehrt und sieht ins Feuer, deshalb kann Julia sein Gesicht nicht sehen.

»Oh, verzeih, ich will dich nicht länger aufhalten«, sagt Julia. »Du bist ja in Begleitung. Ein … heißes Date?«

Obwohl es in der Bar dunkel ist, kann sie sehen, dass Angelica rot wird. Sie wirft erneut einen Blick über die Schulter.

»Sorry«, flüstert Julia. »Ich wollte nicht herumschnüffeln.«

»Du musst dich doch nicht entschuldigen, ich bin nur ein bisschen nervös. Er ist nett, aber du weißt ja, wie das ist … man will sich ja nicht zu früh freuen.«

Julia lächelt.

»Ich weiß genau, wie es dir geht.«

Während sie das sagt, muss sie an einen anderen breitschultrigen Mann denken, der während der Ausbildung immer an Angelicas Seite war. Julia weiß noch genau, wie er aussah. Eisblaue Augen und blondes, nach hinten gekämmtes Haar. Karsten. Die beiden kannten sich von Kindesbeinen an, und wahrscheinlich war er es auch, der verhinderte, dass Julia sich enger mit Angelica anfreunden konnte. Immer stand Karsten zwischen ihnen, und zwar vorsätzlich, davon war Julia überzeugt. Er schloss die Ausbildung mit Bestnoten ab und bekam sofort einen Job in einem eleganten Restaurant in einem Gutshof außerhalb von Stockholm.

»Hast du eigentlich noch Kontakt zu Karsten?«

Die Frage war ihr so rausgerutscht, Julia hatte sie nicht mehr aufhalten können.

»Ähm, nein, leider nicht«, sagt Angelica. »Aber du weißt ja, wir werden uns immer nahestehen, weil wir uns schon unser ganzes Leben lang kennen. Aber wir sind getrennte Wege gegangen.«

»Verstehe. Man lebt sich auseinander.«

Angelica nickt. Julia kann ihren Blick nicht richtig deuten. Trauert sie darum oder ist es etwas anderes?

»Wir verabreden bald was, ja? Ich habe dich wirklich vermisst. Wir finden einen Termin, und dann quatschen wir über alte Zeiten, ja?«

»Absolut! Das machen wir auf jeden Fall.«

Sie verabschieden sich. Als Julia die heimeligen Räume des E&G verlässt, fegt ein kalter Wind heulend durch die Birger Jarlsgatan und streift die pompösen Gebäude der Jahrhundertwende. Ein E-Scooter, der auf dem Bürgersteig geparkt steht, wird davon umgestoßen. Julia schlingt sich den Mantel eng um den Körper und geht zügig die Straße hinunter zur U-Bahn-Station Odenplan.

Als sie sich ein letztes Mal umdreht, lockt die lebendige Bar mit ihrem warmen Licht und dem Kerzenschein. Aber das Bild wird immer kleiner, wie eine Bestätigung, dass der Abend endgültig vorbei ist und jetzt nur noch ein langer Nachhauseweg vor ihr liegt. Zurück in eine einsame, unaufgeräumte Wohnung. Sie umklammert ihren Schlüsselbund, sieht sich unsicher um und beschleunigt ihre Schritte.

*

Die SMS kommt gegen elf. Julia liegt auf ihrem Sofa und scrollt durch diverse Instagram-Accounts, die sich auf Food spezialisiert haben.

Wie schön, dass wir uns getroffen haben. Da sind so viele Erinnerungen hochgekommen – wir hatten eine richtig tolle Zeit, oder? Hoffentlich schaffen wir das bald mit dem Glas Wein! Mir ist etwas eingefallen, wo du in Ruhe schreiben kannst. Meine Eltern haben nämlich ein Sommerhaus auf Bullholmen, in den Stockholmer Schären. Sie wohnen da den Sommer über, aber vermieten es sonst. Jetzt haben wir noch Nebensaison, da bezahlst du nur fünfzig Prozent vom Mietpreis, und ich bin mir sicher, dass ich dir noch einen kleinen Freundinnenrabatt herausschinden kann!

Du kannst es dir ja mal überlegen. Ich freue mich auf dein Buch.

Küsschen, Angelica.

4

Cilla

»Nenn mir jemanden, der auf eine besonders ungewöhnliche Weise umgebracht wurde, Zacke.«

Er sieht mich mit hochgezogener Augenbraue an, hebt den Thymianzweig in die Luft und unterbricht seine Kochvorbereitungen.

»Wenn ich jedes Mal eine Krone bekommen würde, wenn mich jemand das fragt ...«

»Tschuldige«, seufze ich. »Ich höre ja schon auf zu jammern.«

Seit zehn Monaten schreibe ich Manuskripte für den True-crime-Podcast *Blutspur*. Eigentlich läuft alles sehr gut. Aber je länger ich das mache, desto schwieriger wird es, neue Fälle zu finden, über die ich schreiben kann. Was auch meine Existenz als freiberufliche Journalistin und Kriminalreporterin bedroht. Womit ich wiederum meinen Freunden in den Ohren liege.

»Schon gut. Wenn jemand die letzten Wochen mit Jammern verbracht hat, dann war das wohl ich.«

Zacke zuckt mit den Schultern, zupft die kleinen Blätter des Thymians ab und streut sie über die Kartoffelhälften auf dem Backblech. Mein wunderbarer Freund hat eine ganz eigenwillige Art, Ofenkartoffeln zu machen. Allem voran weigert er sich, die Kartoffeln zu vierteln (Zitat: »Das hat man 2006 gemacht!«), bei ihm werden sie nur halbiert. Die Kartoffelhälften landen in einer Plastiktüte mit extra viel Olivenöl und werden darin mehrere Minuten ausgiebig massiert. Damit auch jeder Nanometer der Oberfläche mit Öl bedeckt ist, das Geheimnis des perfekten Backvorgangs. Danach werden die Hälften mit Thymian und Rosmarin (frische Kräuter natürlich, auf keinen Fall getrocknete – man ist doch kein Höhlenmensch, Zitatende) sowie haufenweise frisch zerstoßenem Pfeffer und Salzflocken gewürzt. Dann geht es in den Ofen auf höchster Stufe, bis die Kartoffeln aussehen wie verschrumpelte Omas nach einer Pauschalreise. Das mag jetzt wie ein übertrieben kompliziertes Ritual klingen, aber Zackes Ofenkartoffeln sind mit Abstand das Leckerste, was ich je gegessen habe. Und das, obwohl sie aussehen, als hätten sie das Krematorium überlebt.

Wir sitzen in meiner kleinen Küche auf Södermalm, wo wir viel Zeit verbracht haben, seit Zacke vor ein paar Wochen aus Cornwall zurückgekommen ist. Das Fenster zur Straße steht auf Kipp, aus meiner Boombox kommt gedämpfte Musik.

»Du hast nicht gejammert, Zacke«, sage ich mit sanfter Stimme.

»Doch, das habe ich.«

Er öffnet die Ofenklappe, und die heiße Luft strömt in den Raum. Nachdem er das Backblech hineingeschoben und die Klappe geschlossen hat, schüttelt er die Hände, als hätte sich dort unsichtbarer Staub niedergelassen.

»Außerdem hast du jedes Recht zu jammern. Dein Leben wurde schließlich …«

»… im Klo runtergespült?«

Ich lächele.

»Ein bisschen auf den Kopf gestellt.«

»Das ist viel zu milde ausgedrückt. Es wurde nicht auf den Kopf gestellt. Ich sitze ohne Sicherheitsgurt in dem verfluchten Kettenkarussell im Gröna Lund Park. Das Schlimmste daran ist, dass ich nur mir ganz allein die Schuld dafür geben kann.«

Ich nicke und entscheide mich dafür, meinen Freund nicht in Schutz zu nehmen. Denn er hat recht. Sein Leben ist aus den Fugen geraten. Wie verrückt. Es ist erst ein paar Monate her, dass wir in der neuen Skihütte von Zacke und Jonathan in Idre Fjäll zusammen Weihnachten gefeiert haben. Aber nach ihrer Rückkehr nach Stockholm brach ihre Welt zusammen. Genau genommen zwei Wochen später, als Jonathans Mutter von einer Spätschicht im Karolinska-Krankenhaus nach Hause fuhr und tödlich verunglückte. Mama Katrin, von der in den vergangenen Jahren oft die Rede war, hatte ein paar schwere Jahre hinter sich. So erfolgreich sie in ihrem gut bezahlten Posten als Chirurgin war, so wenig Glück hatte sie privat. Jonathans Eltern hatten sich vor ein paar Jahren scheiden lassen, was zu einem Rosenkrieg um das gemeinsame Sommerhaus führte. Kaum war das überstanden, folgte die Trauer über das Ende der vierzigjährigen Beziehung. Jonathan war ihr in dieser Zeit eine große Stütze gewesen, ihr Fels in der Brandung. Sie hatten schon vor der Scheidung ein enges Verhältnis, aber das war nichts im Vergleich, wie es danach wurde. Mama Katrin wurde zu einem festen

Bestandteil in Zacke und Jonathans Leben am Mariatorget. Jonathan und sie hatten denselben Humor, und auch Zacke mochte sie sehr. Sie verstanden sich gut, und Katrin liebte seine Kochkünste.

Katrin prallte in jener kalten Nacht bei überfrierender Nässe auf der E4 frontal gegen einen Brückenpfeiler und starb noch am Unfallort. Gerade, als sich ihr Leben endlich wieder in ruhigere Fahrwasser begeben hatte.

Jonathan wurde noch mitten in der Nacht angerufen und ist augenblicklich in eine Art Schockstarre verfallen. Zacke konnte ihn kaum erreichen. Die ersten Wochen waren schwer. Zacke tröstete ihn, ließ sich in der Weinbar vertreten, um für ihn da zu sein. Zacke trauerte auch, aber Jonathans Zustand zwang ihn dazu, sich zusammenzureißen, und ermöglichte ihm, es zu verdrängen. Nach der Beerdigung hatte Jonathan den Schock überwunden, zurück blieb tiefe Trauer. Aber Zacke war zuversichtlich, dass der Mann, den er liebte, allmählich den Weg zurück ins Leben fand. Denn Jonathan konnte wieder lachen, essen und küssen. Die Hoffnung wuchs zeitgleich mit den ersten Schneeglöckchen, die ihre Köpfe aus der Erde steckten. Aber dann kam alles anders. Es geschah etwas, was Zacke niemals hätte kommen sehen.

Denn im März kam die große Lebenskrise.

»Noch einen Trocadero?«, fragt Zacke und öffnet meinen Kühlschrank, in dem er sich mittlerweile bestens auskennt.

»Gerne. Gibt es noch Eis?«

Zacke nickt und schenkt mir sowohl Eiswürfel als auch Wein ins Glas. Er hat letzte Nacht auf der Matratze im Wohnzimmer geschlafen. Und wird das wahrscheinlich auch heute Nacht tun. Ich habe ihm gesagt, dass er immer willkommen ist und bleiben kann, solange er will. Und das meine ich auch so. Gleichzeitig aber bricht es mir das Herz, wenn ich an die beiden denke. Wenn es ein Paar gab, auf das ich hohe Summen gewettet hätte, dann Zacke und Jonathan.

Aber die Lebenskrise stellte alles auf den Kopf. Jonathan war in der Beziehung der beiden der Bodenständigere gewesen. Ihm gefiel sein Job bei der Bank, er beglich seine Schulden sofort, auch wenn das nicht notwendig war, und für ihn war die Supermarktlieferung das Highlight der Woche. Deshalb waren wir alle vollkommen unvorbereitet, als ausgerechnet er in eine Lebenskrise geriet. Ich hätte da immer auf Zacke gesetzt.

Aber das Leben denkt sich immer wieder etwas Neues aus, um uns zu überraschen.

Anfang März, das fühlt sich wie eine Ewigkeit an, dabei ist es nur knapp zwei Monate her, kam Jonathan von der Arbeit nach Hause und bat Zacke um ein Gespräch. Er solle sich zu ihm setzen, denn er habe ihm etwas Wichtiges zu sagen. Zacke hatte keine Ahnung, was los war, ob etwas Ernstes passiert war. Vielleicht hatte Jonathan im Weinkeller aus Versehen ein paar Flaschen seiner besten Jahrgänge Barolo umgestoßen? (Genau genommen handelte es sich hierbei nur um eine Ecke auf dem Dachboden ihres Mietshauses.) Aber das hatte Jonathan nicht. Er hatte seinen Job bei der Bank gekündigt, bei der er seit seinem zwanzigsten Lebensjahr angestellt gewesen war. Er hatte keine Lust mehr. War, ohne zu zögern, zu seinem Chef gegangen und hatte gekündigt, nachdem er ihm versichert hatte, dass er die Kündigungsfristen und alles kannte. Aber er konnte einfach nicht länger in der Bank arbeiten. Er war fertig damit. Wollte seinem Leben eine neue Richtung geben.

Und dann kam der zweite Knaller. *Zacke, ich habe nicht nur keine Lust mehr auf meinen Job. Ich habe auch keine Lust mehr ...*

Zacke hatte die Luft angehalten. Aber Jonathan hatte nicht gesagt *auf dich*. Er hatte *auf Stockholm* gesagt. *Ich habe keine Lust mehr auf Stockholm*. Darauf folgte eine wochenlange Diskussion. Jonathan wollte wegziehen, aber wohin wusste er nicht. Nur dass es ihn wegzog. Er wollte keine Trennung oder so. Aber er brauchte unbedingt etwas Neues. Zacke ging es überhaupt nicht so. Er liebt Stockholm mehr als alles andere auf der Welt, mein süßer Zacke. Wahrscheinlich sogar mehr als mich. Er liebt ihre Wohnung am Mariatorget, ihre Ungebundenheit, die Abende in der Stadt. Und er liebt seine Arbeit – seine Weinbar, die nur einen Steinwurf von ihrer Wohnung entfernt ist.

Aber Jonathan hatte die Entscheidung schon gefällt. Und das führte schließlich zu dem Entschluss, doch eine kleine Pause einzulegen. Um in Ruhe die Gedanken sortieren zu können. Und diese Pause dauert jetzt schon zwei Monate an. Zum Glück war Zacke viel unterwegs, auf Dienstreisen in Weingebiete, solange konnte Jonathan ungestört in der Wohnung sein. Die vergangenen Wochen hat er dann in ihrer Skihütte in den Bergen verbracht, war viel spazieren und hat die Schönheit der Natur genossen. Es ist nicht so, dass sie sich nicht sehen wollen, sie lieben sich, aber es ist im Moment einfach schwierig.

Denn am Ende war es Zacke, der die schon angeschlagene Fassade ihrer Beziehung mit einem ordentlichen Vorschlaghammer bearbeitet hat. Einen Monat nachdem ihm Jonathan seine Großstadtmüdigkeit eröffnet hatte, war Zacke mit seinen Kollegen aus. Es wurde feuchtfröhlich. Am Anfang des Abends hatte er mit Sarah und Johanna im *Mon Dieu!* ein paar Gläser Wein getrunken, danach zogen sie von einer Bar in die nächste, bis sie im *Riche* auf Freunde von Johanna stießen. Darunter ein junger Kerl, dessen Namen Zacke bis heute verschweigt. Er war keinen Tag älter als fünfundzwanzig und natürlich ebenfalls ein Weinnerd, wie alle aus der Gruppe. Am Anfang haben sie sich nur lange, tiefe Blicke zugeworfen, aber im Laufe der Nacht fragte ihn der Jüngling, ob er eine mit ihm rauchen wollte. Da sagte Zacke nicht Nein. Und nicht lange danach standen sie auf der regennassen Birger Jarlsgatan und haben geknutscht. Es kam nicht zum Äußersten, zum Glück. Aber es war schlimm genug. Am nächsten Morgen wachte Zacke mit panischer Angst auf. Wir hatten daraufhin viele Gespräche, und am Ende entschied sich Zacke dafür, Jonathan die Wahrheit zu sagen.

Ich kann mir ausmalen, wie das aussah. Wie Zacke alle Klischees bediente. *Das war völlig bedeutungslos, bei uns läuft es doch gerade nicht und so weiter ...* Zackes Verhalten war grenzdämlich, keine Frage. Aber ich weiß ziemlich genau, wie sehr er es bereut. Und ich hoffe, dass Jonathan das früher oder später auch verstehen wird.

Und dann – als Zacke dachte, dass es nicht noch schlimmer kommen kann – kam der nächste, verheerende Schlag. Wie der letzte Stein in einer Domino-Reihe, der alles zu Fall bringt.

»Hast du Neuigkeiten wegen deines Ladens? Wie geht es weiter mit dem *Mon Dieu!*«, frage ich und gönne mir einen großen Schluck des feinen Schaumweins.

Die winzige Weinbar, die Zacke vor ein paar Jahren aufgemacht hat, musste von einem Tag auf den anderen schließen. Die Klagen der Anwohner in dem ansonsten sehr ruhi-
gen Haus auf Södermalm, dass es dort unten im Keller zu
laut und zu wild herging, hatten sich gehäuft. Aber Zacke
hatte unbeirrt und mit wachsendem Erfolg weitergemacht.
Bis einem der Mieter, einem sauertöpfischen Typen aus dem
ersten Stock, der Kragen geplatzt war. Er reichte beim Haus-
besitzer schriftlich eine Klage ein. Der handelte und entschied vor zwei Wochen die vorübergehende Schließung der
Bar. Für zwei Monate, um die Wände des Lokals schalliso-
lieren zu lassen. Bis Ende Juni bleibt das *Mon Dieu!* vorerst
geschlossen.

»Nein«, antwortet Zacke und wendet die Kartoffelhälften. Dabei verbreitet sich ein herrlicher Duft in der Küche.
»Leider noch keine Neuigkeiten. Aber die Arbeiten gehen
voran. Ich war gestern dort. Die Handwerker sind fleißig am
Werk. Aber es tut weh zu sehen, wie alle anderen jetzt anfangen, ihre Außengastro in der Sonne aufzumachen. Ich sollte
um diese Jahreszeit Rosé ausschenken, stattdessen fahren wir
nur jeden Tag Verluste ein.«

Ich nicke verständnisvoll. Zacke sieht so unendlich traurig aus, dass es mir wehtut. Ich weiß, dass er diese Pause
finanziell überstehen wird – zum einen hat er vor ein paar
Jahren etwas von seinen Eltern geerbt, zum anderen hat er
sich nie groß an den Gewinnen des *Mon Dieu!* bedient. Denn
er weiß, dass die Branche ein unsicheres Terrain ist, obwohl
das Lokal seit seiner Eröffnung sehr gut läuft. Aber er wollte
lieber auf der sicheren Seite sein. Seine Weinbar und auch er
werden diese zwei Monate also schadlos überstehen. Aber

es war im Augenblick des größten emotionalen Chaos ein weiterer Schlag ins Gesicht.

»Ich verspreche, dass ich zum Supportkauf komme und jeden Abend Chardonnay trinken werde, sobald ihr wieder aufmachen dürft«, sage ich und lächele ihn aufmunternd an.

»Das weiß ich doch, Herzchen.«

»Weil ich so ein Schluckspecht bin?«

Zacke legt seine Hand auf meine.

»Nein, weil du meine Freundin bist.«

*

Eine halbe Stunde später haben wir uns den köstlichsten Salat reingeschaufelt. In Dill geschwenkte Ofenkartoffeln, Radieschen, Avocado und knuspriges Knoblauchbrot. Wir stoßen mit dem Trocadero an und lachen uns kaputt über einen Teilnehmer der Fernsehsendung *Traum vom Haus*, der vor Stress beinahe in Tränen ausbricht, weil ihn die Anforderungen seiner Frau an das gemeinsame Sommerhaus überfordern. In der Sekunde habe ich einen Geistesblitz.

»Du, Zacke ...«

Er schluckt ein Stück Kartoffel herunter und sieht hoch.

»Ja?«

»Du hast vorhin gesagt, dass du am liebsten für eine Weile untertauchen möchtest, weg von hier. Stimmt's?«

»Hm. Jonathan kommt nächste Woche aus Idre zurück, und ich bezweifle, dass er sich riesig freut, mich wiederzusehen. Aber ich kann es mir nicht leisten, jede zweite Woche nach Cornwall zu fahren. Auch wenn ich es steuerlich absetzen kann.«

»Ich hatte dabei auch nicht an England gedacht. Sondern etwas viel Näheres.«

»Wie viel näher?«

»Haninge.«

Er hebt eine Augenbraue.

»Haninge? Willst du mich verarschen?«

Ich ziehe eine Schnute und zupfe mir einen winzigen Dillzweig von der Lippe.

»Herzchen, ich meine natürlich Bullholmen, in den Schären. Die Insel gehört aber offiziell zur Kommune von Haninge.«

»Meinst du deine Laube in der Schrebergartenkolonie?«

Ich nicke eifrig. Im Sommer ist mein Jahrestag, dann ist es ein Jahr her, dass ich dieses Schnäppchen gemacht habe. Eine kleine Laube auf einer idyllischen Schäreninsel, nicht einmal vierzig Minuten vom Strandbad Årsta entfernt.

»Die Saison hat dort schon angefangen, alles wird hochgefahren, und in meiner Hütte gibt es Heizung, und es ist ganz nah am Wasser.«

»Aber, wie meinst du das ... soll ich da jetzt hinziehen, oder was?«

»Warum nicht? Du hast gerade nichts zu tun, willst so wenig wie möglich in deiner Wohnung sein ... Nutze die Wochen doch für dich. Geh spazieren, lass deinen Gedanken freien Lauf, lies ein Buch. Wann hast du das letzte Mal ein Buch gelesen?«

»Wann kam der erste Harry-Potter-Band raus?«

Ich lache.

»Siehst du. Auch du kannst eine Pause von der Großstadt gebrauchen. Und du hast dich immer beklagt, dass du im Sommer keine Ferien machen kannst.«

Nachdenklich starrt Zacke auf seinen Teller.

»Aber ich bin eher nicht so der Naturmensch, Cilla.«

»Das weiß ich doch. Aber Bullholmen besteht nur aus ein paar Wiesen, ein bisschen Wald und ganz viel Meer. Es gibt Restaurants, einen Supermarkt, und die Fähre legt mehrmals täglich an und ab.«

»Damit komme ich auch zurück ans Festland?«

»Nein, nach Sarajevo. Na klar, du Dummerchen, natürlich ans Festland.«

Er kratzt sich am Kinn. Sieht mich an.

»Kommst du mich besuchen? Oder willst du die ganze Zeit nur mit Adam allein sein?«

»Natürlich komme ich dich besuchen. Schließlich muss ich aufpassen, dass du meine Pflanzen nicht alle umbringst.«

»Aber du hast doch noch nicht angefangen mit deiner Gartenarbeit?«

»Nein.«

»Dann kann ich ja auch nicht so viel *umbringen*.«

Ich lege ihm eine Hand auf die Schulter.

»Überleg es dir, Zacke. Du kannst es dir da draußen richtig schön machen. *Quality time*. Du könntest auch ... was weiß ich, meditieren.«

»Du liest eindeutig zu viele Fitnessmagazine.«

»Kann schon sein.«

Zacke geht in die Küche, um den Wein zu holen und mir einzuschenken. Es schäumt in meinem Glas, und ich kann ihm ansehen, dass in seinem Kopf die Gedanken wie Champagnerkorken wild umherfliegen. Schließlich räuspert er sich.

»Bist du sicher, dass du mir deine Hütte ausleihen willst?«

»Absolut! Was für eine dumme Frage ist das denn? Du darfst da immer hin.«

»Umsonst?«

»Logo. Die einzige Gegenleistung, die ich einfordere, ist ein schöner Mordfall.«

Er grinst.

»Da hätte ich vielleicht sogar was für dich.«

Ich setze mich kerzengerade auf. So schnell, dass es in der Lendengegend reißt. Autsch, verdammt!

»Echt jetzt? Was denn?«, sage ich und massiere mir mit der Hand das Kreuzbein.

»Ich blättere beim Einkaufen im Supermarkt immer in den Heftchen, und gerade kürzlich war da eine Geschichte. Die spielte in Kyrkviken. Und wenn ich mich nicht irre, liegt das auf Bullholmen, oder?«

Ich stelle mich hin, um mich zu strecken und zu dehnen.

»Doch, stimmt. Ich glaube, Kyrkviken liegt auf der anderen Seite der Insel.«

»Wie kann es dann sein, dass du noch nie etwas von dem Mord an dem Studenten irgendwann in den Sechzigern gehört hast?«

5

Julia

Sag dem Kontrolleur, dass du bei Kyrkviken aussteigen willst.

Diese Anweisung hatte ihr Angelica gegeben. Offensichtlich ist das ein Fähranleger, der nicht automatisch angelaufen wird. Man muss vorher anmelden, wenn man dort aussteigen will, sonst fährt die Fähre weiter. Als wäre es ein geheimer Ort. Julia sieht aus den Bullaugen der Fähre *Silberpfeil* auf das glitzernde dunkelblaue Wasser. Am Anfang hat sie noch an Deck gestanden und die Sonne genossen, aber dann wurde es zu kalt, und sie ging unter Deck. Es war noch nicht Sommer, das merkte man, sobald die Sonne hinter einer Wolke verschwand.

Die Fähre hat gerade den Hafen von Bullholmen verlassen. Das, was sie von Bullholmen zu sehen bekam, sah gemütlich aus. Im Sommer war der Hafen wahrscheinlich proppenvoll mit Segel- und Motorbooten, jetzt aber schaukelten nur zwei vereinzelte Segelboote an der Pier. Sie entdeckte ein Eiscafé, das noch geschlossen hatte, einen Supermarkt und eine kleine Hafenkneipe. Die Saison hatte auch hier noch nicht begonnen. Aber der Supermarkt soll, laut Angelica, drei Tage die Woche geöffnet haben. Das hoffte sie doch sehr, sonst würde sie verhungern müssen.

Die Fähre nähert sich einem kleinen Steg. Aus dem Lautsprecher ruft eine männliche Stimme: »Nächste Haltestelle: Kyrkviken.« Julia rafft schnell ihre Sachen zusammen. Einen großen Rucksack, einen Rollkoffer und einen Karton mit Lebensmitteln aus Stockholm. Im Rucksack waren ihre Kleidungsstücke, im Rollkoffer zehn Flaschen Wein, die sie sorgfältig in Tücher eingewickelt hat. Die meisten hätten sich wahrscheinlich mit einem Fünfliterkanister Wein begnügt und den restlichen Koffer mit Badesachen und anderen Ferienutensilien vollgestopft. Aber Julia ist auf der Insel, um zu arbeiten. Und die zehn Weinflaschen sind Teil ihres Auftrages für die kommenden Wochen. So sonderbar das auch klingen mag.

Sie verabschiedet sich mit einem Nicken vom Kontrolleur und geht an Land.

Die Fähre legt wieder ab und verschwindet zwischen den vielen kleinen Schäreninseln. Und lässt sie allein zurück. Sie ist zum ersten Mal in den Schären. Natürlich hat sie dem beliebten Ausflugsziel auf Fjäderholmarna einen Besuch abgestattet, denn in dem Restaurant auf der Inselspitze kann man hervorragend essen. Außerdem hat sie selbstverständlich alle Romane von Viveca Sten über die Morde in Sandhamn gelesen. Aber mehr Schärenerlebnisse hatte sie bisher nicht. Sie atmet tief ein. Ist die Luft hier tatsächlich anders? Ja, ein bisschen. Frischer. Kühler. Salziger.

Sie macht sich auf den Weg mit ihrem schweren Gepäck. Der Kies knirscht unter den Sohlen ihrer weißen Converse. Angelica hat gesagt, dass es nicht weit bis zum Sommerhaus ist. Sie muss nur den Weg hinuntergehen, ein paar Hundert Meter vielleicht und dann ... sieht sie es. Unterhalb der

Straße liegt eine Bucht und glitzert in der Sonne. Dort steht ein Haus mit Blick aufs Wasser, und es sieht genauso aus wie auf den Fotos, die Angelica auf Instagram gepostet hat. Eine Schärenidylle vom Feinsten. Sie geht den sanften Hang hinunter und durch den Garten. Himmel. Das Haus ist noch größer, als es von der Straße aus gewirkt hat. Um ein Vielfaches größer als Julias Wohnung in der Stadt. Das Haus ist modern, obwohl Angelica erzählt hat, es sei aus den Fünfzigern. Offensichtlich hatte es eine gründliche Schönheitsoperation über sich ergehen lassen. Oder sogar mehrere. Die Holzwände sind weiß lackiert, und auf der Rückseite des Hauses erstreckt sich eine breite Holzterrasse mit Blick aufs Meer. Die Fassade besteht hier fast nur aus bodentiefen Fenstern. Das sieht sagenhaft aus. Wie viel ist dieses Haus wohl wert? Zehn Millionen Kronen? Mindestens.

Es kribbelt im Bauch vor Glück, und sie kichert vor Freude. Drei Wochen wird sie hier wohnen, bis Ende Mai. Und kosten tut es sie nur ein paar Tausend Kronen, die sie sogar dem Verlag in Rechnung stellen kann. Was für ein Glückspilz sie ist. Angelica war wie der rettende Engel genau im richtigen Moment aufgetaucht, als sie sich vor einer Woche zufällig in der Weinbar getroffen haben. Und jetzt ist Kyrkviken 15 ihr vorübergehendes Zuhause. Sie hat das ganze Haus für sich allein. Das wird super, versucht sie, sich zu beruhigen. Denn ihre alte Bekannte, die tief sitzende Angst, macht sich wieder bemerkbar. Diese nervöse Unruhe, die sie nie abstreifen kann und die sie daran erinnert, dass keineswegs alles gut ist. Und dass die Bedrohung immer dort draußen lauert. Aber sie muss sich zwingen, auf die zuversichtliche, gute Stimme zu hören, die ihrer Therapeutin

Louise gehört, zu der sie seit fast einem Jahr geht. *Es wird nicht dadurch besser, dass du dich versteckst, Julia, im Gegenteil.* Und was sie jetzt macht, ist alles andere, als sich zu verstecken.

Sie holt tief Luft und schiebt die unguten Gefühle beiseite. Sie kniet sich neben den großen Blumentopf auf der Terrasse und tastet nach dem Schlüssel, der dort liegen soll. Millionenschwerer Palast hin oder her: Hier in den Schären haben die Leute offenbar ein unerschütterliches Vertrauen zueinander.

*

Es ist schon sechs Uhr abends, aber die Sonne strahlt unbeirrt über der blauen, funkelnden Bucht. Julia hat sich in ihrem neuen Zuhause eingerichtet. Sie liebt dieses Gefühl, auch wenn sie nur übers Wochenende verreist. Wenn sie ihr Hotelzimmer bezieht, packt sie sofort ihren Koffer aus und hängt ihre Sachen auf. Damit alles schön ist. Damit ist sie jetzt fertig. Sie hat ihre Sachen in den Schrank im großen Schlafzimmer geräumt (einem von fünf!), ihr Necessaire und ihre Pflegeprodukte auf die Ablage über dem Marmorwaschbecken im Badezimmer gestellt und ihr geblümtes Handtuch an den Haken an der Wand gehängt. Danach hat sie den Kühlschrank mit den Lebensmitteln vom Festland bestückt. Sie hat die frischen Kräuter – Dill, Rosmarin und Basilikum – von ihrer traurigen Plastikhülle befreit, sie in kleine hübsche Becher gesteckt und dann auf den Küchentisch gestellt. Natürlich wurden auch die Weinflaschen sorgfältig ausgepackt und nebeneinander aufgereiht. Zehn Flaschen feinste Tropfen, die sie sich in den kommenden

Wochen zu Gemüte führen wird. Sie sind nicht einfach nur zum Konsumieren gedacht. Ihr Plan ist es, eine Geschichte über diese Weine zu schreiben, verschiedene Rezepte auszuprobieren, die jeweils dazu passen. Die zehn Flaschen stehen stellvertretend für zehn verschiedene Weintypen, die man so mit Lebensmitteln kombiniert, dass sie sich von ihrer besten Seite zeigen können. Das hatte vor allem der Verlegerin so gut gefallen: In diesem Buch wird der Spieß einfach mal umgedreht – Essen *zum* Wein statt andersherum!

Alles, was sie tun muss, ist dieses Buch fertig zu schreiben. Bisher hat sie ... ein Drittel.

Ein Viertel.

Ein Fünftel.

Okay, zugegeben, in Wirklichkeit hat sie noch gar nicht richtig damit angefangen. Aber jetzt geht es los. Oh, die Finger werden nur so über die Tasten fliegen. Hier auf Bullholmen gibt es keine Ausreden mehr. In Stockholm war immer irgendetwas, das ihre volle Aufmerksamkeit verlangte. Die Familie, Frida, die Notwendigkeit, in den sozialen Medien Content zu produzieren, Douglas.

Und dann alles, an das sie nicht denken wollte.

Ab jetzt nichts anderes mehr. Nur frische Schärenluft und unendlich viel Zeit zum Schreiben. Und Zeit für einen Spaziergang zwischendurch. Und abends wird sie sich, nachdem sie den ganzen Tag vor dem Rechner geschuftet hat, etwas Schönes zu essen machen und sich ein passendes Glas aus ihrer bunten Auswahl genehmigen. Um es sich dann mit einem guten Buch auf dem Sofa gemütlich zu machen. Aber: erst die Arbeit, dann das Vergnügen. Schreiben, schreiben, schreiben.

Aber sie wird nicht gleich heute Abend damit anfangen. Erst morgen. Um neun Uhr. Wie bei einem richtigen Job.

Heute will sie ihr Glück feiern, dass sie in diesem Paradies gelandet ist. Sie holt den Champagner aus dem Tiefkühlschrank, den sie vor einer Stunde dort hineingelegt hatte, damit er die richtige Temperatur bekommt. Die Flasche wird, zusammen mit einem Glas, neben die frischen Kräuter auf dem Küchentisch platziert, dann nimmt sie ihr Handy und macht ein paar Fotos davon. Im Hintergrund funkelt das Wasser in der Bucht. Sie wählt einen passenden Filter aus, dann textet sie die Bildunterschrift:

Bester Ort zum Schreiben. Ever. Kann nicht fassen, dass ich ein solcher Glückspilz bin. Die Deadline drängt. Ihr wollt doch was zu lesen haben, wenn das Buch im Herbst erscheint? Hoffe ich …

Sie lädt den Beitrag hoch und sieht eine Weile zu, wie die Anzahl der Likes steigt. Mit fünfundneunzigtausend Followern hat Julia eine so große Followerschaft, dass sie mit ihren Posts Geld verdienen kann. Zurzeit schaltet sie bezahlte Beiträge für drei Markenprodukte: Pasta, Ricotta und Bier. Damit kann man nicht reich werden, und auch ihre Auftritte im Frühstücksfernsehen bringen ihr keine großen Summen ein. Aber es sorgt dafür, dass ihre Marke – *sie* – weiterwächst. Damit sie eines Tages davon leben kann.

Der Korken löst sich mit einem befriedigenden Zischen, als sie die Flasche öffnet. Kein Korkenknallen. Nicht hier. In einem Haus, das aus einer Schöner-Wohnen-Sommeredition stammen könnte. Julia kennt Angelicas Eltern nicht, hat sie nie kennengelernt, aber wenn man sich hier umsieht, ist es besser, auf Nummer sicher zu gehen. *Entschuldigen Sie, uns ist leider die kleine Delle in der Decke nicht entgangen. Die besteht*

*aus handgeschliffenem Carraramarmor aus dem Jahr 1855, und die
Reparaturkosten beliefen sich auf dreihundertfünfzigtausend Kronen.
Aber Sie sind jederzeit herzlich willkommen.* Oder auch nicht. Sie
schenkt sich ein Glas Wein ein, inhaliert das Bouquet. Dann
nimmt sie einen Schluck, schließt die Augen und genießt den
Blanc de Blancs aus einem der feineren Häuser. Standard,
kein Jahrgangswein, und dennoch. Butterkeks, reife Äpfel,
sonnige Zitronen und ein bisschen Erde. Fantastisch. Sie
macht ein Foto und tippt ihre Kurzanalyse in die Notiz-App,
damit sie sie im Laufe des Abends gegebenenfalls noch ein
wenig ergänzen kann.

In Gedanken versunken, bleibt sie an der Terrassentür
stehen und genießt den Blick über die Bucht. Die Sonne ist
verschwunden, sonst hätte sie sich für eine Weile nach draußen gesetzt. Dann ein anderes Mal. Die Aussicht ist umwerfend und frei. Fast.

Ein anderes Haus steht links von ihrem, auf der anderen
Seite der Bucht. Da die aber relativ schmal ist, kann man alles
auf der anderen Uferseite sehr gut sehen. Das Haus ist noch
beeindruckender. Unglaublich, aber wahr. Drei Stockwerke,
Terrasse und Balkone zeigen zum Wasser. Ein Whirlpool,
der offenbar mit Holz befeuert wird. Was für ein Traum von
einem Anwesen.

Während Julia die Aussicht und den Blanc de Blancs genießt, stellt sie sich vor, wer dort wohl wohnen mag.

6

Mittwoch, 29. Mai 1968

Sixten Axelsson steht im Flur und mustert sich im Wand-
spiegel.

Sein Blick wandert von oben nach unten, dann korrigiert
er nervös den Sitz seiner Fliege, die ihm seine Mutter gebunden hat.

Sie verdeckt zum Glück seinen Adamsapfel. Den hat er
schon immer hässlich gefunden, er ist viel zu groß und steht
zu weit vor. Mit der Hand streicht er sich den Pony aus der
Stirn und setzt sich probehalber die Studentenmütze auf
den Kopf, die er sich gerade gekauft hat. Wirkt die nicht viel
zu klein auf seinem riesigen Kopf mit den langen dunklen
Haaren?

Wie sehe ich aus?

Mache ich was her?

Er räuspert sich. Was soll's. Er kann sowieso nichts daran ändern. Er sieht nun einmal aus, wie er aussieht. Er wird
niemals wie Torsten aus seiner Klasse sein. Oder Lasse. Der
Schrank. Sixten ist eher der hagere Typ. Seine Mutter hat
ihm immer gesagt, dass er schöne Augen hat. Aber sie ist ja
auch seine Mutter. Seine kleine Schwester macht sich immer

darüber lustig, dass ihn die Mutter durch eine rosarote Brille sieht. *Wenn du nach Hause kommen und erzählen würdest, dass du jemanden überfahren hast, Sixten, dann würde Mama sagen: »Wie gut, dass du nicht noch mehr erwischt hast!«* Da ist viel Wahres dran, das kann er nicht leugnen.

»Ich gehe jetzt!«, ruft er ins Wohnzimmer.

Sein Vater sitzt auf dem Sofa und antwortet mit *Tschüss*, seine Mutter kommt in den Flur gelaufen.

»Oh mein Herz, du siehst so schick aus.«

»Hör auf.«

»Aber es stimmt doch, Sixten. Viel Spaß heute Abend. Und komm nicht so spät nach Hause.«

Sie sagt es mit einem Lächeln in den Augen. Als wäre sie genauso aufgeregt, auf die Party zu gehen, wie er. Sixten kommt nie spät nach Hause.

»Mache ich nicht.«

Seine Mutter küsst ihn auf die Wange und verschwindet wieder im Wohnzimmer, wo der Fernseher sein Bestes gibt. Es riecht nach Kartoffeln und geschmorten Zwiebeln. Bevor er das Haus verlässt, greift er in die Jacke seines Vaters, die in der Garderobe hängt, und nimmt sich drei Zigaretten aus der zerdrückten Packung.

Dann geht er und zieht die Haustür hinter sich zu.

Die zwei Jahre auf der Landwirtschaftsschule Saxinge sind vorbei. Es ist keine große Schule, hundertfünfzig Schüler werden in zwei Ausbildungsgängen unterrichtet: die Ausbildung mit Schwerpunkt Landwirtschaft, die alles von der Viehhaltung bis hin zum Bedienen von Landmaschinen beinhaltet, sowie die Ausbildung mit Schwerpunkt Pferdewirtschaft. Das landwirtschaftliche Profil haben hauptsächlich

Jungs gewählt, in dem anderen Profil sind hauptsächlich Mädchen. Die Schule befindet sich in Haninge, und viele der Schüler pendeln. Sixten ist nicht der Einzige, der auf Bullholmen wohnt. In den vergangenen zwei Jahren waren es an die zwanzig Schülerinnen und Schüler, die zwischen der Insel und dem Festland gependelt sind, und er hat viele neue Freunde gefunden.

Trotzdem haben die beiden Jahre in Sixten etwas gefestigt, was er von Anfang an schon wusste. Er will kein Landwirt werden und in die Fußstapfen seiner Eltern treten. Er hat nichts gegen Landwirtschaft, überhaupt nicht. Schließlich ist er auf einem kleinen Bauernhof in den Schären groß geworden. Und er hatte eine ziemlich idyllische Kindheit. Aber die Welt ist so groß, viel größer als die Insel. Seinen Eltern genügt es, darüber in den Zeitungen und im Fernsehen zu erfahren oder den Erzählungen seiner Tante zu lauschen, wenn sie von ihrem Pauschalurlaub in Spanien erzählt.

Sixten hingegen will es selbst erfahren, er will die Welt nicht nur als Zuschauer erleben.

Aber er hat viel gelernt in der Ausbildung, was ihm nützlich sein kann. Vielleicht wird er eines Tages auf einer Ranch arbeiten, irgendwo im Süden der USA? Oder in Australien? Dort würde er bestimmt einen Job finden. Pferdezucht und Landwirtschaft. Sein Englisch ist ganz passabel, was er den vielen Western und der Rockmusik zu verdanken hat, die er seit Kindesbeinen sieht und hört. Er würde sich mit Sicherheit da durchlavieren können. Außerdem hat er ein Startkapital. Seit drei Jahren jobbt er im Sommer unten am Hafen im Laden und hat mittlerweile fast dreitausend Kronen angespart. Damit würde er doch fürs Erste zurechtkommen?

Am liebsten würde er morgen früh aufbrechen. Er ist frei. Fertig. Es gibt nichts, was ihn noch auf Bullholmen oder in Schweden hält. Obwohl, das stimmt nicht ganz.

Denn *sie* ist hier.

Die grünen Blätter der Bäume bilden ein leuchtendes Dach über dem Kiesweg, wie ein Tunnel. Weiter hinten sieht er die aprikosenfarbene Kirche und die Wiese unten an der Bucht. Dort versammeln sich die Jugendlichen von Bullholmen im Sommer. Grillen, baden, trinken Bier. Heute Abend feiern sie sich selbst, das Ende der Schulzeit. Die zwanzig Schülerinnen und Schüler der Landwirtschaftsschule von Saxinge werden dort feiern. Sixten kann schon von Weitem die Gitarrenmusik und die Lieder hören, die seine Mitschüler singen. *Brown Eyed Girl* von Van Morisson. Die Zigaretten glühen in der Abendsonne, es duftet nach Grillkohle, Kirschblüten und Hoffnung.

Dann sieht er sie. Langes, blondes, welliges Haar mit der knallblauen Haarspange, ein geblümtes Kleid, barfuß. Sie winkt ihm zu, als sie ihn sieht. Sie übersieht ihn nie. Sixten zieht selten die Aufmerksamkeit der anderen auf sich. Aber sie sieht ihn immer.

Er lächelt ihr zu und erwidert ihr Winken. Dann holt er eine Zigarette aus der Brusttasche und zündet sie so lässig wie möglich an. Der Rauch brennt ihm im Hals, aber er versucht, nicht zu husten. Er findet Rauchen doof, aber er findet, es sieht gut aus. Und es gibt ihm ein gutes Gefühl, irgendwie.

»Aha, hast du jetzt angefangen zu rauchen, Sigge?«

Ihr Lachen ist laut, unbekümmert.

Ob sie es weiß? Dass er ihr einen Heiratsantrag machen will?

7

Cilla

Sixten Axelsson war nicht älter als neunzehn Jahre, als er eines frühen Sommermorgens auf Bullholmen mit durchgeschnittener Kehle auf der Landstraße gefunden wurde, die in den Norden der Insel führte. Ein ganz gewöhnlicher junger Mann, der gerade seine Ausbildung an der Landwirtschaftsschule beendet hatte und auf dem Weg in die große weite Welt war. Aufgewachsen in einer auf den ersten Blick intakten Familie, eine der wenigen ganzjährig ansässigen Inselbewohner.

Keine Feinde, soweit bekannt.

Keine kriminellen Verstrickungen.

Trotzdem hat ihm jemand die Kehle aufgeschnitten und ihn auf dem Weg verbluten lassen, der in die Bucht bei Kyrkviken führt. Fünfzig Jahre ist es her, dass Sixtens Mörder die Polizei an der Nase herumgeführt hat und die Auflagen der Tageszeitungen in jenem Sommer 1968 in die Höhe schnellen ließ. Der *Studentenmord* wurde diese Tat damals im Volksmund genannt, obwohl der junge Mann das Studium noch vor sich hatte. Ein klassischer *Sommermord* – so wurde der Fall unter Presseleuten genannt.

Ich sitze draußen im *Österlånggatan 17* und nippe an meinem Kaffee. Die Sonne scheint, und mir ist warm, obwohl die Luft noch ziemlich kühl ist. Das liegt an den Wärmepilzen, die eine wohlige Wärme ausstrahlen. Ich sitze hier schon seit einer Stunde und recherchiere den Fall von Sixten Axelsson. Und es gibt einiges darüber zu lesen. Mein Blick fällt auf mein Handy: *Verspäte mich um 5 Min, beeile mich!* Ich lächele. Adam und ich sind zum Mittagessen verabredet. Das erste Mal in diesem Jahr unter freiem Himmel. Ich schicke ihm ein Herz-Emoji und fahre mit der Lektüre fort.

Aus meiner Zeit beim Revolverblatt *Chance* weiß ich von der Redakteurin Kerstin, die vorher bei dem renommierten *Aftonbladet* gearbeitet hat, dass der Begriff des Sommermordes im Tageszeitungsgeschäft Standard ist. Das gab es nicht jedes Jahr, und natürlich wünschte sich *niemand*, dass es nur für die Auflage einen Mord gab. Aber wenn es zu einer solchen Tat in den Monaten Mai/Juni kam, standen die Chancen sehr gut, dass daraus in den kommenden Monaten des Sommerlochs eine ganze Serie wurde. Zwar haben die unzähligen Podcasts und Fernsehserien in den vergangenen Jahren einiges zur Popularität von True Crime beigetragen, aber schon seit es die ersten gedruckten Zeitungen gab, hatten die Leute einen großen, unersättlichen Appetit nach Mord und Totschlag. Besonders, wenn das Opfer jung, hübsch – und weiß – ist, kann das die Auflagenzahlen in die Höhe treiben.

Der Studentenmord im Sommer 1968 war ein klassischer Sommermord. Er verfügte über alle notwendigen Zutaten, außer der Tatsache, dass es sich bei dem Opfer um einen jungen, gut angezogenen Mann und nicht um eine Blondine handelte. Die Vorgehensweise war brutal und der Tatort eine beliebte und belebte Schäreninsel. *Fangt schon mal an, neue Banknoten zu drucken.*

Wie kann es sein, dass ich noch nie etwas von Sixten Axelsson gehört habe? Vor allem, weil ich Kriminalreporterin bin und außerdem eine Laube auf Bullholmen besitze! Nicht zu vergessen, dass ich seit Wochen nach einem neuen Mordfall für *Blutspur* suche. Gibt es einen Grund dafür? Will die Insel – und ihre Bewohner – etwas verheimlichen? Weil es mit Scham behaftet ist? Oder ist der Mordfall einfach in Vergessenheit geraten? Schließlich ist er über fünfzig Jahre her.

Ich muss unbedingt Rosie dazu befragen, denn mich gab es zu der Zeit noch nicht, sie hingegen schon. Wahrscheinlich hat sie es sogar live miterlebt. *Rosie.* Ich vermisse sie, denn wir haben uns eine ganze Weile nicht mehr gesehen. Und das, obwohl ihr Sohn, Adam, und ich quasi zusammengezogen sind. Aber wir haben vorgestern miteinander telefoniert. Sie war gerade damit beschäftigt, ihre Wohnung im Gärdet mit Frühlingsblumen zu bestücken. Wir sprachen über unsere Sehnsucht nach Bullholmen und dass wir uns ganz bald zum Mittagessen treffen wollen. Vielleicht kann man schon draußen in der Sonne sitzen. Ich habe auch nicht vergessen, sie nach Frank zu fragen, der Pistenwacht aus Idre Fjäll, den sie in den Winterferien kennengelernt hat. Vielleicht war daraus schon mehr geworden? Rosie ist nämlich alles andere als schüchtern – das Gegenteil würde ich sogar sagen. Sie ist einer der lautesten Menschen, die ich kenne. Und ich liebe das an ihr. Aber über ihre Beziehung zu Frank hat sie sich bedeckt gehalten. Frank hat die vergangenen

Monate in Idre Fjäll gearbeitet, die Hochsaison für die Skigebiete im nördlichen Dalarna. Aber sie haben offensichtlich häufiger miteinander telefoniert. Ich habe Rosie vorgeschlagen, ihn zu sich nach Stockholm einzuladen oder auf ein Wochenende auf Bullholmen? Aber Rosie hat nur laut gelacht. *Nein, danke. Selbst ist die Frau!* Typisch Rosie. Natürlich kommt sie allein zurecht. Aber Zeit mit einer sehr gut aussehenden Pistenwacht zu verbringen kann doch so falsch auch nicht sein? Da werde ich noch ein bisschen nachhaken müssen.

»Cilla!«

Ich zucke zusammen. Adam kommt auf mich zugelaufen, ich wische mir das Cappuccinobärtchen ab und stehe auf, um ihn zu begrüßen. Ich umarme ihn und küsse seine wunderbar vollen Lippen. Adam hat mit Abstand die weichsten Lippen von ganz Nordeuropa. In die habe ich mich – unter anderem – verliebt, auch wenn das sehr oberflächlich ist. Aber ich kann keinem Mann widerstehen, dessen Lippen so himmelweich sind. Aber er hat selbstverständlich noch viele andere wunderbare Seiten.

Sein dunkles Haar fällt ihm in die Stirn, und er stützt die Hand in die Seite, um zu verschnaufen.

»Bist du von der U-Bahn den ganzen Weg hierher gerannt?«, lache ich.

»Natürlich. Mein Fitnessprogramm für heute. Ich habe einen tierischen Hunger. Komm, lass uns schnell was bestellen!«

Und das tun wir. Er nimmt das Schnitzel und ich einen Thunfischburger. Er trinkt ein Glas eiskaltes Wasser dazu und ich eine Cola Zero. Adam hat einen ziemlich hektischen

Terminplan. Er arbeitet seit vielen Jahren für die Polizei von Nacka und hat da oft mit gruseligen Fällen zu tun. Unsere Wege haben sich lustigerweise schon ein paar Mal gekreuzt, was mit unseren jeweiligen Berufen zu tun hat. Richtig lustig ist es natürlich nicht. Ich habe den Hang, meine Nase in seine Ermittlungen zu stecken. Und er nimmt seinen Beruf sehr ernst, was sich leider an seinen Arbeitszeiten ablesen lässt. Man darf sich also glücklich schätzen, wenn man seine Gesellschaft zwischendurch ein paar Stunden am Stück genießen darf. Denn er ist eigentlich immer im Dienst.

Sich an einem ganz normalen Mittwoch mit ihm zu Thunfischburger und Schnitzel zu treffen ist demnach keine Alltäglichkeit, deshalb genieße ich jede Sekunde. Wir bekommen unser Essen serviert, lachen über ein älteres, streitendes Paar ein paar Tische weiter und freuen uns über einen niedlichen kleinen Hund, der an unseren Füßen schnüffelt. Als ich etwa die Hälfte meines Burgers gegessen habe, bemerke ich, dass sich das eine Lachgrübchen in Adams Wange bewegt. Er sieht richtig schelmisch aus.

»Was ist los?«, frage ich mit Briochekrümeln im Gesicht.

»Was meinst du?«

»Warum siehst du so … verschmitzt aus? Was hast du vor?«

Er wischt sich die Kapernmayonnaise aus dem Mundwinkel.

»Pass auf, liebe Cilla, ich habe nachgedacht … ich habe nächstes Wochenende doch frei …«

»Ja?«

Anders als die meisten Menschen, hat Adam nämlich nicht jedes Wochenende frei. Aber gestern verkündete er seine Absicht, weder am Samstag noch am Sonntag zu arbeiten. Ich hatte tatsächlich den Impuls, zur Feier des Tages die schwedische Flagge zu hissen.

»Ich habe mir deshalb was Schönes für Samstag überlegt.«

Ich bin sofort Feuer und Flamme. Was Schönes! Was könnte das sein? Irgendwo gemütlich brunchen gehen? Vielleicht im *Berns Asiatiska*? Oder in einem der trendigen Cafés auf Söder? Oder wir gehen in das britische Café in der Vasastan, wo man zwei Stunden lang anstehen muss, um ein Hash Brown zu ergattern – was auch nichts anderes ist als ein Kartoffelpuffer, der einen ausgiebigen Aufenthalt in einem Spaßbad aus Rapsöl verbracht hat. Vielleicht gönnen wir uns noch ein Glas Champagner dazu? Oh ja, das wird herrlich. Oder meint er etwas anderes Schönes? Hoffentlich nicht irgendwas … in der Natur? Ich habe festgestellt, dass das unter Leuten in meinem Alter immer populärer wird. Die Ü30er. Ich muss nur auf Facebook gehen und die Seiten meiner ehemaligen Mitschüler ansehen. Die Tendenz ist eindeutig. Vor zehn Jahren waren sie samstags damit beschäftigt, den Kebab vom Vorabend zu erbrechen, aber heute ist es kein richtiges Wochenende, wenn man nicht mindestens einmal zu den Lofoten hoch- und wieder zurückgepaddelt ist, eislochbaden war und die Nacht unter freiem Himmel verbracht hat. Ich kapiere das nicht. Nicht falsch verstehen, ich gehe auch gerne mal im Wald spazieren, und ich liebe meine kleine Laube auf Bullholmen über alles. Aber ich bin einfach ein Stadtmensch. Mich stressen die aggressiven Radfahrer auf der Götgatan nicht oder die vollen Cafés auf dem Stureplan. Im Gegenteil, das beruhigt mich. Ich liebe es, wenn viel los ist. Ich mag es, dass man immer Leute auf der Straße sieht, wenn man in der Stadt wohnt. Mich beruhigt es, meinen Schwarm immer in meiner Nähe zu wissen. Selbst wenn man sich einsam fühlt, ist man es nicht. Und das hat etwas sehr Beruhigendes.

Was mache ich bloß, wenn Adam zum Eislochbaden will? Dann weigere ich mich. Das will ich auf keinen Fall.

Oder wenn er mit dem Kajak lospaddeln will? Ich kann ja kaum das Gleichgewicht auf der Fähre nach Bullholmen halten.

Oder wenn er *klettern gehen* will? Gibt es in Stockholm überhaupt Berge? Ich bin doch keine Bergziege. Wahrscheinlich rutsche ich in den ersten fünf Minuten aus und lande im Krankenhaus.

Wir hatten eigentlich geplant, an meinem freien Samstag etwas Schönes zu unternehmen, aber dann ist Cilla umgeknickt… Aber jetzt, drei Jahre später, hat sie gelernt, ohne Worte zu kommunizieren. Nur mit Augenzwinkern. Dreimal Zwinkern bedeutet, dass ich ihr noch ein Glas Chardonnay einschenken soll!

Nein, vielen Dank auch. Ich werde nirgendwo herumklettern.

Aber Adams fröhlich aufgeräumter Gesichtsausdruck bringt mich dazu, mich aufrecht hinzusetzen und ihn anzulächeln.

»Erzähl – was werden wir am Samstag Tolles unternehmen?«

Er breitet die Arme aus.

»Ikea!«

Die Pommes, die ich wie eine Zigarette zwischen den Fingern halte, schwebt unverrichteter Dinge in der Luft.

»Bitte was?«

»Ich dachte, weil du jetzt einen Schlüssel für meine Wohnung hast und bald bei mir einziehen wirst, vielleicht hast du Lust, deinem neuen Zuhause einen eigenen Stempel aufzudrücken? Wir können auch ein bisschen umräumen? Damit daraus *unsere* Wohnung wird?«

Die Pommes schwebt nach wie vor in der Luft, wie ein verirrtes und erstarrtes Stück Kartoffel. In mir dreht sich alles, obwohl ich nur Cola Zero getrunken habe. Ikea? Von allen erdenklichen Aktivitäten, die Adam für diesen Samstag hätte vorschlagen können, wäre ich darauf niemals im Leben gekommen. IKEA. Ich buchstabiere das Wort in meinem Inneren. Es schmeckt nach Köttbullar mit sehr wenig Fleischanteil.

»Wie ... cool!«

Das ist alles, was ich herausbekomme. Dann stopfe ich mir in einem Affenzahn Pommes in den Mund. Erst die schwebende, dann noch eine und noch eine und noch eine. Mit vollem Mund spricht man nicht. Das geht auch nicht. Vollkommen unmöglich, eigentlich.

»Du hast etwas anderes erwartet, oder?«, fragt Adam vorsichtig.

»Was? Nein. Das ist toll. Ikea. Ich liebe Ikea«, stottere ich, nachdem ich hektisch die Pommes klein gekaut und heruntergeschluckt habe. »Ich bin Schwedin. Alle Schweden lieben Ikea. Die haben wunderschöne ... Gardinenstangen und so. Ich muss mal kurz aufs Klo.«

»Aber ...«

»Ich muss so dringend Pipi. Bin gleich wieder da.«

Ich stürze mit einem leicht hysterischen Lächeln ins Restaurant und von dort auf die Damentoilette. Lasse mich mit gesenktem Kopf auf den Klodeckel plumpsen. Ich muss überhaupt nicht Pipi. Als ich hochschaue, starrt mich mein Spiegelbild an. Was ist bloß los mit mir? Mein Traumpolizist will mit mir am Wochenende zu Ikea fahren, und ich drehe durch?

Ich kaue an den Fingernägeln, lasse meinen Blick über die schwarz-weißen Kacheln wandern.

Es liegt auch nicht an Ikea. Alle fahren zu Ikea. Praktisch die ganze Zeit. Klein-Lisa braucht eine neue Nachttischlampe – lass uns zu Ikea fahren. Die Schwiegermutter will neue Bettbezüge haben – lass uns kurz bei Ikea halten. Tante Britta braucht dringend eine neue Niere – bei Ikea gibt es alles. Ikea forever.

Mein Ex, Danne, und ich haben ein richtiges Ikea-Leben geführt. Wir haben sozusagen dort gelebt, während wir zusammen waren. Ja, so eine Art von Paar waren wir. Bis alles von einem Tag auf den anderen vorbei war. Will ich dahin wirklich wieder zurück? Will ich wieder die sein, die ich damals mit ihm war?

Ich schüttele vehement den Kopf. Wie dämlich kann man sein? Einmal mit seinem Freund zu Ikea zu fahren ist doch kein Weltuntergang. Adam will mir doch nur die Möglichkeit geben, in seiner Wohnung vorzukommen. In unserer Wohnung. Natürlich würden wir in seine geräumige, fast abbezahlte Zweizimmerwohnung in Vasastan ziehen statt in meine winzige Mietwohnung auf Söder, wo man den Rauch der Nachbarn durch die Lüftung im Badezimmer riecht.

Aber … bin ich schon so weit?

Meine Beziehung mit Danne ging vor knapp einem Jahr in die Brüche. Das ist noch nicht so lange her. Adam und ich haben uns letzten Sommer kennengelernt. Ich will keinen anderen Mann als ihn, das weiß ich ganz sicher. Aber wenn ich ehrlich bin, gefällt es mir so, wie es gerade ist. Meine kleine Höhle auf Södermalm, in der ich mich am Anfang sehr einsam und verloren gefühlt habe, ist mein sicherer Zufluchtsort. Ich liebe es, auf Södermalm zu wohnen, ich liebe es, dass Zacke nur einen Steinwurf entfernt ist. Ich weiß nicht, ob ich nach Vasastan passe. Vasastan ist … Avocadovollkorntoast und Konditoreien für Hunde. Und Crosstrainer. Das bin ich alles nicht.

Oder doch?

Natürlich will ich mit Adam zusammenleben. Keine Frage. Aber was ist, wenn es schiefgeht? Wenn wir es nicht schaffen? Was ist, wenn wir feststellen, dass wir gar nicht zusammenpassen, nachdem wir zusammengezogen sind? Uns geht es im Moment so gut, warum sollten wir das riskieren?

Mein Handy ertönt in der Hosentasche meiner Jeans, und ich hole es heraus. Wie immer macht mein Herz einen Satz, wenn ich Antonia Fiorellis Name auf dem Display sehe. Sie erzeugt eine ähnliche Reaktion in meinem Hals wie eine Handvoll Haselnüsse. Antonia ist die Chefin des Medienverlags, der den Podcast *Blutspur* produziert, und seit etwa einem halben Jahr meine Arbeitgeberin. Ich bin eigentlich davon überzeugt, dass sie nie etwas Böses im Schilde führt, sie ist nur sehr … *business*. So in der Art von »Hoppala, du bist mit deinem Hals unter den spitzen Absatz meines Stilettos geraten – wie ist das denn passiert?«.

Ich öffne todesmutig die SMS.

Grünes Licht von den Blutspur-Ladys. Auf geht's! Schaffst du die Deadline in zwei Wochen?

Ich sitze auf dem Klodeckel und grinse vor mich hin.

Grünes Licht. Gerade mal eine Stunde nachdem ich ihnen den Pitch geschickt habe. Dieser Tag nimmt doch langsam Formen an. Ich stecke mein Handy zurück in die Tasche, wasche mir die Hände und gehe wieder nach draußen. Ich hatte zwar nicht wirklich rotes Licht erwartet, nicht bei einem mysteriösen Mord aus den Sechzigern auf einer idyllischen Insel in den Schären. Das ist zu spannend. Aber bei Antonia weiß man nie. Es freut mich, dass diese Folge schon gesetzt ist.

Mein nächster Fall ist also der Mord an Sixten Axelsson, und ich habe zwei Wochen Zeit, um die Folge zu schreiben. Das ist zu schaffen.

Adam hebt den Kopf, als ich mich dem Tisch nähere, und bemerkt mein Lächeln.

»Du siehst ja so fröhlich aus, mein Schatz.«

Ich setze mich und schnappe mir eine Pommes. Lächele ihn an.

»Aber ja, das bin ich auch. Total. Musste an Ikea denken. Und wie schön das am Samstag wird!«

8

Julia

Die Sonne fällt durch die Dachfenster ins Schlafzimmer und erfüllt den Raum mit Licht. Es blendet Julia, als sie aufwacht und sich in dem riesigen Doppelbett streckt und rekelt. Was für ein wunderbarer Morgen, es fühlt sich fast wie ein Sommertag an. Sie bleibt im Bett liegen und genießt die Aussicht auf die blühenden Birken vor dem Fenster, die in einem schönen Kontrast zu dem hellblauen Himmel stehen. Der einzige Nachteil am Frühsommer sind die Pollen. Julia hat sich ihr ganzes Leben lang durch den Mai geschnieft. Sie kennt das nicht anders, aber es macht eine Weinprobe etwas komplizierter. Nun ja. Zum Glück hat sie ein sehr gutes Gedächtnis. Ein Sancerre ist und bleibt ein Sancerre.

Sie steht auf, macht sich eine halbe Kanne starken Kaffee und beantwortet ein paar Mails und Jobanfragen. Ob sie in drei Wochen Zeit hätte für ein paar Rosé-Tipps im Frühstücksfernsehen? Klar! Ob sie den Hörern vom Sender P4 in einer Woche etwas über die Geschichte der Frühkartoffeln erzählen könnte? Selbstverständlich. Ob sie sich eine Zusammenarbeit mit den Weight Watchers im Spätsommer vorstellen könnte? Lieber nicht. Julia nimmt einen Schluck

Kaffee. Um dieses Angebot muss sich ihre Agentin küm-mern. Vor ein paar Jahren noch hätte sie sich bei dem blo-ßen Gedanken daran kaputtgelacht, sich von so einer Firma für Diäten und Produkte sponsern zu lassen. Aber auch sie musste ihre Miete pünktlich zahlen.

Obwohl sie sich darum auch später kümmern kann. Jetzt hat das Buch absoluten Vorrang. Schreiben, schreiben, schreiben.

Sie nimmt sich ihren Rechner und den Kaffee und setzt sich auf die Terrasse. Der Titel des letzten Kapitels starrt sie an.

Ein kleines Bouquet Holunder.

Viel weiter ist sie noch nicht gekommen. Immerhin, die Überschrift. In diesem Kapitel geht es um die Rebe Sauvig-non blanc, die sehr elegant sein kann, wenn sie zum Beispiel aus dem Loiretal in Frankreich kommt oder etwas blumiger und explosiver schmeckt, wie in den Weinen aus Neusee-land. Aber sie verbindet immer der Duft von Holunder, fin-det Julia. Und sie liebt Holunder. Heute Abend will sie zwei Sauvignon blancs verkosten, die sie mitgebracht hat. Aber das Kapitel sollte vorher fertig sein.

Sie nimmt noch einen großen Schluck Kaffee. Tippt den ersten Satz in den Laptop und löscht ihn wieder. Schreibt einen neuen und ändert ihn wieder.

Da sich immer mehr von uns vegetarisch ernähren, ist es nicht ver-kehrt, immer eine Flasche Sauvignon blanc zu Hause zu haben. Du wirst begeistert sein, wie gut dein Sommersalat mit Ziegenkäse und Pinienkernen dazu …

Schnarch. Das gehört eindeutig nicht zu ihren originells-ten Tipps. Ziegenkäse und Sauvignon Blanc. Was kommt als

Nächstes? Pfannkuchen mit Marmelade? Knäckebrot mit Butter?

Sie holt tief Luft und starrt auf das spiegelglatte Wasser der Bucht von Kyrkviken. Die Sonne scheint. Ein paar Möwen gleiten durch den Himmel.

Vielleicht sollte sie einen kleinen Spaziergang machen, um neue Inspirationen zu bekommen?

*

Der Kies knirscht unter ihren Schuhen, aus den Kopfhörern kommt die neueste Platte von den Deportees. Sie genießt die Sonne im Gesicht und macht ein Foto, als ein Reh über das Feld springt. Sie ist seit einer Stunde unterwegs, der Schweiß läuft ihr herunter. Sie freut sich jetzt schon auf die Dusche. Und danach ein schönes Frühstück. Spiegelei, ein bisschen Bacon und in Butter gebratenes Brot. Dazu frisch gepressten Orangensaft, den sie sich bei ihrem Einkauf gegönnt hat.

Gleich ist sie zu Hause, keine fünf Minuten noch. Sie muss nur auf die andere Seite der Bucht kommen.

Kurz vor der Kirche bleibt sie stehen und lässt ihren Blick über die Bucht schweifen. Das stimmt nicht ganz, ihr Blick bleibt an dem Haus direkt am Wasser hängen, das sie gestern von der Terrasse aus gesehen hat. Was für ein protziger Kasten. Riesig. Ist das wirklich nur als Sommerhaus gedacht? Es sieht aus, als müsste es an der ersten Adresse in Stockholm stehen, im Stadtteil Äppelviken in Bromma, und nicht auf dieser kleinen Schäreninsel.

Weiße Fassade, große Fensterfronten, die Grünfläche, die sich bis zur Wasserkante erstreckt. An dem langen Steg, der weit ins Wasser hinausführt, ist ein Boot vertäut und etwas, das aussieht wie ein Saunafloß. Auf der Terrasse stehen der Whirlpool, der mit Holz beheizt wird, und eine großzügige Outdoorküche.

»Suchen Sie jemanden?«

Julia zuckt zusammen, als sie die dunkle Stimme hinter sich hört. Sie dreht sich so schnell um, dass ihr Pferdeschwanz ihre Wange peitscht.

»Oh Himmel... haben Sie mir einen Schrecken eingejagt!«

Vor ihr steht ein Mann. Auf den ersten Blick kommt er ihr bekannt vor. Als wären sie sich schon einmal begegnet. Oder aber er sieht jemandem einfach sehr ähnlich. Er ist ziemlich groß. Breite Schultern, dunkles, lockiges Haar, ein paar graue darunter. Dreitagebart. Braun gebrannt. Irgendetwas zwischen vierzig und fünfzig. Mindestens aber zehn Jahre älter als sie.

»Das wollte ich nicht. Sie sahen nur so suchend aus.«

»Nein, ich war spazieren und habe nur eine kurze Pause gemacht, um mich auszuruhen und... also, das Haus da unten ist wirklich stattlich.«

Sie zeigt auf die Luxushütte und sieht, wie der Mann den Mund verzieht. Er ist attraktiv, seine Art, die Hände in die Hüfte zu stemmen, strahlt Autorität aus. Aber auf diese Art von Männern steht Julia in der Regel nicht. Obwohl er eine sehr weiche, sanfte Stimme hat.

»Finden Sie?«

Er klingt amüsiert. Hat er auch ein Sommerhaus in der Nähe? Vielleicht kann er seine Nachbarn in der Protzbude nicht ausstehen?

»Na ja, es ist nicht wirklich mein Stil. Ein bisschen zu protzig. Und dann dieser Whirlpool.«

Sie verdreht die Augen, und der Mann lacht herzlich.

»Ja, Sie haben recht. Der ist vielleicht ein bisschen zu viel des Guten. Aber der nutzt Meerwasser. Es ist fast so, als würde man im Meer baden. Aber Sie haben recht, wir hätten es auch ein bisschen schlichter halten können.«

Julia bleibt das Lachen im Hals stecken. *Shit.* Gibt es ein Erdloch, in dem sie verschwinden kann? Vielleicht ist gerade niemand im Whirlpool, dann kann sie sich darin ertränken?

»Oh, verdammt. Entschuldigen Sie bitte ... das ist ... das ist natürlich ...«

Mehr bekommt sie nicht heraus. Der Mann wirkt nicht besonders brüskiert oder gar verärgert. Im Gegenteil. Es scheint ihn zu amüsieren.

»Das Haus gehört mir. Darf ich mich vorstellen? Ich bin John Lexell.«

Er streckt ihr seine große, warme Hand entgegen, und Julia schüttelt sie mit roten Wangen.

»Julia Appelqvist, und ich möchte mich aufrichtig entschuldigen.«

Er schüttelt den Kopf.

»Kein Problem. Meine Frau hat mich überredet, den Whirlpool zu kaufen. Ich fand ihn am Anfang auch schrecklich. Aber eines sage ich Ihnen: Bei Sonnenuntergang mit einem guten Glas Rosé gibt es keinen schöneren Ort.«

Julia lacht und streicht sich eine verschwitzte Haarsträhne aus der Stirn.

»Das kann ich mir gut vorstellen. Man kann also hier in der Bucht den Sonnenuntergang sehen?«

»Und wie. Wohnen Sie auch in der Nähe?«

»Ja, ich bin gestern angekommen.«

»Und welches Haus haben Sie gekauft?«

»Keins. Ich habe eins gemietet für ein paar Wochen. Das Haus auf der anderen Seite der Bucht.«

»Das ist ja ein Ding! Klar kenne ich die Besitzer des Hauses. Meine Familie besitzt schon seit Ewigkeiten Sommerhäuser auf Bullholmen. Hier kennt jeder jeden.«

Damit lässt er Julia stehen und öffnet das weiße Tor, hinter der sich eine Allee erstreckt, die zu der Luxushütte führt. Er hebt die Hand zum Abschied.

»War nett, Sie kennenzulernen. Ich hoffe, es wird Ihnen hier in Kyrkviken gefallen, auch wenn Sie nur ein paar Wochen bleiben.«

»Danke, das wird es bestimmt.«

»Und vergessen Sie nicht, den Sonnenuntergang zu genießen. Von Ihrer Terrasse aus können Sie den bestimmt auch sehen. Die Sonne geht zurzeit gegen neun, halb zehn unter. Gehen Sie angeln?«

»Ähm, nein. Warum?«

»An schönen klaren Abenden fahren wir manchmal mit dem Boot zum Angeln raus. Meine Frau hasst es, aber ich liebe es. Und da ich immer eine Flasche Rosé mitnehme, haben wir beide eine gute Zeit. Sie werden uns bestimmt mal rausfahren sehen.«

»Das klingt toll. Und fangen Sie auch was?«

»Nein, der Bestand hier ist ziemlich abgefischt. Wir machen das nur zum Vergnügen.«

Er macht sich auf den Weg zum Eingang des Hauses, hält aber noch einmal inne und dreht sich wieder um.

»Ach, eins noch!«, ruft er.

»Ja?«

»Kann es sein, dass ich Sie mal im Fernsehen gesehen habe?«

Julia lächelt und schabt verlegen mit der Spitze eines Turnschuhs über den Boden.

»Das ist schon möglich. Ich bin manchmal im Frühstücksfernsehen.«

»Ganz genau! Sie sind die Weinberaterin, stimmt's?«

Julia nickt. Sein Lächeln hat etwas Elektrisierendes, es funkelt in der Frühlingssonne. Julia weiß nicht, worauf sie ihren Blick konzentrieren soll. Wie sie ihre Hände halten soll. Was sie sagen soll.

»Dann danke ich Ihnen hiermit sehr für Ihren Wein-Tipp. Meine Frau weigert sich seitdem, einen anderen Tropfen als diesen südafrikanischen Rosé zu trinken.«

*

Gegen halb zehn hat Julia sich zwei Flaschen Sauvignon blanc aufgemacht, den Pouilly-Fumé und den Stoneleigh aus Neuseeland. Aber sie trinkt nur jeweils ein Glas von jedem, mehr nicht. Sich mit Wein zu beschäftigen bedeutet auch, dass man Respekt vor seiner Wirkung hat und es nicht übertreibt.

Beim Trinken hat sie sich Notizen über die Duftnoten und den Geschmack gemacht und die Weine zu einem leichten Abendessen probiert – ein schlichter Salat aus gegrilltem Spargel, Croutons aus Sauerteigbrot, die sie mit Dijonsenf mariniert hatte, und dazu einen milden Schafskäse. Das

Rezept war ihr auf ihrem morgendlichen Spaziergang eingefallen, und sie war begeistert, wie gut es zu dem Neuseelän-
der passt. Das musste unbedingt ins Buch. Dijonsenf und
Sauvignon blanc, wer hätte das gedacht?

Der Tisch ist abgeräumt und abgewischt, das Geschirr
steht in der Spülmaschine, und Julia hat sich eine Kerze angezündet. Im Hintergrund läuft der Fernseher. Sie hat ihr
Tagespensum geschafft und ist mit sich zufrieden. Herrlich.

Aber was macht sie jetzt?

Das hatte sie nicht bedacht. Ihr Plan war es gewesen, in
die Schären zu fahren und ein Buch zu schreiben. Und sonst?

*Ach komm, ein Glas gönne ich mir noch. Viel mehr kann ich so-
wieso nicht machen.* Sie schwenkt die hellgelbe Flüssigkeit im
Glas und atmet den Duft ein. Brennnessel, Holunder, Ana-
nas, nasse Steine. Sie stellt sich mit dem Glas an die große
Fensterfront. Auf dem Fernseher, ein großer weißer Flat-
screen, der mit der Wand verschmilzt und den Julia zunächst
nicht entdeckt hatte, läuft ein alter Film aus den 90ern. Julia
kennt ihn. Rebecca DeMornay spielt einen Babysitter aus der
Hölle, und sie kann sich gut daran erinnern, wie das Bild
auf der Videokassette sie damals als Teenager zu Tode erschreckt hatte. *Die Hand an der Wiege.* Ein gruseliger Titel.

Ihr Blick fällt auf ihre Armbanduhr. Sie sollte sie ab-
nehmen. *Er* hat sie ihr geschenkt. Aber sie kann sich nicht
dazu überwinden. Als wäre sie an ihr festgewachsen, ein Teil
von ihr geworden. Julia, die ironischerweise immer zu spät
kommt, liebt diese Uhr. Es ist kurz vor halb zehn. Und tatsächlich. Der Himmel hat die Farbe von Erdbeeren ange-
nommen, und die Sonne versinkt langsam hinter den Baum-
wipfeln und den Felsen auf der anderen Seite der Bucht.

Ein Sonnenuntergang. Wann hat sie das letzte Mal einen Sonnenuntergang erlebt? In Stockholm kann man das nicht.

Sie hat die Hand auf der Klinke der Terrassentür und genießt die kühle Abendluft, als sie mitten in der Bewegung innehält. Sie hat ihn gesehen, auf der anderen Seite der Bucht. Zumindest glaubt sie, dass er das ist. Der Mann, dem sie vorhin auf der Straße begegnet ist. Er sitzt in seinem Whirlpool, aber mit dem Rücken zu ihr. Sie kann nur seinen Hinterkopf sehen. Aus dem Schornstein quillt Rauch. Sie baden ganz offensichtlich. Sie, denn er ist nicht allein im Whirlpool. Er ist in Begleitung, eine Frau sitzt neben ihm. Wahrscheinlich seine Frau.

Julia nimmt einen Schluck Wein und tritt einen Schritt zurück, verbirgt sich hinter den weißen Verdunklungsvorhängen.

Irgendwie fühlt es sich albern an, am Fenster zu stehen und sie zu beobachten. Aber es ist schließlich auch ihr Sonnenuntergang. Die Neugier kribbelt auf ihrer Haut, als würde eine Spinne über ihren Rücken krabbeln. Sie will ihn wiedersehen. Den Mann von vorhin. Dem das supermoderne Haus dort drüben gehört. Der mit dem Whirlpool.

Er hat einen tiefen Eindruck bei ihr hinterlassen.

John.

Er ist überhaupt nicht ihr Typ. Kein Vergleich zu Douglas, der eher zu der Sorte von Männern gehört, auf die sie steht. Schon ihr ganzes Leben lang. Schlaksig, sommersprossig, unbeholfen. Frida hat immer gesagt, dass sie sich Nerds aussucht, um auf Nummer sicher zu gehen. Aber auch Nerds können fremdgehen und dich hinter deinem Rücken betrügen. Das hat Douglas bewiesen. John ist eine ganz andere Kragenweite. Vor diesen Typen hatte sie damals in der Schule eher Angst gehabt. Denen war sie auch während ihrer Ausbildung zur Köchin aus dem Weg gegangen. Machos. Tiefe Stimme, breitbeiniger Stand. Ein Mann, der sich vor einem aufbaut wie ein großes, gefährliches Piratenschiff. Und lange Schatten wirft. Muskeln, breite Schultern, ausgeprägtes Selbstbewusstsein, viel Haar auf der Brust. Überhaupt nicht ihr Typ.

Und trotzdem …

Ihr Blick fällt auf die Wand neben dem Spiegel im Goldrahmen. Auf den Gegenstand, der dort hängt. Er lockt und ruft sie förmlich. *Nimm mich, du weißt, dass du es willst. Komm schon.* Es ist ein Fernglas. Nicht weiter verwunderlich, in jedem Sommerhaus hängt so eins. Es ist quasi Teil der Grundausstattung. Wie die runden Fenster und die dunkelblauen Servietten.

Tu es nicht, Julia. Aber sie kann nicht anders, nimmt das Fernglas von der Wand, sieht hindurch und stellt es scharf.

Jetzt kann sie die beiden ganz deutlich sehen. Zumindest die Hinterköpfe des Paares im Whirlpool. Wie war sein Name? Lexell? Genau. Herr und Frau Lexell. Sie haben Weingläser in der Hand, Rosé. Was hatte er noch gesagt? Dass sie ihr den Wein zu verdanken haben, einem ihrer Tipps im Frühstücksfernsehen? Südafrikanischer Rosé schmeckt hervorragend und ist etwas für jeden, der nicht vor einem Wein mit etwas Biss zurückscheut. Sie lässt das Fernglas von ihm zu ihr schwenken. Das Licht des Erdbeerhimmels schimmert in ihren langen braunen Haaren, die über den Rand des Whirlpools fallen. Sie trägt große Ohrringe, und ihre Schultern sind leicht gebräunt. Das ist ein Detail, das Julia immer mit reichen Leuten verbindet (und davon sind ihr in ihrem Job als Sommelière einige begegnet). Ganz gleich, welcher Hauttyp die Person ist, haben sie alle einen hervorragenden Teint. Immer leicht gebräunt. Es gibt keine blassen, reichen Menschen. Sogar im tiefsten Dezember sehen sie aus, als kämen sie gerade von einem zweiwöchigen Urlaub in der Karibik zurück.

Wie sie wohl heißt? Welcher Name würde zu ihr passen? Hmm.

Bestimmt etwas Glamouröses. Denise? Alexandra?

Ja, das würde passen. *Alexandra und John. Du weißt schon. Das sind die beiden, denen das teuerste Haus unten in der Bucht von Kyrkviken gehört.*

Julia blinzelt. Im Whirlpool ist Bewegung. John küsst die Frau. Das Weinglas wird auf den Rand gestellt, und für einen kurzen Moment befürchtet Julia, dass es zum Äußersten kommen wird. Sie schluckt den Kloß in ihrem Hals herunter. Aber nach einem ausgiebigen Kuss legt die Frau nur ihren Kopf an seine Schulter, und sie bleiben ganz still nebeneinandersitzen. Dann berührt er mit seinen Lippen ihre Stirn.

Julia zieht sich noch weiter in den Raum zurück, senkt das Fernglas.

Himmel, was macht sie da eigentlich? Wie jämmerlich, heimlich die verliebten Nachbarn mit dem Fernglas zu beobachten. Beschämt hängt sie das Fernglas zurück an seinen Platz, nimmt einen Schluck Wein und kehrt in die Küche zurück. Vielleicht schafft sie noch den Anfang des nächsten Kapitels, bevor es Zeit wird, ins Bett zu gehen?

Bevor sie sich wieder vor den Rechner setzt, wandern ihre Gedanken noch ein letztes Mal zu John und seiner Frau. Wie lang die beiden wohl schon ein Paar sind? Sie wirken so frisch verliebt. Ein Jahr? Fünf? Zehn?

Wird sie selbst jemals ihren Kopf an die Schulter eines Mannes legen?

9

Zacke

Zacke stellt seinen Rollkoffer hin. Die Luft in der Garten-
laube ist stickig, abgestanden, was nicht weiter verwundert, weil sie seit Monaten leer steht. Er streift seine Leder-
schuhe von Dolce & Gabbana von den Füßen und öffnet
das Küchenfenster.

Kühle Abendluft strömt hinein.

Er atmet tief ein, dann lässt er seinen Blick durch den
Raum schweifen. Er ist nicht zum ersten Mal hier, er kennt
die Laube gut, trotzdem fühlt es sich so anders an als sonst.
Etwas fehlt. Jemand fehlt. Cilla. Sie hat den Ort mit Leben
gefüllt. Und jetzt ist er ganz allein hier. Ganz allein in einer
ziemlich menschenleeren Schrebergartenkolonie – mitten in
den Schären in der Nebensaison. Es ist Anfang Mai. Noch
ist niemand da.

Willkommen in meinem neuen Leben!

Es ist erschreckend, wie schnell sich das Leben ändern
kann. In einem Monat wollten Jonathan und Zacke nach Italien reisen, sich einen Wagen mieten und von den Abruzzen
bis hinunter nach Apulien fahren. Sie wollten in hübschen
kleinen Bed & Breakfast in Olivenhainen übernachten,

Landwein trinken und frisch gebackenes Brot essen. Aber das kann sich Zacke im Moment nicht vorstellen. Nicht in der Atmosphäre, die gerade zwischen ihnen herrscht. Nicht in der Verfassung, in der Jonathan gerade ist. Nicht in dem Zustand, in der sich ihre Beziehung gerade befindet.

Zacke hätte nie für möglich gehalten, dass ihre Liebe in eine Krise geraten könnte. Das passte einfach nicht zu ihnen. Ihre Beziehung war nie stürmisch gewesen, nie dramatisch. Und genau das hatte Zacke geliebt. Aber jetzt war daraus eine Seifenoper geworden. Jeden Abend, wenn er ins Bett geht, kommt die Erinnerung hoch. Wie er vor einem Monat, nachts auf der Birger Jarlsgatan, diesen Jüngling geküsst hat. Betrunken, verschmäht und pathetisch. Und jedes Mal gesellt sich ein Gedanke dazu. War es ein Fehler gewesen, Jonathan alles zu erzählen? Es war nur bei diesem Kuss geblieben. Sie haben nur geknutscht. Zacke weiß, dass jedem mal ein Fehler unterlaufen kann. Den er nicht notwendigerweise sofort dem eigenen Partner unter die Nase reiben muss. Manchmal führt das nämlich nur zu weiteren Problemen. Aber Zacke und Jonathan sind immer ehrlich zueinander gewesen. Das hat zwar häufiger zu Auseinandersetzungen geführt, aber auch das gegenseitige Vertrauen gestärkt. Wie hätte Zacke weitermachen sollen, ohne ein Wort darüber zu verlieren?

Wuff!

Aretha Franklin sieht Zacke grimmig und mit hängender Zunge an.

Zacke nickt ihr aufmunternd zu. Vielleicht war es doch ein Fehler gewesen, sie mitzunehmen. Sie fühlt sich in der Wohnung am Mariatorget einfach am wohlsten. Aber gerade jetzt braucht Zacke die Gesellschaft seines zotteligen Vierbeiners besonders.

»Ich weiß, Aretha«, sagt er. »Wo sind wir hier bloß gelandet?«

Aretha wendet sich ab und beginnt sofort, eifrig in allen Ecken der Laube zu schnüffeln. Zacke seufzt.

Alles klar, dann packt er jetzt seinen Koffer aus. Cilla hat gesagt, ihm wird es guttun, ein paar Wochen auf der Schäreninsel zu verbringen.

Allerdings kommt es ihm im Moment so vor, als würde sich nie wieder etwas gut anfühlen.

10

Cilla

Lillian Asplund ist eine dieser Frauen, die ich nur aus Filmen kenne.

Runzelig, stark geschminkt, knallrote Lippen und hochgestecktes Haar in einer undefinierbaren blondgrauen Farbe. Sie ist braun gebrannt, und ihre lavendelfarbene Bluse entblößt ein ebenfalls gebräuntes Dekolleté. Die Schultern bedeckt eine Strickjacke. Sie sieht aus wie eine Mischung aus Dame Edna und einer Vertreterin der britischen Königsfamilie. Aber intelligent, raffiniert.

Sie empfängt mich in ihrer Wohnung in der Skeppargatan auf Östermalm. In ihrer Diele hätte meine Wohnung Platz. Sie ist rund geschnitten, man kann von dort in alle Zimmer sehen, die davon abgehen. Ich liebe das. Als ich mich bücke, um mir die Schuhe auszuziehen, wedelt Lillian mit der Hand.

»Ich bitte Sie, Liebes. Behalten Sie Ihre Schuhe an. Der Boden ist Fischgrätparkett und nicht aus hauchdünnem Glas.«

Ich muss grinsen. Lillian trägt auch Schuhe. Ob sie das tut, weil sie einen Gast erwartet hat, oder läuft sie immer so zu Hause herum? Ein Besuch auf Östermalm kann wie eine Reise in eine fremde Welt sein. Exotisch. Das hier ist Kolmården – der Rest des Landes ist wie Skansen. Edler Tierpark versus Volkstierpark.

Sie führt mich ins Wohnzimmer oder den Salon, wie sie es vermutlich nennen würde. Durch die hohen Fenster fällt das Licht auf das Chesterfield-Sofa und streift auch die Gemälde an den Wänden und den großen Wohnzimmertisch aus dunklem Holz. Sie bietet mir einen Platz an und fragt, was ich gerne zu trinken hätte.

»Wenn es keine Umstände macht, würde ich einen Kaffee nehmen.«

»Gerne. Ich habe vor Jahren aufgehört, Kaffee zu trinken. Nachdem ich sehr lange als Journalistin gearbeitet habe. Und sehr viel Kaffee getrunken habe.«

Ich lächele sie an, und Lillian verschwindet in der angrenzenden Küche. Auf Lillian Asplund bin ich vor ein paar Tagen bei meinen Nachforschungen in der Stadtbibliothek gestoßen. Mein Ziel war es, so viel wie möglich über den Mord an Sixten Axelsson herauszufinden, und dafür habe ich natürlich die *Schwedischen Kriminalchroniken* von 1968 bemüht. Bei meiner Recherche stellte sich heraus, dass dieses Jahr in Sachen Scheußlichkeiten besonders ereignisreich war. Zum einen wurde Martin Luther King Jr. in diesem Jahr ermordet, ein Ereignis, das die gesamten USA in einen Schockzustand versetzte. Aber ich habe auch ziemlich gruselige Beiträge über das »Monster von Florenz« gefunden, einen bis heute unbekannten Täter, der Liebespaare in ihren Autos überfallen, getötet und verstümmelt hat. In Schweden gab es zur selben Zeit viel Aufregung wegen des »Stäket-Mordes«, bei dem das Opfer eine junge Frau war, die vorher im *Lorry* feiern gewesen ist. Sie hatte der Mörder von der Stäketbrücke zwischen Kallhäll und Kungsängen ins Wasser geworfen.

Der Mord aber, der in diesem Jahr die größte Aufmerksamkeit bekam, war der Studentenmord an Sixten Axelsson. Und die Journalistin, die mit Abstand die meisten Artikel verfasst hatte, war die legendäre Lillian Asplund.

Damals war sie Reporterin für das Männermagazin *Gentleman* – eine Zeitschrift, in der zu gleichen Teilen wissenschaftliche Beiträge, True-Crime-Storys und nackte Blondinen in Heuschobern veröffentlicht wurden. Ihr Name war bereits ein Begriff, als ich meine Karriere als Journalistin begann. Ich musste allerdings nicht lange googeln, um herauszubekommen, dass sie in der Branche gleichermaßen berühmt wie berüchtigt ist. Ihr Stil gefiel, und sie hatte eine treue Leserschaft, aber sie war verschrien für ihr Temperament, ihre Launenhaftigkeit und Rücksichtslosigkeit, wenn es darum ging, an eine gute Story zu kommen.

Das Sofa, auf dem ich sitze, frisst mich auf. Ich versinke mit jeder Sekunde, die verstreicht, immer tiefer darin. Zu meiner Rechten sehe ich den Strandvägen. Das Wasser glitzert in der Sonne. Die Aussicht ist fantastisch. Lillian kommt mit dem Kaffee zu mir ins Wohnzimmer und stellt lächelnd die rosenverzierte Tasse vor mir auf den Tisch.

»Ich weiß, was Sie denken«, sagt sie.

Ich sehe hoch.

»Wie bitte?«

»Und ich beantworte gerne Ihre Frage. Nein, ich habe mir diese Wohnung nicht mit meinem Gehalt finanziert.«

Ich lache nervös und nehme einen Schluck von dem Kaffee. Viel zu schwach. Es ist offensichtlich zu lange her,

dass Lillian sich Kaffee gekocht hat. Sie setzt sich mir gegenüber in den Sessel und holt einen knallroten Lippenstift aus
der Jackentasche, mit dem sie sorgfältig ihre Lippen nachzieht.

»Mein Mann hat sie bezahlt«, fährt sie ungefragt fort. »Er
war Geschäftsmann. Ihm gehörte der größte Zeitungsverlag
des Landes, als wir uns kennenlernten.«

»Und wann war das?«

»Mitte der Siebzigerjahre.«

»Bei der Arbeit, nehme ich an?«

Sie lächelt mich an. Die stark geschminkten, runzligen
Wangen geraten in Bewegung.

»Wollen Sie damit andeuten, ich hätte mich hochgeschla-
fen?«

Der Schweiß bricht mir aus.

»Ähm, nein, natürlich nicht, ich ähm…«

Sie hebt die Hand, und ich verstumme augenblicklich.

»Das habe ich in der Tat«, sagt Lillian. »Das war damals
nicht weiter ungewöhnlich. Also, natürlich war es das doch.
Aber darüber hat sich niemand Gedanken gemacht. Verstehen Sie, Cilla?«

Ich nicke. Es berührt mich, dass diese aufregende, fremde
Frau meinen Namen sagt, als würden wir uns schon seit
einer Ewigkeit kennen.

»Damals fühlten sich die Frauen stärker von Macht, von
männlicher Macht, angezogen als heute. Oder sagen wir, *ich*
fühlte mich angezogen. Roger war ein Mann, zu dem alle
aufsahen. Ein Alphatier. Äußerlich betrachtet war er nichts,
was man sich an den Weihnachtsbaum hängen konnte. Ein
ordentlicher Bauch, und dann hatte er so eine Kinnspalte,
wie man die oft bei den Amerikanern findet. Wenig Haare.

Aber sein Auftreten, ich sage es Ihnen. Eine natürliche Autorität. Wenn Roger einen Raum betrat, hielten alle den Atem an. Außerdem hatte er so ein lautes, ansteckendes Lachen. Und er fuhr einen Sportwagen.«

Sie lächelt und schlägt ein Bein über das andere, wie eine Fünfundzwanzigjährige. Dann lehnt sie sich zurück, fischt eine Packung Gauloises und ein Feuerzeug aus der Tasche.

»Ich habe mich in ihn verliebt. Das hätte eine Frau von heute vielleicht nicht getan, aber ich habe mich Hals über Kopf in ihn verliebt. Am Anfang haben wir in Bromma gewohnt, dort sind unsere Kinder zur Welt gekommen. Und später, Anfang der Neunziger, sind wir dann hierhergezogen. Ich liebe diese Wohnung und werde niemals wieder hier ausziehen.«

»Wann ist Ihr Mann denn gestorben?«

»Vor fünf Jahren.«

»Mein Beileid. Das ist eine ziemlich große Wohnung für eine Person.«

»Das stimmt. Aber ich habe viele Freundinnen und meine Kinder. Jede Phase im Leben hat ihren ganz eigenen Charme, müssen Sie wissen. Ich würde zwar nicht sagen, dass ich mich auf die Zeit als Witwe gefreut habe, wirklich nicht. Aber ich habe gelernt, das Leben als Single zu genießen. Ich lese viel, gehe gerne ins Theater, und ab und zu genehmige ich mir abends einen Old Fashioned.«

Sie sieht mein fragendes Gesicht.

»Das ist ein Cocktail, ein Klassiker, mit Whiskey.«

»Aha, verstehe. Könnte schlimmer sein.«

»In der Tat.«

Sie wechselt die Verschränkung ihrer Beine und lehnt sich

vor. Dann nimmt sie einen tiefen Zug von ihrer Zigarette und bläst langsam und genüsslich den Rauch aus.

»Aber ich nehme an, dass Sie nicht gekommen sind, um zu erfahren, was eine Achtzigjährige den lieben langen Tag macht? Ich gehe davon aus, dass Sie etwas anderes auf dem Herzen haben.«

Ich nicke und greife nach meiner Tasche, die mit mir im Sofa versunken ist. Aus dem grünen Hefter hole ich die Kopie des Artikels, den ich gefunden habe. Er wurde im Sommer 1968 im *Gentleman* veröffentlicht. Ich lege den Ausdruck auf den gläsernen Couchtisch und beobachte Lillian, die sich mit gerunzelter Stirn über das Papier beugt. Ihre Augen fliegen über das Schwarz-Weiß-Foto des jungen Sixten Axelsson.

Sie lässt sich viel Zeit. Dann hebt sie den Kopf und sieht mich durchdringend an.

»Ach ja, Sixten.«

Ich nicke.

»Erinnern Sie sich an den Fall?«

»Das kann man wohl sagen. Ende der Sechziger gab es praktisch kein anderes Thema als den *Studentenmord*. Zumindest für mich. Daraus wurde eine ganze Serie. Aber das wissen Sie natürlich schon längst.«

»Ja, ich habe viel darüber gelesen. Die Königliche Bibliothek hat die meisten Artikel digitalisiert.«

Lillian schürzt die Lippen.

»Ja, das kann ich mir vorstellen. So ist das heutzutage. Alles Alte muss ausgegraben werden. Nichts und niemand darf in Frieden ruhen.«

Sie greift nach dem Ausdruck und liest. Jedes Wort, das sie vor gut fünfzig Jahren geschrieben hat.

»Ja, das war eine schreckliche Sache.«

»War das Ihr erster Mordfall?«

»Nein, ich bin in dieses Genre schon vor Sixtens Tod geschlittert. Bevor ich den Job beim *Gentleman* bekommen habe, war ich bei *Dagens Nyheter*. Die Bezahlung war erbärmlich, und man musste oft nachts arbeiten. Aber ich habe es geliebt. Das war Anfang der Sechziger, ich war Anfang zwanzig und gerade nach Stockholm gezogen und heilfroh, dem kleinen Dorf in Sörmland entkommen zu sein, in dem ich aufgewachsen bin.«

»Wie war das damals, als Frau in dieser Branche zu arbeiten?«

Lillian zuckt mit den Schultern und drückt ihre Zigarette im Aschenbecher aus.

»Das hatte zwei Seiten. Zum einen war die Bezahlung miserabel, und niemand glaubte mir, dass ich als Journalistin arbeite. Die gingen alle davon aus, dass ich die Sekretärin von jemandem bin oder meinen Platz hinter der Rezeption unerlaubt verlassen habe. Es hat lange gedauert, meinen alten Vater davon zu überzeugen, dass ich die Artikel tatsächlich selbst schreibe. Und dass mein Name in der Zeitung steht. Das ist ihm sehr schwergefallen. Auf der anderen Seite war die Konkurrenz damals nicht so groß wie heute. Ich hatte ja keine Ausbildung. Ich bin einfach in das Büro von *Dagens Nyheter* gestapft und habe gesagt, dass ich einen Job suche. Und konnte am nächsten Tag gleich anfangen.«

»Wow. Was für eine Story.«

»Ja. Noch Kaffee?«

Ich nicke. Lillian holt die Kaffeekanne aus der Küche und schenkt mir noch etwas von dem dünnen Filterkaffee ein.

Obwohl sie schon achtzig ist, bewegt sie sich wie eine junge Frau und hat keine Probleme aufzustehen. Wahrscheinlich gehört sie zu diesen Frauen, die auch im hohen Alter noch fünfmal die Woche zum Yoga rennen.

»Zurück zu Ihrer Frage. Bei *Dagens Nyheter* habe ich unter anderem was über den *Mädchenmörder von Stockholm* geschrieben. Kennen Sie den Fall?«

Allerdings. Ich bin in meiner Recherche für neue *Blutspur*-Fälle immer wieder darauf gestoßen. Aber ich kann Lillian ansehen, dass sie es gerne erzählen möchte, deshalb schüttele ich den Kopf.

»Ganz schrecklich. Am Anfang, Ende der Fünfziger und Anfang der Sechziger, hat er mehrere Frauen ermordet. Aber dann fing er an, sich an kleinen Mädchen zu vergehen. An Kindern! Unter anderem an einer Sechsjährigen im Vitabergsparken auf Södermalm. Am helllichten Tag. Unvorstellbar, dass so etwas heute noch passieren könnte, oder?«

Ich nehme einen Schluck Kaffee und spüre, wie sich meine Haare auf den Armen aufstellen.

»Das waren andere Zeiten damals«, fährt Lillian fort. »Aber ich durfte auch über andere Sachen schreiben. Mord und Totschlag wurden erst später beim *Gentleman* mein Schwerpunkt.«

»Und wie war das damals?«

»Ich habe es geliebt. Wir waren eine kleine Gang in der Redaktion, ganz in der Nähe von hier, in der Sturegatan. Die Zeitschrift verkaufte sich wie geschnitten Brot, und wir haben unseren Erfolg regelmäßig im Restaurant Prinsen gefeiert, mit literweise Bier und Schnaps. Ich war die einzige Frau, außer Jane vom Empfang. Aber mir gefiel es da.«

Ich lächele sie an, denn mir wird auf einmal bewusst, dass sie vor fünfzig Jahren denselben Job gemacht hat wie ich heute. Sie ging Geheimnissen auf die Spur. Das tue ich auch. Der entscheidende Unterschied zwischen uns beiden ist nur, dass ich niemals in einer Siebenzimmerbleibe am Strandvägen enden werde – geschweige denn so gut aussehen werde wie sie.

»Erinnern Sie sich daran, wie Sie vom Mord an Sixten erfahren haben?«

Sie nickt bedächtig.

»Allerdings. Denn tatsächlich war ich damals in den Schären, als sie den Toten fanden.«

Ich hebe eine Augenbraue.

»Wirklich?«

»Ja. Ich weiß auch nicht. War es Schicksal oder bloß Zufall? Je älter ich werde, desto mehr tendiere ich zu Schicksal. Denn Sie müssen wissen: Mit dem Mord an Sixten hat meine Karriere erst so richtig Fahrt aufgenommen, so ...«

Sie stockt.

»... furchtbar das auch klingen mag. Meine Mitbewohnerin Janne und ich hatten ein kleines Segelboot. Mit dem wir am Tag davor auf Nåttarö angelegt hatten. Kennen sie die Insel?«

Ich nicke, obwohl ich nur davon gehört habe, aber nie da gewesen bin.

»Ein sehr schöne, kleine Schäreninsel. Nicht so groß wie Bullholmen, aber sie hat auch ein paar sehenswerte Strände und Lädchen. Wir lagen vor Anker, es war eine ruhige, stille Nacht. Bis morgens um fünf oder sechs Uhr. Ich wachte auf, weil jemand über unser Boot trampelte. Janne und ich schrien auf vor Schreck, wir dachten natürlich sofort an einen Einbrecher. Ich glaube sogar, dass mir das Wort *Pirat* durch den Kopf schoss.«

Sie lacht.

»Aber das war selbstverständlich kein Pirat, sondern ein Freund des Chefredakteurs vom *Gentleman*, der zufälligerweise – oder vielleicht war hier auch schon das Schicksal federführend – ein Sommerhaus auf Nåttarö hatte. Der Chefredakteur hatte ihn mitten in der Nacht angerufen und gebeten, mit seinem Boot rauszufahren, um nach mir zu suchen. Er wusste, dass wir an besagtem Wochenende dort draußen segeln waren. Das war reines Glück, dass er uns gefunden hat.«

»Und dann hat er Ihnen von dem Mord an Sixten erzählt?«

»Ganz genau. Er hat mir erzählt, dass man auf Bullholmen – einer Nachbarinsel von Nåttarö – einen jungen Mann gefunden habe, dem die Kehle durchgeschnitten wurde. Mein Chefredakteur war nicht auf den Kopf gefallen. Er witterte die Gelegenheit, vor den Redakteuren der Tageszeitungen vor Ort zu sein. Janne und ich haben also den Anker gelichtet, den Motor angeworfen und sind losgetuckert. Nach Kyrkviken. Zum Glück hatte ich meine Kamera dabei, weil ich ein paar Fotos von uns machen wollte.«

»Wow. Und was ist dann passiert?«

»Ich bin an Land gegangen, Janne blieb auf dem Boot. Ich kann mich gut an das Gefühl erinnern, so früh am Morgen über diesen Kiesweg zu laufen, der zum Tatort führte. Der Nebel hing über den Wiesen, und es war noch ziemlich kalt, obwohl wir schon Juni hatten. Und da plötzlich sah ich ihn dort liegen.«

»Wen? Sixten?«

»Ja. Mitten auf der Straße. Das war einer der gruseligsten Anblicke, die ich je gesehen habe, das kann ich Ihnen sagen.«

»Waren denn keine Polizisten vor Ort?«

»Noch nicht. Das war ja so merkwürdig. Ich war als Erste da, weil Janne und ich in der Nähe waren. Sonst war niemand da. Außer einer jungen Frau, die mit ihrer Freundin unten am Wasser stand und weinte. Sie hatten den Toten gefunden und die Polizei alarmiert. Und mein Chef hatte davon nur erfahren, weil er den Polizeifunk abhörte. Ja, so war das damals … andere Zeiten.«

»Dann waren nur Sie und die beiden Mädchen am Tatort?«

Lillian nickt und zückt erneut ihren Lippenstift, um ihre unverändert knallroten Lippen nachzuziehen. Eine alte Gewohnheit offensichtlich.

»Jepp. Und es war auch mein erstes Mal, dass ich …«
Sie verstummt.

»Eine Leiche gesehen habe, die so übel zugerichtet war. Sie wissen, dass ihm die Kehle durchgeschnitten wurde?«

Ich schlucke und nicke.

»Er lag da also auf der Straße, und ich habe im Reflex meine Kamera genommen und ein Foto gemacht. Und erst da habe ich es gesehen, als der Blitz seinen Körper hervorhob.«

Ich lehne mich vor. Stelle die Kaffeetasse auf den Tisch und spitze die Ohren.

»Was haben Sie gesehen?«

Wie in Trance greife ich nach dem Ausdruck und mustere ihn eingehend.

»Sie hätten es auch sofort gesehen, wenn Sie den ersten Artikel gefunden hätten. Diesen hier habe ich danach geschrieben. Aber bei meinem ersten Artikel war das Foto dabei, das ich in den frühen Morgenstunden gemacht hatte. Und auf dem sieht man den Kranz aus weißen Gänseblümchen, den der Mörder Sixten auf den Kopf gelegt hatte.«

11

Julia

Ein weiterer, sonniger Tag in Kyrkviken neigt sich seinem Ende zu.

Es ist zehn Uhr, und Julia kann auf einen sehr produktiven Tag zurückblicken. Bereits der dritte hier auf Bullholmen. Offensichtlich stimmt das Klischee über Inspiration und Ruhe und was man sonst noch darüber sagt. Sowohl diesen als auch den gestrigen Tag hat sie am Rechner verbracht und geschrieben. An die sechstausend Wörter, das sind fast drei Kapitel. Und auch der Druck, der sie seit Wochen stresst, hat sich ein wenig gelegt.

Es nimmt langsam Form an, vielleicht wird ja doch noch ein Buch daraus. Vielleicht schafft sie die Deadline ja doch noch trotz aller Umstände.

Und nicht nur das – es fühlt sich an, als könnte es sogar richtig gut werden.

Beim Schreiben hatte sie das Gefühl, ganz in ihrem Element zu sein. Es war genau richtig gewesen, dieses Projekt anzunehmen. Ob es an den Meereswinden liegt? An der Einsamkeit? Am Wein? Nein, den öffnet sie immer erst abends.

Sie lächelt, während sie den Meursault in ihr Glas gießt. Eine der teureren Flaschen, die sie mitgenommen hat. Ein Spitzenwein aus dem Burgund, den sie auf einer Auktion ersteigert hat. Heute Abend ist sie seiner würdig. Sie schwenkt die sattgelbe Flüssigkeit im Glas, sieht mit Begeisterung, dass er schöne Tränen und Kirchenfenster an der Innenseite hinterlässt. Er duftet nach Sonnenuntergang, brauner Butter, gegrillten Zitronen und… Liebe. Ja, er duftet nach Liebe zum Wein.

Vorhin hat sie Angelica eine übersprudelnde SMS geschickt: *Tausend Dank für diesen unglaublichen Tipp. Ich schreibe wie nie zuvor. Ich bin dir was schuldig, dafür gibt es mindestens eine Flasche Champagner!*

Die Antwort ließ nicht lange auf sich warten: *Oh, ich freue mich so, dass es dir dort gefällt. Ich finde nie die Zeit, mal rauszufahren, sonst hätte ich mir liebend gerne eine Flasche geschnappt und dich am Wochenende besucht! Die Atmosphäre in den Schären ist etwas ganz Besonderes. Mach's gut, du Autorin! ;-)*

Nun hat es sich Julia auf dem Sofa gemütlich gemacht und sich unter eine Decke gekuschelt.

Sie hat den Kamin angemacht (ein hochmodernes Gerät, das man tatsächlich anzündet, indem man Gas aufdreht und dann auf einen Knopf drückt – Tschüssi Holzscheit!) und den Fernseher eingeschaltet. Dort läuft ein Thriller aus den Neunzigern: *Copykill.* Sigourney Weaver leidet unter Agoraphobie und verbringt ihre Tage eingesperrt in ihrer luxuriösen Wohnung in San Francisco. Sie wird von einem psychopathischen Serienmörder gestalkt. Julia kennt den Film und sieht deshalb nur mit einem Auge zu. Mit dem anderen scrollt sie sich durch Instagram. Frida hat ein Foto von einem

Fußballplatz voller Kinder gepostet und daruntergeschrieben: »Gibt es eigentlich Antidepressiva speziell für Fußballmütter?« Julia lacht und schreibt einen aufmunternden Kommentar. Aber dann …

Sie stockt.

Er hat schon wieder ein Foto gepostet. Verdammt. Warum folgt sie ihm überhaupt noch? Das ist so unsinnig.

Auf dem Foto sitzt Douglas auf einem Felsen in Vinterviken. Doch er ist nicht allein. Neben ihm sitzt eine Frau. Man kann ihr Gesicht nicht sehen, dafür aber ihre langen dunklen Haare. *Abendmeditation mit Meerblick* steht darunter. Julia runzelt die Stirn. *Mit Meerblick.* Hallo, jemand zu Hause? Ihr seid in Aspudden, mach mal halblang. Ihr Blick bleibt an den langen Haaren hängen. Wahrscheinlich war es ihr Haar, dass sie vor ein paar Wochen in seinem Bett gefunden hat. Ihr eigenes würde niemals so aussehen, da konnte sie noch so viele Pflegeprodukte verwenden. Sie verweilt lange bei dem Post, zoomt näher heran und wieder zurück, weiß nicht, wie sie mit dieser Information umgehen soll. Nichts daran ist besonders bemerkenswert. Schließlich sind sie nicht mehr zusammen. Und zwar, seit sie seine Wohnung Hals über Kopf verlassen und einen Asthmaanfall bekommen hat. Dieser verdammte Idiot!

Automatisch wandert ihr Blick zu der Handtasche, in der ihr Inhalator liegt. Als würde sie sich erinnern wollen, dass er dort ist, falls sie ihn braucht.

Wie ein wütender Helikopter schwebt ihr Daumen über dem Display ihres Handys. Am liebsten würde sie einen Kommentar schreiben. *Schönes »Meer« – ich hoffe, ihr ertrinkt!* Sie schließt ihre Augen, nimmt einen Schluck von dem

Meursault. Natürlich wird sie keinen Kommentar schreiben. Sie wird ihn aus ihrem Leben löschen. Ganz einfach. Wie eine App oder die Mitgliedschaft in einem Fitnessklub. Weg – und tschüss! Und einen Klick später folgt sie ihm nicht mehr.

Sie legt das Handy beiseite. Erledigt!

Im Fernsehen kämpft Sigourney Weaver gerade mit ihren inneren Dämonen der Agoraphobie, um die Zeitung vor der Wohnungstür zu holen. Julia dreht den Kopf, um durch die bodentiefen Fenster das »richtige« Meer zu sehen. Da bemerkt sie eine Bewegung und setzt sich auf. Langsam steht sie auf und geht an die Terrassentür. Dort draußen auf dem Rasen ist etwas, eine ... Ratte.

Nein, eine Katze?

Julia kneift die Augen zusammen. Was ist das für ein Tier? Es ist schwarz und zottelig ...

Hilfe. Und es kommt auf sie zu. Schleicht langsam auf die Terrasse zu. Sie stellt das Weinglas weg und kontrolliert die Tür. Sie ist verschlossen. Das Letzte, was sie gebrauchen kann, ist ein exotisches Schärentier im Haus zu haben. Aber Sekunden später sieht sie etwas, was sie das sonderbare Tier sofort vergessen lässt. Ein Mann steht in ihrem Garten. Sie kann sein Gesicht nicht sehen, es ist zu dunkel. Schlagartig bekommt sie Herzrasen.

Weicht einen Schritt zurück. Das kann doch nicht wahr sein ...

Sie war sich dieses Mal so sicher.

Dass sie ihm entkommen war.

Nach den unzähligen Screenshots, Telefonaten, SMS, Anzeigen. Seit sechs Monaten hatte sie nichts mehr von ihm gehört. Trotzdem war sie sich nie ganz sicher gewesen, dass es wirklich vorbei war. Denn es kann sein, dass es niemals aufhört. Dass es wie eine chronische Krankheit wird, mit der man leben lernen muss. Zumindest sagt das ihre Therapeutin. *Die Angst kommt und geht, aber du darfst nicht zulassen, dass sie dein Leben beherrscht.*

Dennoch ist es nicht leicht.

Ist er zurück?

Hat er sie gefunden?

Fängt alles wieder von vorne an?

Plötzlich meldet sich ein noch viel schrecklicherer Gedanke. Weiß er, dass sie allein hier ist? Ihr Herz klopft so schnell, als wollte es aus der Brust springen. Ihre Kehle ist wie zugeschnürt, als würde sie jemand würgen. Das kann einfach nicht wahr sein. Gibt es hier eine Waffe, die sie benutzen kann? Sie könnte den spitzen Korkenzieher holen, der in der Küche liegt? Oder ...

Da geschieht etwas, was alles verändert.

»Aretha Franklin!«, ruft der Mann. »Du kommst jetzt sofort zurück, hörst du?«

Julia ist fassungslos. Aretha Franklin? In Kyrkviken? Da sieht sie, wie der Mann das exotische Tier packt und hochhebt. Das Licht der Terrassenbeleuchtung springt an und erfasst die beiden, und Julia sieht, um was für ein Tier es sich handelt. Es ist tatsächlich ein Hund. Wahnsinnig zottelig und viel zu dick für seine Größe, aber es ist ein Hund. Und der Mann ...

Wie bitte?

Sie springt an die Terrassentür und reißt sie auf. Das ist zu verrückt, um wahr zu sein. Sie kichert vor sich hin, während sie auf die beiden zugeht.

»Zacke?«

Der Mann dreht sich zu ihr um und sieht sie an. Und Sekunden später lacht er übers ganze Gesicht.

»Julia?«

»Was tust du hier?«

»Was tust *du* hier?«

*

Eine halbe Stunde später sitzen die beiden alten Freunde auf dem Sofa vor dem Kamin. Julia hat Zacke ein Glas Meursault eingeschenkt, und sie stoßen auf diesen absurden Zufall an. Sie haben sich seit Jahren nicht mehr gesehen, und dann treffen sie sich mitten in den Schären auf einer Insel und trinken einen Wein aus dem Burgund zusammen. Wie verrückt. Und das nur, weil sein Hund beim Abendspaziergang getürmt und in ihren Garten gerannt ist. Die Welt ist manchmal beängstigend klein.

»Wie schön, dich wiederzusehen«, sagt Julia. »Wie oft hatte ich vor, dir zu schreiben. Gerade letzte Woche habe ich an dich gedacht. Aber dann kommt immer das Leben dazwischen…«

Er lächelt und nickt.

»Das mit dem Leben. Das kenne ich nur allzu gut.«

Der kleine, zottelige Hund, der in der Tat auf den Namen Aretha Franklin hört, hat es sich vor dem Kamin bequem gemacht. Ihm scheint es in der gemieteten Luxusvilla gut zu gefallen.

»Mir ging es ganz genauso«, sagt Zacke. »Wie lange haben wir uns jetzt nicht gesehen? Vier Jahre oder so?«

»Fast vier, ja.«

Sie hatten sich vor fünf Jahren in der Sommelier-Schule kennengelernt. An dem ersten richtig regnerischen Herbsttag. Julia hatte bis dahin als Köchin gearbeitet und gerade angefangen, kleine Artikel über Essen und Weine zu schreiben. Aber sie wollte ihr Wissen vertiefen – und vor allem andere Leute kennenlernen, die ihr Interesse für Wein teilten. Und dort traf sie auf Zacke. Art Director in einem Revolverblatt, der in einer Sinnkrise steckte. Er verdiente zwar gut und konnte seine Kreativität ausleben. Trotzdem fehlte ihm etwas. Schon am ersten Ausbildungstag, an dem sie alles über die Fasslagerung und die verschiedenen Fasssorten lernten, taten sie sich beim Mittagessen zusammen. Kurz darauf gesellte sich eine weitere Person aus dem Kurs zu ihnen. Angelica.

Julia strahlt ihn an.

»Weißt du, wem das Haus hier gehört?«

»Nein.«

»Angelica!«

Zacke reißt vor Staunen die Augen auf.

»In echt jetzt? Sie hat ein Haus auf Bullholmen?«

Er sieht sich um, wendet sich dann mit einem fragenden Blick an Julia, als wollte er sagen: *Wie zum Teufel kann sie sich das leisten?*

Julia lacht.

»Immer mit der Ruhe, es gehört ihren Eltern.«

Zacke wischt sich zum Spaß den Schweiß von der Stirn.

»Gott sei Dank. Sonst wäre ich in eine massive Lebenskrise verfallen! Das ist wirklich ein feudales Anwesen. Und du durftest es für einen Apfel und ein Ei mieten?«

Julia nickt.

»Ja. Mir wurde ganz komisch, als mir Angelica den Preis genannt hat. Ich dachte zuerst, sie hätte eine Null vergessen. Die wollten nur so viel, wie eine Hütte mit Außenklo kosten würde. Nein, eine Minihütte mit Außenklo. Und dann kommt man in so einen Palast wie diesen hier.«

»Wie großzügig von Angelica. Aber das ist sie immer gewesen. Erinnerst du dich? Sie wollte uns immer beim Büffeln helfen, und wir durften uns in ihrer riesigen Wohnung auf die Klausuren vorbereiten.«

»Natürlich erinnere ich mich. Sie ist spitze.«

Die Trauer um die verlorene Freundschaft mit Angelica kommt wieder hoch. Warum hatte sie es nur zugelassen, dass sie sich so im Sande verlief? Trug sie die Schuld daran? Hätte sie sich in den vergangenen Jahren mehr anstrengen müssen?

Angelica hatte nichts mit den Freundinnen aus ihrer Kindheit gemein. Sie war glamourös, privilegiert, weltgewandt… Aber gleichzeitig auch interessiert und nett. Während der Ausbildung waren sie enge Freundinnen geworden. Sie hatten Unmengen an Wein zusammen getrunken und viel gefeiert.

»Seht ihr euch noch, Angelica und du?«, fragt Zacke.

Julia trinkt einen Schluck.

»Leider nicht mehr. Du? Hast du mit irgendjemandem aus der Zeit noch Kontakt?«

»Nein, nur über Facebook und so. Ich mochte dich und Angelica am liebsten von allen.«

Julia schmunzelt.

»Geht mir auch so. Ich hätte mir gewünscht, dass wir drei Freunde geblieben wären. Das hätte bestimmt geklappt, wenn da nicht…«

Julia stockt, aber Zacke beendet den Satz.

»Karsten gewesen wäre.«

Sein Name verbreitet sich wie schlechter Atem im Raum. Zacke verzieht den Mund.

»Ja, was für ein Typ. Um ihn ist es wirklich nicht schade. Den muss ich nicht wiedersehen. Ich habe nie verstanden, was Angelica an ihm fand. Schweigsam, griesgrämig und ... gleichzeitig so dominant. Er hatte sie total unter seiner Kontrolle. Zumindest wirkte es so. Als wollte er sie nie aus den Augen lassen. Er war ja immer an ihrer Seite. Wie ein Aufseher.«

»Ich hatte exakt denselben Eindruck von ihm. Ich fühlte mich immer unwohl in seiner Nähe.«

Zacke sieht sie nachdenklich an. Dann hebt er die Hand und zeigt damit in das großzügige Wohnzimmer.

»Aber wie kommt es dann ...?«

»Dass ich hier gelandet bin? Angelica und ich sind uns vor ein paar Wochen zufällig über den Weg gelaufen. Ich hatte Panik wegen der Deadline für das Buch, das ich fertig schreiben muss, und sie hat mir angeboten, dieses Haus von ihren Eltern zu mieten, um in Ruhe arbeiten zu können. So ein Glücksfall.«

»Ein Buch? Wow, Julia, du machst ja richtig Karriere. Chapeau! Ich habe dich ein paarmal im Frühstücksfernsehen gesehen. Du bist so was von telegen!«

»Ach was. So, genug von mir geredet. Wie geht es dir?«

Zacke erzählt von seiner Weinbar *Mon Dieu!*, über die Julia natürlich schon oft in den Zeitungen gelesen hat, aber es bisher noch nicht geschafft hat vorbeizukommen. Er lässt auch nicht die notwendigen Renovierungsarbeiten aus und die Tatsache, dass er zurzeit arbeitslos ist.

»Und dein Freund? Den habe ich doch kennengelernt. Wie hieß er noch gleich?«

»Jonathan.«

»Ja, genau. Wie geht es ihm?«

Julia sieht sofort, dass die Frage Zacke traurig macht, und bereut es, ihn darauf angesprochen zu haben. Knapp vier Jahre ist das her, in der Zwischenzeit kann alles Mögliche passiert sein.

»Ihm geht es ganz gut. Wir ... machen gerade eine Beziehungspause.«

»Oh. Verstehe, ich bin auch seit Kurzem wieder Single.«

Zackes Mundwinkel umspielt ein Lächeln.

»Dann haben wir vielleicht in etwas anderem Glück.«

»Und das wäre?«

»Geld? Man sagt doch, Pech in der Liebe, Glück im Spiel. Wenn man mal davon absieht, dass mein Arbeitsplatz gerade eine Baustelle ist und du diesen Palast nur *gemietet* hast.«

Julia lacht schallend und schenkt ihre Gläser nach.

»Ich finde, darauf trinken wir. Wir stoßen auf dieses Glück an.«

*

Eine Stunde später verabschiedet Julia Zacke und Aretha Franklin an der Tür und sieht ihnen hinterher. Zacke dreht sich immer wieder um und winkt. Lächelnd schüttelt sie den Kopf. Was für ein unfassbarer Zufall, dass sie sich ausgerechnet auf Bullholmen wiedersehen. Und das nur, weil er die Laube einer Freundin für ein paar Wochen bewohnt. Sie haben sich auch sofort verabredet, für übermorgen. Julia muss zwar arbeiten, aber sie wollen zusammen kochen. Und darauf freut sie sich sehr.

Obwohl die Tage produktiv und erfüllend sind, ist es abends ziemlich einsam.

Sobald es draußen dunkel wird.

Sie schließt die Haustür ab, kontrolliert, ob sie ordentlich abgeschlossen ist. Einmal. Zweimal. Dann erst kehrt sie ins Wohnzimmer zurück.

Ihr fällt ein Satz ein, den Zacke vorhin gesagt hat. *Ich mochte dich und Angelica am liebsten von allen.* Julia ging es genauso. Die drei waren sich während der einjährigen Ausbildung sehr nahgekommen, obwohl Karsten wie ein Schatten im Hintergrund lauerte. Wahrscheinlich wären sie auch heute noch eng befreundet, wenn die Dinge nicht diese Wendung genommen hätten. In den letzten Jahren hatte Julia wenig Kontakt zu anderen Menschen. Außer Frida und ihrer Familie natürlich. Und dann mit Douglas. Ein paar Monate lang. Aber ansonsten hat sie sehr zurückgezogen gelebt. Das hatte seine Gründe. Vielmehr *einen* Grund.

Dieser Grund hat bis heute kein Gesicht. Keinen Namen. Er ist nach wie vor unsichtbar. Aber es gibt ihn.

Du darfst nicht zulassen, dass dieser Mensch deine Lebensqualität so massiv einschränkt. Das hatte ihr Frida am Anfang gesagt, nachdem sie sich ihr anvertraut hatte. *Du musst dein Leben in vollen Zügen genießen – du darfst dich nicht so zurückziehen!* Julia wusste, dass man Menschen in ihrer Situation immer diesen Rat gab.

Menschen, die gestalkt werden.

Wer dem noch nie ausgesetzt war, der weiß nicht, wie sich die Angst in einem festbeißt. Wie unendlich lang die Fahrt mit dem Aufzug von der Wohnung in den Waschkeller sich anfühlt. Die können nicht verstehen, warum man nicht mehr ans Telefon geht, wenn die Nummer unbekannt oder unterdrückt ist. Sie können nicht nachvollziehen, warum man die Badezimmertür abschließt, wenn man duschen geht. Obwohl man allein zu Hause ist. Sie haben kein Verständnis für den Zwang, zuerst den Rücksitz zu checken, bevor man ins Auto steigt (obwohl niemand es hätte öffnen können).

Sie bemühen sich, das zu verstehen, aber sie haben keine Vorstellung davon, was es mit einem macht, wenn man permanent auf der Hut ist.

Und das war Julia in den vergangenen Jahren fast durchgängig.

Alles begann etwa einen Monat nach ihrem ersten Beitrag im Frühstücksfernsehen. Sie kann sich bis heute genau daran erinnern, wie nervös sie an diesem Tag war. Der Chefredakteur der Zeitschrift, bei der sie damals arbeitete, hatte sie weiterempfohlen. *Julia ist so charmant – sie kommt auf dem Bildschirm supergut rüber. Garantiert!* Er war offensichtlich eng mit dem Redakteur bei dem Fernsehsender TV4 befreundet, denn eines Morgens stand sie geschminkt vor der Kamera und sollte Riesling zu scharfem, asiatischem Essen empfehlen. *Wie bin ich hier nur gelandet?,* fragte sie sich verzweifelt. Ihr Puls war auf 180, und in ihrem Kopf drehte sich alles. Was war, wenn sie kein einziges Wort herausbrachte? Oder sich einfach übergab – wie diese Lottofee vor ein paar Jahren. Aber der Beitrag ging ohne Komplikationen auf Sendung. Zum einen ging alles rasend schnell. Als Julia wieder Backstage war, konnte sie sich kaum daran erinnern, was sie gesagt hatte. Zum anderen versicherten ihr alle Mitarbeiter der

Produktion, dass sie sich gut angestellt hatte. Auch ehemalige Kollegen und Freunde meldeten sich und erzählten ihr, wie stolz sie auf sie waren.

Julia wurde sofort für weitere Beiträge gebucht. Und plötzlich konnte sie auch mehr für ihre Artikel in den Zeitschriften verlangen, für die sie arbeitete. Aber dann lag eines Tages ein Brief auf ihrer Fußmatte. Sie weiß noch, dass sie die Stirn gerunzelt hat, als sie den Umschlag aufhob und ihn mit in die Wohnung nahm. Zuerst vermutete sie aufgrund der handgeschriebenen Anschrift, es handele sich um die Einladung zu einer Hochzeit.

Sie öffnete den Brief und spürte augenblicklich, wie sich ihr Hals zuschnürte.

Im Umschlag lag ein Polaroidfoto. Das war an sich schon außergewöhnlich. Wer benutzte heute noch eine Polaroidkamera?

Darauf sah man sie mit einer Flasche Riesling in der Hand. Jemand hatte sie während der Sendung vom Fernsehbildschirm abfotografiert. Auf dem weißen Streifen unter dem Foto stand etwas geschrieben: *Schön.*

Auf der Rückseite stand noch etwas, in altmodischer Schönschrift: *Du hast eine tolle Präsenz im Fernsehen. Man verliebt sich sofort in dich.*

Diese Nachricht war weder bedrohlich noch besonders unheimlich. Jeder hätte ihr diese Nachricht auf ihrem Facebook- oder Instagram-Account schreiben können, ohne dass sie eine Sekunde darüber nachgedacht hätte. Aber in diesem Fall hatte jemand bei sich zu Hause gesessen und sie von seinem Fernseher abfotografiert. Um danach ihre Adresse ausfindig zu machen und ihr den Brief zukommen zu lassen.

An diesem Abend überprüfte Julia mehrmals, ob ihre Tür ordentlich verschlossen war, bevor sie ins Bett ging.

Am nächsten Tag traf sie Frida auf einen Feierabenddrink und zeigte ihr das Foto.

Igitt!, rief Frida. *Was für ein Creep. Aber mach dir keinen Kopf deswegen, Julia. Du bist jetzt eine kleine Berühmtheit! Es wird immer solche Idioten geben. Aber die tun ja nie etwas.*

Julia hatte genickt, und dann hatte ihr Frida von Madonna erzählt, die einen richtigen Stalker gehabt hatte. Der war in den Neunzigern in ihre Luxusvilla eingebrochen und hatte sich ein Schaumbad eingelassen. *Das nenne ich mal ein ernsthaftes Problem!* Julia hatte gelacht, und nach ein paar Gläsern Rosé war ihre Unruhe auf dem Nachhauseweg wie verflogen.

Mehrere Wochen lang verschwendete sie keinen Gedanken mehr an das Polaroid.

Bis wieder etwas passierte.

12

Sixten konnte sein Glück kaum fassen, als ihn Astrid Jacobsen das erste Mal ansah. Sie besaß diese Fähigkeit, dass man sich allein durch ihren Blick auserwählt fühlte. Bevor Astrid in sein Leben trat, hatte Sixten sich nie auserwählt gefühlt.

Er war ein einfacher Bauernsohn.

Astrid war zwar auch auf dem Land groß geworden, aber eine ganz andere Klasse. Der einzige Grund, dass sie auf dieselbe Schule ging wie er, hatte damit zu tun, dass es den Pferdeschwerpunkt gab. Astrid liebte Pferde. Die Familie Jacobsen besaß ein Wochenendhaus bei Kyrkviken. Aber den größten Teil des Jahres verbrachten sie in ihrer Wohnung in Norrmälarstrand in Stockholm. Im Vergleich zu der alten Hütte, in der Sixten mit seinen Eltern lebte, war auch das Wochenendhaus von Astrids Eltern eine ganz andere Klasse. Ein stattliches Sommerhaus aus den späten Fünfzigern, schöne, dunkle Holzfassade, große Fenster, eine Veranda mit Meerblick und einer Feuerstelle. Auf dem Grundstück von Sixtens Eltern stand eine Hollywoodschaukel. Und es gab Tiere. Sonst hatte es nicht viel mehr zu bieten.

Obwohl die beiden schon seit über anderthalb Jahren dieselbe Schule besuchten, hatten sie erst vor ein paar Wochen angefangen, miteinander zu sprechen. Es war kurz vor Weihnachten gewesen. In diesem Jahr hatte die Familie Jacobsen beschlossen, die Großstadt zu verlassen und die Feiertage auf der Insel zu verbringen. Weihnachten in den Schären zu feiern war für Sixten natürlich nichts Ungewöhnliches, er hatte sein ganzes Leben auf Bullholmen verbracht. Seine Mutter machte Krokant, sein Vater beklagte sich über die endlosen Reparaturarbeiten am Haus, und natürlich gab es Weihnachtsschinken – aus hauseigener Schlachtung.

Sixten war wie immer spazieren. Mit der Strickmütze auf dem Kopf, die seine Mutter ihm gemacht hatte, die Hände tief in den Taschen vergraben, stapfte er durch den Schnee. Da sah er sie. Sie kam ihm auf der Straße entgegen, und Sixten zuckte förmlich zusammen. Sie sah aus wie ein Engel, ihre blonden, lockigen Haare umrahmten ihr Gesicht, ihr Mantel war so weiß wie Neuschnee, und ihre Wangen leuchteten rot.

»Hallo, Sixten!«

Ihre Stimme war wie ein Tor in eine andere Welt. Er verliebte sich auf der Stelle in sie.

Sie unterhielten sich eine Weile. Sie kannten sich zwar aus der Schule, aber waren sich noch nie allein begegnet. Was für ein Zufall! Sixten erzählte, dass er auf der Insel groß geworden ist, Astrid erzählte von dem Haus in Kyrkviken.

»Komm mit, wir trinken was bei uns.«

»Wie bitte?«

Sixten war so perplex, dass er das Angebot zunächst nicht verstand.

»Ich meinte, wir können bei mir zu Hause einen heißen

Kakao trinken«, sagte sie und lächelte ihn an. »Es ist so furchtbar kalt!«

Sixten war außerstande, etwas anderes zu tun, als zu nicken, obwohl er innerlich vor Freude schrie. Er war ein dürrer Rocker, sie war eine Prinzessin. Typen wie er wurden nicht von solchen Mädchen zu sich nach Hause eingeladen. So war das eben. Und trotzdem hatte sie ihn eingeladen, und er ging neben ihr. Das Haus der Jacobsens war so bezaubernd wie Astrids Erscheinung. Diese Familie hat keine Geldsorgen, das stand fest. Sixten hatte sich auf das geblümte Sofa gesetzt und einen Becher heißen Kakao in die Hand gedrückt bekommen.

Astrids Mutter, eine elegante Frau in einem hellgrünen Kostüm, durchbohrte ihn förmlich mit Blicken.

»Erzähl, was hast du für Pläne nach dem Examen?«

Sixten hatte schweißnasse Hände bekommen. Natürlich hatte er Pläne, aber er war sich nicht sicher, ob Astrids Mutter davon besonders beeindruckt wäre. Deshalb war er unendlich dankbar, als Astrid ihn rettete und fragte, ob sie hinunter ans Meer gehen wollten. Obwohl der Kakao so viel besser schmeckte als der, den seine Mutter machte, wollte er so schnell wie möglich den prüfenden Blicken dieser Familie entkommen.

Sie liefen durch den Garten hinunter an die Bucht.

»Ist es nicht schön hier?«, hatte Astrid gefragt.

Sixten hatte stumm genickt. Das war es wirklich. Die Insel war schneebedeckt fast noch schöner als im grünen Sommerkleid. Als sie nebeneinander am Ufer standen und aufs Wasser sahen, spürte er die Berührung ihrer schmalen Finger an seiner Hand. Sein Herz pochte vor Aufregung. Dann fragte sie ihn, ob er Lust hätte, in den Weihnachtsfeiertagen mit ihr einen Spaziergang zu machen.

Und ob er das wollte.

Als Sixten kurz darauf nach Hause ging, sah er über die Schulter, um einen letzten Blick von Astrid zu erhaschen. Aber statt Astrid sah er etwas anderes. Ein Gesicht, verborgen hinter den weißen Spitzengardinen in der Küche. Ein Gesicht mit dunklen Augen, die ihm hinterherstarrten.

Sixten ahnte, wer ihm mit Blicken folgte.

Astrids Vater.

13

Julia

An einem Oktoberabend vor drei Jahren wandte sie sich zum ersten Mal an die Polizei.

Es hatte seit Tagen geregnet – so wie es nur im Herbst regnen kann. Von morgens bis abends goss es in Strömen, und sie hetzte mit ihrem großen schwarzen Regenschirm durch die Stadt auf dem Weg zu dem Büro, das sie sich mit anderen freiberuflichen Journalisten teilte. Erst als sie an einem Zebrastreifen stehen blieb, sah sie aus Reflex über ihre Schulter.

Und bemerkte eine Gestalt.

In einiger Entfernung, ebenfalls mit schwarzem Regenmantel und einem großen Regenschirm ausgestattet. Der Schirm war so groß und gesenkt, dass es unmöglich war, das Gesicht zu erkennen. Julia registrierte die Gestalt eher, weil sie so lustig aussah. Sie erinnerte sie an eine Figur aus einem Comicheft. *Das Schwarze Phantom* oder so ähnlich. Der arme Mensch konnte doch gar nichts sehen?

Julia setzte ihren Weg fort, aber kurz darauf musste sie am nächsten Zebrastreifen anhalten. Automatisch drehte sie sich wieder um ... das Phantom stand hinter ihr. Da der Regen etwas abgenommen hatte, senkte die Gestalt den Regenschirm und entblößte einen sonnengelben Regenhut, der unterm Kinn verknotet war. Julia kniff die Augen zusammen, aber ihre Brillengläser waren voller Tropfen. Es war ihr unmöglich zu erkennen, ob es sich um einen Mann oder eine Frau handelte. Der Mantel, der Hut und auch die Stiefel waren sehr groß.

Aber die Person verfolgte sie, daran gab es keinen Zweifel.

Kaum hatte sie das Büro erreicht, rief sie Frida an, die ihr Bestes gab, um sie zu beruhigen. *Alle Leute rennen gerade in Regenmantel und mit Regenschirm herum!* Damit hatte Frida natürlich recht. Je mehr Zeit verstrich, desto überzeugter war Julia, dass sie einfach zufällig denselben Weg gehabt hatten und das Phantom es nicht auf sie abgesehen hatte.

Ein paar Tage später ging Julia ins Kino. Eigentlich wollte sie mit Frida den neuen James-Bond-Film sehen. Ein *guilty pleasure*, das sie teilten. Aber Frida hatte ihr wegen der Kinder absagen müssen, und Julia beschloss, allein zu gehen. Das hatte sie früher oft getan, als sie frisch in die Stadt gezogen war. Während des Studiums hatte sie sich häufig nachmittags ins Kino gesetzt, um für eine kurzen Moment das wirkliche Leben in dem dunklen Kinosaal zu vergessen. So wie an diesem Tag, nur dass sie inzwischen fünfunddreißig Jahre alt war.

Etwa nach der Hälfte des Films spürte sie, wie sich ihr die Nackenhaare plötzlich aufstellten.

Sie fühlte sich beobachtet. Vorsichtig drehte sie sich um, aber der Saal war bis auf ein paar versprengte Paare menschenleer. Weiter hinten saß eine Clique von Freunden. Nichts Auffälliges. Aber dann drehte sie sich zur anderen Seite. Und dort, ganz hinten, in der hintersten Ecke saß das Phantom.

Vorsichtig stellte Julia ihre Tüte Popcorn auf den Boden und schlich hinaus. Sie fuhr mit dem Taxi nach Hause und überprüfte mehrmals, ob ihre Tür auch ordentlich verschlossen war. Es wurde eine unruhige Nacht. Sie überlegte, ob sie zur Polizei gehen und Anzeige erstatten sollte. Aber was würde sie denen sagen? *Eine unheimliche Person saß in demselben Kinosaal wie ich.* Sie hatte keine Ahnung von Rechtsprechung, aber sogar ihr war klar, dass man damit nichts anfangen konnte.

Erst am nächsten Morgen brach ihre Welt zusammen.

Sie stand auf, kochte Kaffee und schminkte sich in der Zwischenzeit in dem großen Spiegel im Flur. Da fiel ihr Blick auf den Boden unterhalb des Briefschlitzes in der Tür, und sie erstarrte. Dort lagen mehrere Polaroidfotos. Ihr Herz hörte für ein paar Sekunden auf zu schlagen. Ihr wurde gleichzeitig heiß und kalt. Mit zitternden Händen hob sie die Fotos auf.

Auf einem war sie von hinten an einem Zebrastreifen zu sehen.

Auf dem anderen kaufte sie gerade Popcorn im Kino.

Und auf dem dritten … ihre Hände zitterten so stark, dass sie es fallen ließ und sich hinhocken musste, um es sich anzusehen. Es war ein Foto von ihrer Wohnungstür, im Treppenhaus aufgenommen.

Unter jedem Abzug standen ein paar Wörter, die zusammen einen Satz bildeten.

Mir gefällt … dass wir uns immer … näherkommen.

Da griff Julia zum Hörer und rief bei der Polizei an.

*

Julia stellt das Weinglas in die Spülmaschine und füllt sich ein großes Glas mit Leitungswasser, das sie in großen Zügen austrinkt. Ihr Blick wandert wieder nach draußen, hinaus aufs Meer, das ruhig und glatt daliegt. Der Abend ist mild, aber es ist trotzdem zu kalt, um draußen zu sitzen. Sie geht ans Fenster und überprüft zur Sicherheit, ob die Tür verschlossen ist.

Damals erhielt sie mit einigen Monaten Abstand weitere Polaroidfotos.

Julia hatte viele Telefonate und Gespräche mit der Polizei geführt. Und mehrere Anzeigen gegen unbekannt erstattet. Die Polizei hörte ihr aufmerksam zu und gab ihr das Gefühl, dass sie die Sachen sehr ernst nahm und Julia sie sich nicht nur einbildete. Aber ihre Anzeigen führten trotzdem zu nichts. Es war unmöglich, den Täter festzunehmen, denn wie verhaftet man einen Schatten? Jemanden, den man gar nicht kennt? Stattdessen verhielt sie sich, wie es viele Opfer tun. Sie zog in eine andere Wohnung. Sie besorgte sich eine neue Telefonnummer. Sie änderte ihre Mailadressen.

Aber sie ist eine öffentliche Person. Damit verdient sie ihren Lebensunterhalt. Sie hat fünfundneunzigtausend Follower auf Instagram, die sie für ihre Rezepte und Weintipps feiern. Und sie tritt nach wie vor im Frühstücksfernsehen auf. Macht Beiträge fürs Radio und schreibt Artikel für Zeitschriften.

Sie kann sich unmöglich verstecken. Das kann sie sich nicht leisten.

Am Anfang zog sie sich sehr zurück, war auf dem besten Weg, eine Einzelgängerin zu werden. Das war schrecklich, sie isolierte sich immer mehr von der Außenwelt, obwohl sie wusste, dass es unsinnig war. Sie sagte Treffen und Reisen ab, hörte auf, sich mit Freunden zum Essen zu verabreden. Sie hörte sogar auf, Spaziergänge zu machen.

Das wurde erst besser, als sie vor einem Jahr ihre heutige Therapeutin Louise kennenlernte. Sie zeigte ihr, wie sie mit der Angst umgehen kann. Denn es war eine unumstößliche Tatsache, dass Julia bisher keinem tätlichen Angriff ausgesetzt war. Jemand wollte ihr zweifellos nur Angst einjagen. Aber dieser Jemand war nie weiter gegangen. Louise brachte sie dazu, wieder allein spazieren zu gehen. Zaghaft wieder Einladungen anzunehmen und sich sogar auf Tinder anzumelden und sich dort zu verabreden. Sie führte Julia zurück ins Leben. Danach hatte sie sich so sehr gesehnt. In gewisser Weise hatte Louise ihr das Leben gerettet.

Ohne ihre Therapeutin hätte sich Julia niemals getraut, allein in dieses Haus in den Schären zu fahren. Niemals.

Zum Glück war es auch seit fast einem halben Jahr still geblieben. Keine neuen Polaroidfotos oder Nachrichten. Das Phantom hatte sich aus ihrem Leben verabschiedet. Manchmal überkam Julia der Gedanke, dass ihrem Stalker vielleicht etwas zugestoßen ist. Vielleicht ist er krank geworden oder sogar gestorben? Oder er hat einfach aufgegeben und sich ein neues Opfer gesucht?

Oder wartet er nur auf den richtigen Moment?

Wie auch immer die Erklärung lauten mochte, Julia wollte nicht darauf warten, dass er wieder auftauchte. Sie musste sich ihr Leben zurückholen und es leben. Sie musste wieder mutig sein, Dinge wagen. Auch wenn dieses unsichtbare Gesicht allgegenwärtig war. Vor allem am Abend. Dort hatte er sich fest eingenistet. Wie ein unerwünschter Dauergast.

Gedankenverloren sieht sie zum Nachbarhaus hinüber. Auch heute steigt Dampf aus dem Whirlpool. Ihr Blick schweift zu dem Fernglas an der Wand, sie wiegt einen Augenblick auf den Fußsohlen hin und her. Dann greift sie danach, versteckt sich hinter der Gardine und stellt es scharf.

Sie sitzen im Whirlpool. Wie gestern. Das verliebte Pärchen. John und seine Frau.

Beide mit einem Glas Wein in der Hand.

Julia sieht sie auch heute nur von hinten. Seine breiten Schultern, ihr langes dunkles Haar. Sie hat ihren Kopf auf seine Schulter gelegt, er küsst sie auf die Stirn. Sie sind verliebt, daran besteht kein Zweifel.

Julia hängt das Fernglas zurück, geht hoch ins Schlafzimmer.

Und wünscht sich mehr als alles andere, dass Zacke und sein zotteliger Hund doch über Nacht geblieben wären.

14

Cilla

In dem neuen Restaurant auf Skeppsholmen in Stockholm ist heute französischer Abend. Außerdem ist einer der ersten Abende in diesem Frühling, an dem es so schön und warm ist, dass es sich schon wie Sommer anfühlt. Trotzdem haben sie zur Sicherheit Wärmepilze aufgestellt und Unmengen an Decken bereitgelegt. Mir sitzt Rosie gegenüber. Meine Lieblingsfreundin und die Mutter von Adam. Obwohl wir uns erst vor knapp einem Jahr kennengelernt haben, fühlt es sich an, als würden wir uns schon seit immer kennen.

Wir sind uns das erste Mal in der Schrebergartenkolonie auf Bullholmen begegnet, wo Rosie eine Laube direkt neben meiner besitzt. Seitdem haben wir uns viel gesehen, auch außerhalb unseres Schärenidylls. Den heutigen Abend haben wir ihr zu verdanken. Sie hat den Tipp bekommen, dass ein neues aufregendes Restaurant seine Zelte auf Skeppsholmen aufgeschlagen hat. Als wir über die Brücke vom Grand Hôtel gehen und die kleine frühlingsgrüne Insel betreten, wird mir wieder bewusst, wie wunderschön diese Stadt ist. Man vergisst so leicht, wie schön es hier ist, wenn man mittendrin lebt. Aber Stockholm ist wirklich fantastisch.

»Hier kommt Ihre Bestellung.«

Eine Kellnerin mit roten Haaren und Sommersprossen auf der Nase taucht an unserem Tisch auf, ein Holzbrett in der Hand.

»Drei französische Käse als Starter.«

Rosie und ich sehen uns erwartungsvoll an und stoßen mit dem weißen, nach Holunder duftenden Bordeaux an.

»Ich liebe Frankreich ja bekanntlich«, sagt Rosie nach dem ersten Schluck. »Aber das Konzept, dass Käse erst *nach* dem Essen verzehrt wird, habe ich noch nie verstanden. Endlich hat mal jemand verstanden, dass es doch viel besser ist, ihn gleich zu Beginn des Abends zu essen, wenn man noch hungrig ist.«

»Das hätte ich nicht besser sagen können«, stimme ich ihr zu.

Ich schneide mir kleine Scheiben vom Brillat-Savarin, vom Comté und von dem französischen Schimmelkäse ab und nehme etwas von dem gegrillten Pain au Levain, einem köstlichen Sauerteigbrot, und der Tomatenmarmelade.

»Erzähl«, sagt Rosie. »Wie geht es den Jungs? Gibt es Neuigkeiten?«

Ich habe zuerst Schwierigkeiten, ihr zu folgen, weil dieser Brillat so unfassbar köstlich ist. Aber dann zähle ich eins und eins zusammen. Vor ein paar Wochen waren wir beide spazieren, und da hatte ich ihr von den Problemen der beiden erzählt. Zum einen, weil ich so frustriert darüber war, dass ich nicht helfen konnte, zum anderen, weil ich mir aus ganz eigennützigen Gründen Sorgen machte. Zacke ist mein bester Freund, das steht fest. Aber ich kann ihn mir nicht mehr ohne Jonathan vorstellen. Sie halten zusammen wie

Pech und Schwefel. Ich weiß nicht, wie sie jeweils ohne den anderen weiterleben sollen. Falls die beiden wirklich Schluss machen sollten, werde ich mich wie ein übrig gebliebenes Scheidungskind fühlen.

Rosie hatte viele kluge Dinge dazu gesagt. Wie immer. *Die zwei sind erwachsen. Das müssen sie selbst klären.*

Und natürlich hat sie damit recht. Die Frage ist nur, ob ich mich bereits zu sehr in diesen Konflikt eingemischt habe, indem ich Zacke vorgeschlagen habe, in meine Laube nach Bullholmen zu fahren?

»Ich hoffe so, dass die beiden wieder miteinander ins Gespräch kommen. Als ich das letzte Mal mit Zacke gesprochen habe, herrschte Funkstille. Und jetzt ist er auf Bullholmen.«

Rosie hebt eine Augenbraue.

»In deiner Laube?«

»Ja. Für ein paar Wochen. Seine Weinbar ist zurzeit geschlossen, und ich dachte, ihm würde salzige Meeresluft und eine Auszeit ganz guttun.«

»Das wird ihm bestimmt guttun. Ich sehne mich auch sehr nach meiner kleinen Laube. Aber als ich Ende April ein Wochenende draußen war, um den Garten vorzubereiten, wäre ich fast erfroren. Ich wette, die haben die Dinger damals aus Eierkarton gebaut und notdürftig mit Kaugummi zusammengeklebt.«

Ich lache.

»Du hast doch einen elektrischen Heizkörper?«

»Ja. Aber dieser sogenannte Heizkörper erzeugt nur Wärme in einem Radius von exakt zwei Zentimetern. Und wenn man ihn aus Versehen berührt, hat man Verbrennungen dritten

Grades. Ich musste den Ofen anschalten und die Ofentür aufklappen …«

Sie erstarrt.

»Was ist los?«, frage ich. »Hast du vergessen, den Ofen wieder auszuschalten?«

»Nein, dieser Comté ist so gut, dass ich einen spontanen Atemaussetzer hatte.«

Ich kichere.

»Ganz deiner Meinung. Ein Hoch auf den französischen Käse. Aber apropos *Jungs* …«

»Ja?«

»Wie läuft es mit Frank?«

Sie nimmt einen sehr großen Schluck von ihrem Wein.

»Ich wusste, dass du das fragen würdest, du rasende Reporterin. Wir haben gestern erst telefoniert. Ich liebe seine Stimme, Cilla. Ich habe schon immer Männer mit rauen, rauchigen Stimmen gemocht. Wenn sie klingen wie eine Flasche Jahrgangswhisky.«

Ich schüttele den Kopf.

»Meine liebe Rosie, wie immer ein Quell der Weisheit. Du solltest Ratgeber schreiben. Hilfe zur Selbsthilfe.«

»Frank ist ein wunderbarer Mensch, und wir hatten diesen Winter viel Spaß. Aber ehrlich gesagt, weiß ich nicht, ob sich daraus etwas anderes entwickeln wird.«

»Hallo? Jetzt mach mal halblang, zwischen euch hat es doch wie wild geknistert, Rosie!«

»Jetzt beruhigen wir uns alle mal wieder. Frank und ich sind Freunde. Es tut gut, jemanden zu haben, den man anrufen und mit dem man plaudern kann. Vor allem, wenn der eigene Sohn nie anruft. Richtest du ihm von mir liebe Grüße aus?«

Ich lache.

»Wie geschickt von dir, einfach das Thema zu wechseln.«

»Sag Adam, dass ich vermutlich gestürzt und gestorben bin, falls ich nicht ans Telefon gehe. Nichts, worüber er sich Gedanken machen müsste.«

»Selbstverständlich richte ich das aus. Sag, kommst du nächstes Wochenende mit nach Bullholmen? Ich wollte Zacke ein bisschen Gesellschaft leisten. Wir haben Mai, und es wird hoffentlich warm und schön sein. Außerdem muss ich ein bisschen vor Ort recherchieren.«

»Ach ja? Für eine neue Folge von *Blutspur*?«

»Ganz genau. Der Fall hat mit Bullholmen zu tun.«

»Noch einer?«, fragt Rosie überrascht.

Ich nicke.

»Was ist bloß mit dieser Insel los? Inspector Barnaby in den Schären, oder wie? Ich muss anfangen, meine schusssichere Weste zu tragen. Ich habe das Gefühl, dass ich mit viel mehr Leichen zu tun habe, seit ich bei der Polizei aufgehört habe, als in meiner aktiven Dienstzeit.«

»Dieser Fall ist aus den Sechzigern«, sage ich. »Und liegt schon rund fünfzig Jahre zurück.«

Rosie pfeift leise durch die Zähne und schmiert sich noch ein bisschen Schimmelkäse aufs Brot.

»Das erklärt alles. Viel zu lange her. Das war vor meiner Zeit, obwohl ich schon uralt bin.«

»Vor deiner Zeit als Polizistin, das stimmt. Aber du warst zu dem Zeitpunkt schon auf der Welt. Vielleicht erinnerst du dich daran? An den ›Sommermord‹?«

Rosie denkt nach.

»Aber es gab doch viele ›Sommermorde‹?«

»Ja, das ist richtig. Aber das war einer der ersten, der es wochenlang auf die Titelseiten und Schlagzeilen geschafft hat. Sie nannten ihn auch den ›Studentenmord‹. Der Tote, ein junger Abiturient namens Sixten Axelsson, war gerade mal neunzehn Jahre alt. Das war 1968.«

»Ich glaube, da klingelt was, warte mal …«

»Das ist eine der bekanntesten schwedischen Mordermittlungen, Rosie. Und ich habe noch nie davon gehört. Der Arme wurde auf unserer kleinen Insel ermordet. Zum Glück in Kyrkviken. Das ist auf der anderen Seite.«

»Kyrkviken ist schön. Da stehen ein paar richtig schicke Häuser.«

»Auf der Seite der Insel bin ich noch gar nicht gewesen. Mein Plan ist also, mich ein bisschen umzusehen und umzuhören und im Garten zu arbeiten. Und Zacke kann uns köstlich bekochen, und wir können die besten Weine dazu trinken.«

Rosie schwenkt ihr Weinglas.

»Essen, Wein und Mord. Du weißt genau, wie man eine alte Tante in die Schären lockt.«

*

Später am Abend desselben Tages sitze ich in einer der tiefen Fensternischen in Adams Wohnung und sehe hinunter auf die Brücke, die Sankt Eriksplan mit dem Fridhemsplan verbindet. In strömendem Regen fahren Autos, Fahrräder und Foodora-Mopeds vorbei. Noch vor ein paar Stunden haben Rosie und ich am Wasser gesessen. Jetzt regnet es wie aus Eimern, als könnte sich der Frühling nicht entscheiden, ob er bleiben will oder nicht. Ich nehme einen Schluck von meinem heißen Kaffee.

Ein normaler Mensch hätte um diese Uhrzeit Tee getrunken, es ist kurz vor elf.

Aber normale Menschen arbeiten nicht für die Redaktion von *Blutspur*.

Ich habe gerade eine Seite im Internet gefunden und durchforstet, die *mordedieniemalsvergessenwerden.se* heißt.

Sehr griffiger Name. Ich habe dort etwas über Sixten Axelsson gefunden. Seine großen Augen starren mir von einem Schwarz-Weiß-Foto entgegen. Sein Blick berührt mich. Er sieht so verloren aus. Wie ein ganz normaler Teenager. Neunzehn Jahre – sein Leben lag vor ihm und wartete auf ihn. Stattdessen wurde ihm die Kehle durchgeschnitten.

Warum?

Der Mörder ist nie gefunden worden. Auch die Mordwaffe nicht.

Niemand ist jemals für den Mord an Sixten zur Rechenschaft gezogen worden. Aber Verdächtige hat es gegeben.

Drei, um genau zu sein. Allerdings wurden diese drei eher von der Presse benannt. Wie die Polizei den Fall sah, war 1968 nicht Teil der öffentlichen Diskussion. Den Tageszeitungen und Kriminalmagazinen aber wurde es nicht verboten, ihre Spekulationen zu veröffentlichen, wen sie für die schreckliche Hinrichtung von Sixten für verantwortlich hielten. Und die hatten drei Spuren ausgemacht.

Die erste führte zu Astrid Jacobsen. Schockierend. Eine Frau. Diese Spur wurde durch eine Liebesgeschichte befeuert. Astrid und Sixten, beide gleich alt, hatten eine irgendwie zu betitelnde Form der Beziehung gehabt. War Sixten zu weit gegangen? Hatte er Astrid bedrängt? Hatte sie ihn dafür bestraft?

Diese Version finde ich nicht so überzeugend. Dass eine Achtzehnjährige ihrem Freund die Kehle durchschneidet, ist unwahrscheinlich. Es ist eher ungewöhnlich, dass Frauen mit so viel Gewalt töten.

Der zweite Verdacht galt einer Person, die ebenfalls zu Sixtens Bekanntenkreis gehörte. Nämlich Alf Jacobsen – Astrids Vater. Aber warum? Astrids Vater hatte ein Alkoholproblem, das war bekannt. Obwohl sehr viele zu ihm aufsahen, weil er eine bemerkenswerte Karriere in der Finanzwelt hingelegt hatte, gab es das Gerücht, dass er zu Jähzorn und Gewalt neigte. Es war keine Seltenheit, dass ein Abend in der Kneipe damit endete, dass Alf mit einem seiner Freunde in eine Prügelei geriet. Und es heißt, er sei auch auf seine Frau Anita losgegangen. Zumindest hatten ein paar Freunde der Familie den Journalisten damals gegenüber angegeben, dass sie Anita mehr als einmal mit roten Wangen und blauen Flecken an den Armen gesehen hätten. Vielleicht hatte Alf seine Tochter nur beschützen wollen? Vielleicht hatte ihn Sixtens Interesse an seiner Tochter provoziert? Vielleicht war Alfs Warnung zu weit gegangen?

Ich nehme einen Schluck von meinem karamellfarbenen Kaffee mit Milch. Hm. Diese Theorie gefällt mir schon besser als die erste. Ein alkoholisierter, gewaltbereiter Vater. Aber genügt hier wirklich das Beschützermotiv?

Leider ist auch der dritte Verdächtige nicht besonders glaubwürdig. Aber er klingt mit Abstand am spannendsten: der Haningemann.

Allein der Name erzeugt bei mir schon Gänsehaut. So

wurde er damals, Ende der Sechzigerjahre, genannt. Der Täter lauerte joggenden Frauen auf Waldwegen auf und griff zwischen 1966 und 1971 sieben von ihnen an. Er schlug sie nieder und ... ja. Ich hatte davon gelesen und ihn in die engere Auswahl für eine *Blutspur*-Folge genommen. Aber dann fand ich, dass die Geschichte doch zu düster und schwer war. Und auch leider etwas monoton. Zwar wurde er mit jedem Angriff brutaler, aber er ermordete keines seiner Opfer. Stattdessen änderte er seine Vorgehensweise. Seine beiden letzten Opfer waren nicht wie die anderen im Wald joggen, sie saßen zu Hause vor dem Fernseher. Er drang über die Balkone in ihre Wohnungen ein.

Wo aber ist die Verbindung von einem Serienvergewaltiger zu dem Mord an einem jungen Mann?

Weil der Täter eine weiße Zipfelmütze und Lederhandschuhe getragen haben soll. Im Frühling 1968 hat eine ältere Dame ausgesagt, dass ein Mann, auf den diese Beschreibung passte, an ihrem Sommerhaus in den Schären vorbeigegangen sei. Und noch ein zweites Detail führt zu dem Verdacht. Laut Aussagen der Opfer hatte der Täter ein Fischermesser bei sich. Und mit großer Wahrscheinlichkeit wurde Sixten mit einem solchen Messer getötet.

Hatte Sixten den Haningemann vielleicht in jener Nacht in Kyrkviken auf frischer Tat ertappt? Obwohl die Polizei ihn zu keinem Zeitpunkt offiziell als Verdächtigen benannt hatte, gab es Quellen, die behaupteten, dass diese Spur verfolgt worden sei.

Ich gönne mir noch einen Schluck Kaffee. Das ist eine gruselige Geschichte, wenn sie stimmt. Dramatisch. Das würde den Haningemann noch grausamer erscheinen lassen und Sixten zum Helden stilisieren. Natürlich sind die Zeitungen damals auf diese Theorie angesprungen.

Aber eine Sache lassen alle Theorien außer Acht.

Ich suche das Foto heraus, das ich zu Hause bei Lilian gemacht habe. Sie hatte mir die Ausgabe vom *Gentleman* gezeigt, in der das Foto abgedruckt war, das sie an jenem Morgen auf Bullholmen von Sixten gemacht hatte. Sie wollte mir die Zeitschrift nicht überlassen, aber ich durfte ein Foto machen. Und auf dieser Aufnahme konnte man sehr deutlich den Kranz aus weißen Gänseblümchen sehen, den der Mörder Sixten auf den Kopf gelegt hatte.

Warum sollte der Haningemann so etwas tun? Die Gänseblümchen deuteten doch eher in eine andere Richtung. Etwas Rituelles. Das war viel ... inszenierter, durchdachter.

Ich strecke meine Beine aus. Der Regen prasselt mittlerweile so stark gegen die Fensterscheibe, dass man nicht mehr nach draußen sehen kann. Genauso haben sie ihren Abend verbracht. Die beiden letzten Opfer vom Haningemann. Sie wurden zu Hause überfallen, wo sie sich in Sicherheit wähnten. Und auf einmal war es nicht mehr sicher.

Mir stockt der Atem, als ich plötzlich ein Geräusch höre.

An der Wohnungstür.

Ein Schlüssel dreht sich im Schloss.

Ich atme erleichtert auf.

»Hallo?«, ruft Adam aus dem Flur.

Ich stelle meinen Becher ab und schüttele den Kopf. Warum steigere ich mich selbst so schnell in so ein Gefühl hinein? Ich sollte da etwas professioneller mit umgehen. Schließlich bin ich schon seit einer Weile bei *Blutspur*.

Adam strahlt übers ganze Gesicht, als er ins Wohnzimmer kommt. Er trägt einen dunkelblauen Anzug und unterm Arm seine Aktentasche.

»Hallo, Lebensgefährtin«, sagt er grinsend. »Ist die Wäsche gebügelt?«

»Ja, mein Herr. Und der Küchenboden gebohnert. Darf ich Ihnen einen Drink anbieten?«

Er lächelt und küsst mich mit seinen unfassbar weichen Lippen. Vor ein paar Tagen hatte jemand einen alten Zeitungsartikel gepostet, der in einem Wochenjournal aus den Dreißigern veröffentlicht worden war. Darin wurde aufgelistet, wie eine Frau das Heim so vorbereiten kann, dass der Mann sich nach Feierabend besonders wohlfühlt. Ich hatte den Beitrag an Adam weitergeleitet und ihm gesagt, er könne sich aus der fünfzehn Punkte umfassenden Liste zwei Dinge aussuchen. Alles außer Bügeln. Ich habe in meinem ganzen Leben noch kein einziges Kleidungsstück gebügelt. Er erwiderte prompt, dass ich sogar drei Dinge auswählen dürfte. Mein süßer, rücksichtsvoller Adam. Doch dann habe ich ihn darauf hingewiesen, dass er nie vor mir zu Hause ist. *Man(n) ist doch nicht verrückt*, hatte er geantwortet.

»Arbeitest du noch?«, fragt er und setzt sich zu mir in die Nische auf der Fensterbank.

»Jupp.«

»Um was geht es?«

»Ein Mord in den Schären. In den Sechzigerjahren. Auf Bullholmen.«

»Das glaube ich nicht. Was ist bloß mit dieser Insel los?«

Ich lächele ihn an.

»Deine Mutter hat exakt dasselbe gesagt. Aber, apropos.

131

Was hältst du von einem Ausflug nach Bullholmen nächstes Wochenende?«

Er löst seine Krawatte und öffnet seinen Hemdkragen. Es wäre so schön, mit Adam auf die Insel zu fahren. Außerdem würde das bedeuten, dass wir auf keinen Fall einen Ikeabesuch einbauen können, um die gemeinsame, also seine Wohnung einzurichten. Mir ist es schon gelungen, den ersten Versuch zu vereiteln. *Die Arbeit, die Arbeit!*

Adam ist der Beste, keine Frage. Er will mir die Gelegenheit geben, seine Wohnung zu meiner zu machen. Aber darin liegt auch das Problem. Es ist nun einmal seine Wohnung. Er ist ganz selbstverständlich davon ausgegangen, dass ich bei ihm einziehe. Er hat eine schöne, große Genossenschaftswohnung, ich lebe in einer kleinen, verwohnten Mietswohnung. Die meisten wären überglücklich, in diese topsanierte, große Zweizimmerwohnung einzuziehen. Aber ich kann mir einfach nicht vorstellen, meine süße Bude auf Söder zu verlassen.

»Ein Ausflug in die Schären?«, sagt Adam. »In deine Laube? Gerne. Aber ist Zacke da nicht gerade?«

»Doch. Aber ich muss dorthin, um zu recherchieren. Rosie ist wahrscheinlich auch dabei.«

»Das heißt also wir beide, Zacke und meine Mutter auf fünfzehn Quadratmetern?«

»Sei nicht albern. Rosie hat doch ihre eigene Laube.«

Er lächelt mich an und gibt mir einen Kuss.

»Ein Ausflug in die Schären hört sich toll an. Aber du musst mir eine Sache versprechen.«

»Was denn?«

»Nur Recherche. Ich will nicht immer in einen dramatischen Mordfall verwickelt werden, wenn wir auf der Insel sind.«

Ich schnappe mir seine Krawatte und wickele sie mir um den Finger.

»Du hast wirklich keine Ahnung von Freizeitgestaltung.«

15

Julia

Es regnet in Strömen. Aber das bemerkt Julia erst, als sie aufwacht und nur noch den Abspann des Films mitbekommt.

Sie hatte eine wohlverdiente Pause vom Kochen und von der Weinverkostung eingelegt und sich eine Tiefkühlpizza mit einer eiskalten Cola Zero mit ganz vielen Eiswürfeln gegönnt. Um neun Uhr fing ein Film auf TV3 an, den sie sehen wollte. Der Sender veranstaltete offenbar eine Thrillerwoche, denn an diesem Abend kam *Todesstille* mit Nicole Kidman und Sam Neill aus den Achtzigern. Darin sind die beiden mit einem Segelboot unterwegs und müssen sich auf offener See gegen einen Psychopathen zur Wehr setzen.

Julia gähnt herzhaft und streckt und rekelt sich auf dem Sofa. Sie wünscht sich, dass sie sich einfach in ihr großes, bequemes Doppelbett beamen könnte. Ein Schnipsen mit den Fingern, und zack, wäre sie da. Aber so funktioniert es leider nicht. Sie steht auf und bringt ihr Glas und den Teller mit den eingetrockneten Pizzarändern in die Küche.

Sie sieht hinaus aufs Meer. Dort tobt ein irres Unwetter, das sich wie aus dem Nichts zusammengebraut hat. Als sie es sich vor ein paar Stunden auf dem Sofa bequem gemacht hat, ist der Himmel noch hell und freundlich gewesen. Die untergehende Sonne hat noch in der Bucht über Kyrkviken geschienen. Wie der Blitz schoss ein Bild in ihren Kopf: die Nachbarn. John und seine Frau.

Sie hatte sie noch gesehen, bevor sie sich vor den Fernseher gesetzt hatte.

Sie waren gegen neun Uhr mit ihrem kleinen weißen Motorboot rausgefahren. Julia hatte draußen auf der Veranda gestanden, um eine Decke auszuschütteln. Sie hatten ihr zugewunken. Und sie hatte zurückgewunken. Julia hatte zwei Angeln und einen großen Picknickkorb an Deck gesehen. Und sie hatte sich erinnert, was ihr John über ihre Angelausflüge erzählt hatte:

An schönen, klaren Abenden fahren wir manchmal mit dem Boot zum Angeln raus. Meine Frau hasst es, aber ich liebe es. Und da ich immer eine Flasche Rosé mitnehme, kommen wir beide auf unsere Kosten.

Traumhaft. Nicht das Angeln. Julia steht nicht besonders auf Fisch. Was sie sich allerdings gut vorstellen könnte, wäre an einem sonnigen Abend mit dem Mann, den man über alles in der Welt liebt, aufs Meer rauszufahren. Auf den Wellen zu schaukeln, Rosé zu trinken und zuzusehen, wie die Sonne die Bucht erdbeerrot färbt.

Julia geht näher ans Fenster, um besser sehen zu können.

Der Regen prasselt auf die Terrasse, sie kann es förmlich unter den Fußsohlen spüren.

Waren die beiden zeitig genug zurückgekehrt? Ganz bestimmt. Sie würden bei so einem Wetter doch nicht auf dem Wasser bleiben. Das wäre ehrlich gesagt lebensgefährlich.

Nachdenklich bleibt Julia noch eine Weile am Fenster stehen. Sie ist wie verhext vom Anblick der wütenden Natur. Es hat etwas unglaublich Dramatisches, wie der Regen in die Bucht peitscht und die Wellen gegen den Strand schlagen. Weißer Schaum, der über das schwarze Wasser reitet. Verängstigte Möwen, die durch die Luft geworfen werden.

Und dann sieht sie was.

Zuerst denkt sie, dass sie sich täuscht. Aber das tut sie nicht. Dort draußen ist tatsächlich das Licht einer Taschenlampe zu sehen. Und dann hört sie auch die Schreie: *Hilfe! Helft mir!*

Ihr Körper erstarrt, ihr wird eiskalt. Sie reißt das Fernglas von der Wand, stellt es scharf. Da sieht sie John, der mit dem Boot in die Bucht zurückrudert. Er kämpft gegen Wind und Regen an. Sein Gesicht ist verzerrt, Julia erkennt ihn fast nicht wieder. Es waren seine Schreie, die sie gehört hat. Seine panischen Schreie.

Er ist allein im Boot, vollkommen durchnässt, Julia kann seine Frau nicht sehen.

»Verdammt«, murmelt Julia.

Als sie die Terrassentür aufreißt, schlägt ihr der Sturm mit voller Wucht entgegen. Der Wind peitscht ihr ins Gesicht, und der Regen sticht wie tausend Nadeln in die Haut. Sie rennt auf die Terrasse, winkt John zu, aber er sieht sie nicht. Er schreit ununterbrochen. *Hilfe! Helft mir! Sie ist weg.* Die Situation ist vollkommen surreal. Julia ertappt sich bei dem Gedanken, dass sie vielleicht träumt und noch auf dem Sofa liegt und der Film *Todesstille* noch läuft. Aber das tut sie nicht. Sie steht in strömendem Regen und hat keine Ahnung, was sie tun soll. Einem Impuls folgend, rennt sie hinunter an den Strand. Sie ist barfuß aus dem Haus gestürmt, und die Steine schneiden ihr in die Fußsohlen. John hat es ein Stück näher ans Ufer geschafft, aber er muss hart mit dem Gegenwind kämpfen.

»John! Hallo! Hallo!«

Sie wedelt mit den Armen und schreit, so laut sie kann. Da endlich, scheint er sie gehört zu haben. Er ändert die Richtung und kommt auf sie zugerudert. Julia greift instinktiv an ihre Hosentasche. Hat sie ihr Handy dabei? Ja, zum Glück. Sie holt es raus und will wählen … aber wen ruft man in so einem Fall an? Die Feuerwehr? 112? Auf einmal fühlen sich die Zahlen so fremd an. Sie folgt ihrem Impuls.

»Hallo, ich bin auf Bullholmen«, brüllt sie ins Telefon, als sich eine Frau mit sanfter, ruhiger Stimme meldet. »Es stürmt ganz schrecklich, und mein Nachbar ist mit dem Boot draußen. Also nein, nicht wirklich, er kommt gerade an Land … aber ich glaube, seine Frau ist verschwunden.«

*

Die antike Standuhr schlug ein Uhr.

Draußen ist es dunkel. Nacht.

Julia hat den Kamin angemacht beziehungsweise auf den Knopf gedrückt, damit das Feuer von selbst angeht. Sie hat Tee gekocht und sitzt mit John im Wohnzimmer. Warum sie das getan hat, also Tee gekocht, weiß sie nicht. Sie trinkt nicht einmal besonders gerne Tee. Aber sie hat das Gefühl, dass man so etwas in Krisensituationen tut. Zumindest, wenn man glaubt, was sie einem in britischen Krimiserien vorgaukeln.

John ist in eine Decke gehüllt.

Es hat aufgehört zu regnen, aber der Wind heult noch und zerrt an den dunklen Tannen. Zwei Polizisten haben John gerade befragt. Sie haben sich jetzt mit mehreren Kollegen auf die Suche gemacht und fahren die Bucht mit ihren Booten ab. Auch zwei Taucher sind angefordert worden. Julia sieht nach draußen und kann die starken Scheinwerfer des Polizeihubschraubers sehen, dessen Licht über die Wellen zuckt.

Die anderen Nachbarn werden sich bestimmt fragen, was da passiert ist. Als sie vorhin aus dem Fenster sah, haben einige Nachbarn auf ihren Terrassen gestanden und das Geschehen in der Bucht verfolgt. Julia hatte fast das Gefühl, ihre Stimmen zu hören. *Was soll denn dieser Aufstand hier? Sind das nicht die Lexells? Was ist da bloß passiert?*

Julia dreht sich wieder zu John um. Er sieht so jung aus mit seinen rosigen Wangen und dem nassen dunklen Haar. Aber vielleicht liegt das auch an der Decke, in die sie ihn gewickelt hat. Obwohl er unter Schock steht und stumm auf dem Sofa sitzt, kann sie nicht umhin, seine Attraktivität zu bemerken. Was total absurd ist, wenn man bedenkt, was gerade passiert ist.

»John«, sagt sie leise. »Was ... was ist denn passiert?«

Es ist Stunden her, dass sie die 112 gewählt hat, aber sie hatte bisher nicht gewagt, ihm diese Frage zu stellen. Als er sich endlich an Land gekämpft hatte, ging es ihr nur darum, ihn möglichst schnell ins Trockene und Warme zu bekommen. Er war stark unterkühlt. Hat am ganzen Körper gezittert. Sie hat ihn in die Dusche bugsiert und ihm Handtücher, Decken und Kleidungsstücke gegeben, die sie aus dem Kleiderschrank im größten Schlafzimmer des Hauses holte. *Ich bin für ihn verantwortlich*, war das Einzige, woran sie denken konnte. Zum Glück tauchten kurz darauf die Rettungssanitäter auf. Nachdem sie sichergestellt hatten, dass es John, den Umständen entsprechend, gut ging, konzentrierten sich alle Kräfte stattdessen auf die Suche nach seiner Frau.

Die irgendwo dort draußen spurlos verschwunden war. Draußen auf der Terrasse steht eine Polizistin und telefoniert. Sie hat sich davor mit John unterhalten, ist dann aber rausgegangen, um sich über die neuesten Ergebnisse in Kenntnis setzen zu lassen. Sie ist offensichtlich eine Krisenpolizistin. Julia weiß, dass es ganz bestimmt nicht so heißt, aber die Aufgabe dieser Beamtin ist es, John über die laufenden Ermittlungen zu informieren, ihm die Vorgehensweisen zu erklären. Wie die Suche nach seiner Frau sich gestaltet. Julia fand die Frau viel zu barsch, nicht besonders gut geeignet für diesen Job. Ganz gut, dass sie für einen Moment allein sind.

»Ich … ich weiß nicht«, flüstert er.

Julia nickt zaghaft.

»Obwohl, doch. Ich weiß es schon, aber das fühlt sich … das fühlt sich so …«, stammelt er. »Ich kann es nicht glauben, dass sie weg ist. Vor ein paar Stunden haben wir zusammen im Whirlpool gesessen und entschieden, dass wir doch noch … angeln fahren. Ich liebe es, angeln zu fahren. Sheila hatte keine Lust, aber ich habe gedrängelt und gequengelt. Und sie …«

Seine Augen füllen sich mit Tränen. Seine Hände zittern.

Julia muss sich wahnsinnig beherrschen, sich nicht neben ihn zu setzen. Er ist so aufgelöst, das wiederum löst in ihr das Bedürfnis aus, ihn zu beruhigen und zu trösten.

»Und sie hat schließlich eingewilligt. Ich habe gesagt, dass wir uns wieder eine Flasche Wein mitnehmen und den Sonnenuntergang draußen auf dem Wasser genießen. *Oh Gott!* Ich dachte, wir haben schon Sommer, und das Wetter ist stabil. Ich habe den Wetterbericht vorher nicht gesehen. Ich hatte keine Ahnung, dass … keine Ahnung, dass …«

Er zeigt auf die Bucht, als wollte er sagen … *ein Sturm aufzieht.*

Er hatte keine Ahnung, dass ein Sturm aufzieht.

»Der Regen kam so plötzlich. Innerhalb von einer Minute war der Himmel zugezogen. Und der Wind – das war verrückt. Sheila hat mich angeschrien, dass wir sofort zurück an Land müssen. Aber das Boot ist uralt und kaputt. Ich habe versucht, den Motor anzuschmeißen, aber das ging nicht. Dieser verdammte, alte Scheißmotor …«

Er vergräbt sein Gesicht in den Händen. Keucht. Atmet ein paar Male tief ein und aus.

Julia nickt erneut, weiß nicht recht, wie sie sich verhalten soll.

»Also habe ich angefangen zu rudern. Sheila hat mich angefeuert. Bis sie plötzlich verstummt ist. Ich dachte zuerst, ihre Stimme wurde vom Wind verschluckt. Aber als ich mich zu ihr umdrehte, da …«

Dieses Mal schweigt er länger.

»Was war da?«, ermunterte ihn Julia weiter zu reden.

»Da war sie weg.«

Julia hält sich die Hand vor den Mund.

Oh Gott!

Ist sie vom Boot gefallen? Ins Wasser gestürzt?

»Kann sie schwimmen?«, fragt sie.

»Ja. Deswegen ist es auch so verrückt. Wo ist sie hin? Sie kann doch so gut schwimmen?«

Vielleicht hat sie sich beim Sturz den Kopf gestoßen? Und ist ohnmächtig geworden?

Seit einer Stunde sucht die Polizei nach ihr. Julia hütet sich davor, den Gedanken zuzulassen, der ihr durch den Kopf spukt. Vermutlich derselbe Gedanke, den auch die ruppige Beamtin vom Krisenteam da draußen auf der Terrasse hat. Um das zu vermeiden, steht Julia auf und geht John noch mehr Tee holen.

Wenn sie Sheila bis jetzt noch nicht gefunden haben, werden sie es sehr wahrscheinlich nie tun.

16

Zacke

Als Zacke nach einem einfachen Mittagessen, bestehend aus Tomatensuppe und etwas Brot, mit Aretha Franklin zu ihrem Nachmittagsspaziergang aufbricht, sind die Spuren vom gestrigen Unwetter noch deutlich zu sehen. Sie waren davon kalt erwischt worden. Zacke war gerade eingeschlafen, als es anfing zu schütten, und er musste aufstehen und das kleine Fenster schließen, das er zum Lüften aufgelassen hatte. Als es kurz darauf auch noch donnerte, fing Aretha an, wie wild zu bellen. Das tut sie immer, die kleine Maus. Ängstlich und einfältig, wie sie ist.

Auf dem Weg haben sich große Pfützen gebildet. Der Himmel hängt voller dunkler grauer Wolken.

Bullholmen wirkt wie ausgestorben, als Zacke das überschaubare Areal der Schrebergartenkolonie verlässt. Nächstes Wochenende kommen Cilla und ihre Freundin Rosie ihn besuchen, worauf er sich wahnsinnig freut. Er braucht dringend ein bisschen Gesellschaft. Stimmen. Obwohl die Schärenwelt atemberaubend schön ist, kann es hier ganz schön einsam werden. Tagsüber unternimmt Zacke ausgiebige Spaziergänge mit dem Hund und kümmert sich um Papierkram und Buchhaltung für das *Mon Dieu!*. Nachmittags backt er oder kocht. Und abends liest er oder streamt eine Serie auf seinem Rechner. Er hat sich auch vorgenommen, sich ein paar Gedanken über die Zukunft seiner Weinbar zu machen. Sie lief gut in den vergangenen drei Jahren, hat Gewinn abgeworfen und ist zu einer beliebten Anlaufstelle geworden, deren Ruf weiter über Södermalm hinausreicht.

Aber vielleicht ist die Zeit gekommen, etwas Neues zu wagen? Sich neu erfinden? Sind die Jahre mit Snacks und französischen Weinen passé? Muss er sich neuen, fremden Welten öffnen? Tacos und Weine aus der neuen Welt anbieten? Sauerkraut und Riesling? Oder (Schockschwerenot!) Naturweine und selbst angebauten Blumenkohl?

In diese Richtung müsste Zacke weiterdenken. Aber das tut er nicht.

Denn seine Gedanken sind nur mit einer einzigen Sache beschäftigt: Jonathan.

Man kann sich an alles gewöhnen, überraschend schnell sogar. Aber ein Leben ohne Jonathan ist undenkbar. Unmöglich geradezu. Sie können einfach nicht ohne einander leben. *Er hat eine Krise. Er hat seine Mutter verloren. Alle Menschen haben mal eine Krise im Leben. Die geht wieder vorbei.* Dieses Mantra wiederholt Zacke seit Wochen in seinem Kopf. Es wird alles wieder gut, es muss alles wieder gut werden. Alles andere ist schlicht und einfach unvorstellbar.

Gestern Abend hat er sich eine Weile auf Instagram aufgehalten. Jonathan hat schon seit Monaten nichts Neues mehr gepostet. Trotzdem ging Zacke auf seinen Account und sah sich die alten Einträge an, vor allem die Fotos vom vergangenen Winter in ihrer Skihütte in Idre Fjäll. Funkelnde, weiße

Schneelandschaft. Funkelndes unbeschwertes Lachen. Und jetzt... nichts. Die sozialen Medien sind grausam. Sobald jemand sich zurückzieht, ist es fast so, als sei diese Person gestorben.

Dann hatte Zacke etwas getan, was er jetzt zutiefst bereut. Aus einem unerfindlichen Grund ging er auf die Liste von Jonathans Followern. Ganz oben stand ein Name, den Zacke nicht kannte. *Ciaomattias.* Er klickte sich auf dessen Account, er hieß tatsächlich Mattias. Blond, blauäugig. Siebenundzwanzig? Die meisten seiner Posts waren Landschaftsaufnahmen. Er liebte es offenbar, wandern zu gehen. Und zu zelten. Er fotografierte die norwegischen Fjorde. Und war vor allem wahnsinnig gut aussehend. Jonathan hatte jeden Post gelikt. Und häufig auch einen Kommentar geschrieben. *Wow! – Was für eine Aussicht! – Ein Traum!*

Zackes Herz, vergraben unter Cillas geblümter Bettdecke, hatte wie wild gerast.

Wer war dieser Mattias? Hatte Jonathan ihn vor Kurzem erst kennengelernt?

Einen zehn Jahre Jüngeren. Der die Natur genauso liebte wie Jonathan. Und unfassbar gut aussah.

Zacke hatte sein Handy weggelegt und dumpf an die dunkle Decke der Laube gestarrt. Daran hatte er keine einzige Sekunde lang gedacht. Dass ein Mattias eine neue Phase in Jonathans Krise einläuten könnte. Was, wenn er jemanden kennengelernt hatte? Jemanden, der nicht so war wie Zacke.

Zacke, der sich immer für eine Flasche kräftigen Norditaliener entscheiden würde statt für Blaubeersuppe in einer *Kåsa,* einem traditionellen, hölzernen Trinkgefäß.

Zacke, der immer eher in eine südeuropäische Stadt fahren würde als an einen blöden norwegischen Fjord.

Zacke, der immer zu viel isst. Und zu wenig schläft. Und bis spätabends arbeitet. Und gerne das Work-out sausen lässt. Und vergisst, den Wagen an den Tagen umzuparken, an denen die Straßenreinigung kommt. Und der vergisst, Jonathan zu sagen, wie sehr er ihn mag.

Was, wenn Jonathans Krise überhaupt gar nichts mit dem Tod seiner Mutter zu tun hat, sondern damit? Vielleicht ist es auch irrelevant, dass er seinen Job gekündigt hat. Was, wenn das alles mit Zacke zu tun hat?

Mit Zacke, der so dämlich war und betrunken den erstbesten Jüngling geknutscht hatte, nur weil er ein bisschen Stress gehabt hatte. Sehnt sich Jonathan nach einem anderen? Nach jemand stabileren in seinem Leben, einem Felsen in der Brandung, wenn es stürmt?

Zacke bleibt unten am Hafen stehen und sieht hinaus aufs Meer. Es ist ein schrecklich grauer Tag. Es nieselt, und der Wind beißt auf der Haut. Der kleine Hund zu seinen Füßen fröstelt. Zur Linken sind der kleine Supermarkt der Insel und die Hafenkneipe. Zacke meint, Licht zu sehen. Ob die schon geöffnet haben, obwohl es noch keine Saison ist?

Er kann sich gut daran erinnern, wie er mit Cilla in dem kleinen Biergarten gesessen und Rosé getrunken hat. Damals war es sonnig und warm. Tatsächlich, es ist geöffnet. Zacke drückt die Türklinke herunter, und eine kleine Glocke schellt. An einem Tisch sitzt ein älteres Paar und isst Fish & Chips. Am Tresen hängt ein zerknitterter Typ und nippt an seinem Bier. Hinterm Tresen steht eine Frau und winkt ihm zu.

»Herzlich willkommen. Hast du Hunger?«

»Ähm … darf mein Hund mit rein?«

»Klar. Wenn er sich benehmen kann.«

Zacke nickt, zieht sich seine nasse Regenjacke aus und setzt sich an den Tresen. Aretha Franklin rollt sich zufrieden am Fuß des Barhockers zu einem wuscheligen schwarzen Knäuel zusammen.

Zacke bekommt eine eingeschweißte Speisekarte. Was für ein lustiger Ort. Im Sommer ist die Kneipe ein klassisches Grillrestaurant, jetzt hat er das Gefühl, in einem britischen Pub gelandet zu sein. In der Ecke steht ein Chesterfield-Sofa, auf den Tischen stehen moosgrüne Lampen und stapeln sich Bücher.

»Ihr habt aber früh die Saison eröffnet«, sagt Zacke.

Die lockige Barfrau lacht.

»Ja, der Plan war eigentlich, erst die Woche vor Mittsommer aufzumachen. Aber ich wohne auf der Insel, und Paul, dem die Kneipe gehört, hat gemeint, wir sollten doch für die Leute hier aufmachen. Es gibt ja welche, die hier leben.«

Sie nickte zu dem Paar und dem Mann am Tresen.

»Deshalb haben wir jetzt Donnerstag bis Sonntag geöffnet, es gibt Fish & Chips und eine Suppe. Und natürlich literweise Bier. Darf es eins sein?«

»Ja, warum nicht? Aber bitte nicht so aleig.«

»Wir haben ein leckeres deutsches Weizenbier?«

»Perfekt.«

Sie nimmt ein großes Glas und stellt sich an den Zapfhahn. Zacke beugt sich zu Aretha Franklin herunter und krault sie hinterm Ohr. In ihm steigen Erinnerungen an sein Jahr in London hoch. Da war er zwanzig, und ein Abend im Pub keine Seltenheit gewesen. Zusammen mit Kristoffer, einem alten Kumpel aus der Oberstufe, war er nach London gezogen, um Theater zu studieren (seinen Traum von der Schauspielerei hängte er allerdings schnell an den Nagel). Sie wohnten in einer feuchten Bude in Shoreditch, lange bevor dieses Stadtviertel angesagt war. Mit ihm ging er abends nach dem Unterricht in einem der dunklen Pubs ein Bier trinken. Und am Wochenende waren sie tanzen. Oder sie schlenderten über den Camden Market mit seinen unzähligen Secondhandläden. Wie viel einfacher das Leben damals war.

Erwachsen werden ist viel mehr, als nur älter auszusehen. Dazu gehören Kredite für den Wohnungskauf, der Job, die Fahrt zum TÜV und die bittere Erkenntnis, dass der Zahnriemen ausgewechselt werden muss, sowie eine Rentenversicherung. Man bekommt Kopfschmerzen, wenn man am Abend davor eine Flasche Wein getrunken hat, der Bauch wird dicker, wenn der Sommer mit unzähligen Eiskugeln vorbeigeht, und man hat sofort Knieschmerzen, wenn man einmal pro Halbjahr versucht, das Joggen wieder für sich zu entdecken.

Ganz zu schweigen von der Schwierigkeit, eine Beziehung zu führen. Wenn man jung ist, glaubt man, dass nichts jemals zu Ende geht.

Wenn man älter wird, weiß man, dass alles einmal zu Ende geht.

Er bekommt sein Weizenbier auf einem Bierdeckel serviert und nimmt einen großen Schluck. Himmel, jetzt sitzt er in einer Hafenkneipe und philosophiert über das Leben. Wie ein alter Mann. Echt jetzt … er muss sich zusammenreißen. Heute Abend ist er bei Julia zum Essen eingeladen. Und nächste Woche kommt Cilla. Dann hat er endlich ein bisschen Ablenkung, die hat er bitter nötig. Er nimmt einen weiteren Schluck und sieht Aretha Franklin an, die sich eingerollt hat.

»Findest du, dass ich alt geworden bin?«

»Wie bitte?«

Zacke zuckt zusammen. Der Mann am Tresen hat ihn angesprochen.

»Oh, Verzeihung. Ich habe mit meinem Hund geredet. Das mag etwas verrückt wirken, aber …«

Der Mann, der bestimmt schon achtzig ist, grinst ihn an und entblößt dabei eine Reihe gelblicher Zähne. Er trinkt ein großes Dunkles.

»Das habe ich mit meinem auch immer getan. Der ist leider schon tot. Aber wir hatten vierzehn feine Jahre zusammen.«

»Was war das für eine Rasse?«

»Ein Golden Retriever. Was haben Sie da?«

»Eine Schweineborste. Aber auf Hundesprache heißt das: Havaneser.«

Der Mann grinst.

»Der wirkt aber sehr zufrieden, trotz seiner Schweineborsten.«

»Ja. Klar. Sie hat ein tolles Leben, keinen Grund zur Klage.«

Sie schweigen, Zacke nimmt noch einen Schluck von seinem Bier. Es ist ihm schon immer schwergefallen, sich mit Männern zu unterhalten. Jonathan ist der Einzige desselben Geschlechts, mit dem er offen und ungezwungen reden kann. Männer waren und sind ein Rätsel für ihn. Er hat auch nur Freundinnen, so ist es schon sein ganzes Leben lang gewesen. Frauen können besser Pausen und Schweigen ausfüllen. Männer bleiben stumm sitzen und nicken, machen keinen Pieps und scheinen sich damit wohlzufühlen. Das hat Zacke nie kapiert.

»Und Sie … Sie wohnen hier auf Bullholmen?«, fragt er.

»Jepp. Schon sehr lange.«

»Wie lange denn?«

»Ich bin hier aufgewachsen und habe mir Anfang der Fünfziger mit meiner Frau ein Haus gekauft.«

»Mamma mia!«

Der Mann gluckst vor Lachen, das hat er wohl lustig gefunden. Zacke hätte ihn fast gefragt, ob er denn schon einmal auf dem Festland gewesen ist, aber das würde irgendwie komisch klingen. Als würde er ihn auf den Arm nehmen. Obwohl der Typ wirklich so aussieht, als hätte er diese Schäreninsel noch nie in seinem Leben verlassen. Seine ganze Erscheinung erzählt von regnerischen Herbstwinden und Angelngehen. Ein Mann des Meeres.

»Dann sind Sie ein richtiger Schärenprofi?«

»Ja, das kann man so sagen. Aber die Insel hat sich sehr verändert. In meiner Kindheit gab es hier nur ein paar Häuser, die Gruben und ziemlich viele Bauernhöfe. Die meisten Inselbewohner waren Bauern. Die Gaststätte oben wurde erst in den Fünfzigern aufgemacht. Meine Frau hat dort gearbeitet. Heute gibt es ein paar Restaurants auf der Insel. Wir haben sogar ein Spa-Hotel auf der anderen Seite der Insel.«

Zacke nickt.

»Davon habe ich schon gehört.«

»Die Insel hat sich gemacht, ist viel lebendiger. Und jetzt haben wir auch diese Kneipe hier, wo man ab und zu ein Bierchen trinken kann.«

Er hebt sein Glas, Zacke seins.

»Wohnen Sie auch hier?«, fragt der Mann.

»Nur vorübergehend. Ich hüte die Laube einer Freundin, drüben in der Schrebergartenkolonie.«

»Das habe ich mir schon gedacht. Ich habe Sie hier auch noch nie gesehen. Annika!«

Zacke zuckt heftig zusammen, als der Mann nach der lockigen Barfrau brüllt.

»Dürfte ich dich wohl um ein weiteres Bier bitten?«

Die Frau lächelt und zapft ihm ein neues.

»Sie auch noch eins?«, fragt er Zacke.

»Nein, danke. Ich habe noch genug.«

»Haben Sie schon mitbekommen, was bei uns auf der Insel passiert ist?«

Zacke hebt eine Augenbraue.

»Nein? Was meinen Sie?«

»Die Frau, die spurlos verschwunden ist.«

Zacke ist fassungslos. Er hat etwas ganz anderes erwartet, etwas Alltäglicheres – dass die Müllabfuhr seltener kommt oder so etwas in die Richtung.

»Verschwunden? Wer ist verschwunden?«

»Ihr Name ist Sheila Lexell, sie wohnt drüben bei Kyrkviken. Das ist etwa eine halbe Stunde von hier entfernt.«

Zacke stutzt. Steht in Kyrkviken nicht auch das Haus, das Julia für ein paar Wochen gemietet hat? Diese schöne Bucht mit den dicken Villen hinter Wiesen und Kirche?

»Und seit wann ist sie verschwunden?«

»Das ist gerade eben passiert – heute Nacht. Sie ist mit ihrem Mann zum Angeln rausgefahren. So etwas tun diese Leute in Kyrkviken, sobald es etwas wärmer geworden ist. Man fährt raus, hat eine Flasche Rosé dabei und hofft, mit einem fetten Barsch zurückzukommen. Aber sie kam nicht wieder zurück an Land. Nur ihr Mann.«

»Hilfe, das ist ja schrecklich.«

Der alte Mann nickt nachdenklich und bedächtig.

»Ja. Die Polizei kam, deren Hubschrauber drehte stundenlang am Himmel Kreise. Davon bin ich aufgewacht und habe überlegt, was passiert ist. Ich dachte zuerst, dass es ein Terroranschlag war.«

Zacke verbirgt ein Grinsen hinter seinem Bierglas.

»Es stand heute auch in der Zeitung, also im Internet. Ich habe jetzt angefangen, dort Zeitung zu lesen. Der Ehemann hat angegeben, dass sie bei dem Unwetter über Bord gefallen ist und er sie nicht finden konnte. Sie muss sich den Kopf gestoßen haben.«

»Ist er...«

Zacke ist sich unsicher, wie er das ausdrücken soll.

»...ich meine, ob der Ehemann glaubwürdig ist?«

»Ja, das würde ich sagen. Das Paar ist beliebt. Elegante und schicke Leute.«

»Was für ein tragischer Unfall. Und wie furchtbar für den Mann.«

»Ja.« Der Mann starrt aus dem Fenster, das zum Hafen zeigt. Ein einsames Segelboot schaukelt am Pier. »Es ist selten schön, allein zurückgelassen zu werden.«

Zacke schluckt.

Der Mann scheint zu wissen, wovon er spricht.

17

Julia

Julia ist am Nachmittag zum Supermarkt am Hafen von Bull-holmen geradelt und hat sich einen Bund Rosen gekauft, dessen Stiele sie jetzt abschneidet. Sie arrangiert die Blumen in einer eleganten Vase in lauwarmem Wasser und stellt sie auf den gläsernen Esstisch, den sie vor das Fenster gescho-ben hat. Damit Zacke und sie beim Essen den schönsten Ausblick haben.

Sie freut sich so auf seinen Besuch. *Endlich – ein Abend in Gesellschaft!* Es fühlt sich an wie eine Ewigkeit ohne.

Sie kommt an der Terrassentür vorbei und bleibt kurz stehen, sieht hinunter in die Bucht. Es ist unvorstellbar, dass hier vor ein paar Stunden noch ein fürchterlicher Sturm ge-wütet hat. Auf der Hauptstraße sind zwei Bäume umge-kippt, und der Briefkasten wurde umgerissen. Der Sturm, der gestern die Schären heimgesucht hat, trägt sogar einen Namen. Aber den hat Julia schon wieder vergessen. War es Doris? Oder Dorotea? Irgendwas in die Richtung. In Norr-tälje sind mehrere Boote im Hafen gekentert. Auch Ange-lica hat ihr eine SMS geschrieben und gefragt, ob sie und das Haus wohlauf sind. Wie aufmerksam von ihr, aber vermutlich weiß sie, dass vor allem Häuser direkt am Wasser immer stärker gefährdet sind.

Sie sieht hinüber zu Johns Haus, das ihm und seiner Frau gehört, die jetzt auch einen Namen hat.

Sheila. Sie heißt Sheila. Sie *hieß* Sheila.

Denn sie ist nach wie vor spurlos verschwunden. Die Taucher haben die Bucht stundenlang nach ihr abgesucht. Aber die Polizei geht davon aus, dass die Unterwasserströmung so stark war, dass sie sofort hinaus aufs Meer gezogen wurde. Julia muss die Augen schließen, eine schreckliche Art zu sterben. In das dunkle, kalte, tiefe Wasser gezogen zu werden. John hatte erzählt, dass Sheila eine fantastische Schwimmerin war, sie musste sich also den Kopf gestoßen und dann von Bord gefallen sein.

Das war die einzige Erklärung.

Julia hat John seit gestern Abend nicht mehr gesehen. Aber sie erinnert sich gut daran, dass sie zusammen in ihrem Wohnzimmer gesessen haben und sie versucht hat, der Polizei behilflich zu sein. Wie sie eine Decke um seine zitternden Schultern gelegt hat. Sie hat sein Entsetzen, seine Angst gesehen. Als die Polizisten gingen, die Taucher und der Hubschrauber ihre Suche aber fortsetzten, wollte auch John aufbrechen. Julia protestierte. *Wollen Sie nicht noch bleiben? Sie sollten jetzt nicht allein sein.* Johns Antwort darauf hatte sie sehr verblüfft. *Ich will jetzt allein sein.* Und dann war John einfach durch Wind und Regen auf die andere Seite der Bucht gegangen. In sein großes Haus, in dem keine Frau auf ihn wartete.

Julia ist so in ihre Gedanken vertieft, dass sie aufschreckt, als es an der Tür klingelt.

Sie schüttelt den Kopf über ihr albernes Verhalten. *Du bist nicht fürs Landleben gemacht, du altes Nervenwrack.* Sie öffnet die Tür und wird augenblicklich von einem zotteligen Ding von einem Hund überfallen, der allerdings an ihr vorbei ins Haus stürmt. Zacke ist artig vor der Tür stehen geblieben, in Barbourjacke und Baskenmütze.

Julia lächelt ihn an.

»Du siehst aus, als würde es gleich auf Fuchsjagd gehen!«

»Man kleidet sich dem Anlass entsprechend!«

»Na los, komm schon rein! Ich bin wie immer etwas spät dran. Vielleicht kannst du mir zur Seite stehen, kannst du Sauce hollandaise machen?«

»Meine liebe Julia, vor dir steht der geborene Sauce-hollandaise-Macher!«

*

Nur Augenblicke später steht Zacke in der Küche und waltet seines Amtes. Julia deckt den Tisch, neben jedem Teller stehen zwei Weingläser, denn sie werden zu jedem Gang jeweils zwei Weine verkosten. Julia muss lächeln bei dem Anblick von Zacke, der hoch konzentriert die goldgelbe Hollandaise über dem Wasserbad schlägt. Er sieht aus, als hätte er noch nie etwas anderes in seinem Leben getan, als französische Soßenspezialitäten herzustellen. Der weiße Spargel liegt im Topf und hat gerade angefangen zu kochen. Zusammen mit der Soße und gerösteten Haselnüssen wird das ihre Vorspeise sein. Dazu werden sie einen deutschen Riesling und eine österreichische Rebsorte probieren und entscheiden, welcher besser dazupasst.

»Kannst du noch?«, fragt Julia. »Sag Bescheid, wenn ich dich ablösen soll.«

»Niemals im Leben. Das ist mein einziger Sport.«

Julia kichert. Sie fragt sich, warum Zacke und sie sich so lange nicht gesehen haben. Aber so ist es nun einmal, es gibt Phasen, in denen man sich oft sieht, und dann Phasen, in denen man sich kaum sieht. Mehr steckt da nicht dahinter. Julia weiß aber auch, dass es mit *ihm* zu tun hat. Also nicht mit Zacke, sondern mit dem namenlosen Mann, der sie stalkt. Er hat sie zu einem sehr zurückgezogenen Menschen gemacht. Jemanden, der kaum noch neue Kontakte knüpfte oder Freundschaften pflegte, sondern sich nur mit der eigenen Familie und der engen Freundin Frida traf. Von jemandem gestalkt zu werden, dessen Gesicht man kennt, ist schrecklich. Aber von jemandem gestalkt zu werden, dessen Gesicht man *nicht* kennt, ist noch viel schlimmer. Unter diesen Umständen ist es leichter, den eigenen Bekanntenkreis möglichst klein zu halten. Zur Sicherheit.

»Hast du eine Sauciere?«, fragt Zacke.

»Hmm. Keine Ahnung. Du hast nichts in dem Schrank gefunden?«

»Nein, habe ich nicht. Im schlimmsten Fall müssen wir eine Müslischale nehmen.«

»Zacke, ich habe einen Ruf zu verlieren. Eine Müslischale für eine Sauce hollandaise geht gar nicht auf Instagram. Jetzt komm schon, die müssen hier doch irgendwo eine Sauciere haben.«

Julia stellt die Weinflasche, die sie öffnen wollte, auf den Tisch und macht sich auf die Suche. Im Flur steht eine große Vitrine, in der sehr schöne Weingläser aufgereiht sind. Aber kein Porzellan, keine Sauciere. Im Schlafzimmer muss sie erst gar nicht suchen, aber da fällt ihr ein Ort ein, an dem sie noch suchen kann.

Im Keller.

Sie war bisher noch nicht dort unten, aber sie weiß, wie sie in den Keller kommt. Als sie letzte Woche ankam, hat sie sich umgesehen und eine Tür im Flur gefunden, hinter der eine Wendeltreppe in den Keller hinunterführte. Vielleicht findet sie dort etwas? Sie öffnet die Tür und tastet an der Wand nach einem Lichtschalter. Flackernd geht das Licht an. Langsam geht sie die Treppe hinunter, und das Geräusch von Zackes eifrigem Schlagen und dem lässigen Jazz im Hintergrund verblasst immer mehr, bis es schließlich ganz verschwunden ist.

Die Holztreppe endet auf einem kalten Steinfußboden. Die einzige Lichtquelle ist eine Bumlingleuchte, aber Julia kann fast alles sehen. Sie kratzt sich am Kinn. Wo soll sie anfangen zu suchen? Was ihr als Erstes auffällt, ist, wie anders dieser Raum im Vergleich zum Rest des Hauses aussieht. Ein einfacher Steinkeller voller Kisten, alter Bücherregale und ausrangierter Holzmöbel. Das Haus muss älter sein, als ich gedacht habe, überlegt Julia. Aber sie weiß auch nichts darüber außer der Tatsache, dass es Angelicas Eltern gehört. Aber vielleicht haben sie es gar nicht neu gebaut?

Es riecht nach abgestandener Luft, nach einem vergessenen Ort.

Julia streicht mit der Hand über die staubigen Buchrücken, zieht einzelne Bände heraus. Hier stehen mehrere Maria-Lang-Romane. Julia lächelt. Sie ist zwar kein Bücherwurm, aber natürlich kennt sie die alte schwedische Krimikönigin Maria Lang, deren große Zeit in den Fünfzigern und Sechzigern war. Julia schlägt den Band auf und sieht das Erscheinungsdatum in dem schwachen Licht an der Decke. 1959. Ist das Haus doch schon so alt?

Sie geht weiter, zum nächsten Regal, in dem aber keine Bücher stehen, sondern alte Teller, Schalen, ein Emailletopf und ... siehe da! Eine Sauciere!

»Ich habe eine gefunden!«, ruft Julia nach oben.

Aber Zacke antwortet nicht. Vermutlich kann er sie nicht hören. Sie nimmt die schöne, blau-weiß gemusterte Sauciere und wischt die Staubschicht ab. Plötzlich erregt etwas anderes ihre Aufmerksamkeit.

Auf einem Regal in der Ecke, neben einer großen Mora-Standuhr und einem Lampenschirm mit Fransen, steht ein gerahmtes Porträt. Das Foto ist schwarz-weiß, der Rahmen vergoldet. Abgebildet ist eine schöne, junge Frau. Blond, mit glatten Haaren, die ihr über die Schulter fallen. Sie lächelt. Große Augen, hohe Stirn. Sie trägt Ohrringe in Form von Engeln. Julia nimmt das Bild in die Hand.

Der Rahmen ist gebrochen, das Glas gesprungen, der Riss geht quer über die Brust des Mädchens. Das Foto ist auf dem Weg, sich aus seinem Gefängnis zu befreien. Julia zieht es vorsichtig aus dem Rahmen und dreht es um. Auf der Rückseite steht in geschwungener Handschrift.

Astrid macht Abitur, Mai 1968.

»Astrid«, murmelt Julia.

Lustig, für einen kurzen Moment war sie sich sicher, dass das Mädchen auf dem Foto Angelica ist. Die Ähnlichkeit ist verblüffend. Was nicht weiter komisch ist, es wird sich um eine Verwandte handeln. Aber es ist trotzdem unheimlich, wie ähnlich sich Menschen sehen können, obwohl ein halbes Jahrhundert zwischen ihnen liegt.

»Julia!«

Julia sieht Zackes Kopf, der am Ende der Wendeltreppe auftaucht. Neben ihm steht Aretha Franklin.

»Hast du dich verquatscht oder was machst du da unten?«

»Nein, aber ich habe das hier gefunden!«

Sie hält die Sauciere hoch, und Zacke klatscht vor Begeisterung in die Hände.

»Wunderbar! Denn wir sind hier oben bereit für die Vorspeise!«

*

Es ist ein wunderschöner Abend. Die beiden Freunde haben die köstliche französische Vorspeise genossen und beide Weine dazu getestet (der Riesling ist der unangefochtene Gewinner). Jetzt hat Julia die Hauptspeise serviert, eine pikante Blätterteigtarte mit grünem Spargel, Butterzwiebeln und Ziegenkäse. Es duftet himmlisch nach dem Frühlingsgemüse, zu dem sie zwei Weißweine aus dem Loiretal in Frankreich trinken werden – einer Weingegend, die Gott persönlich geschaffen hat, damit man den perfekten Begleiter zu Ziegenkäse und grünem Spargel hat.

»Himmel, Julia, was für ein Luxusessen«, ruft Zacke.

»Das ist quasi ein Geschäftsessen und kommt ins Buch«, lächelt sie.

»Ich liebe steuerlich absetzbare Genüsse.«

Julia nickt zustimmend und schiebt sich eine Gabel der knusprigen Tarte in den Mund. Aretha Franklin wartet geduldig unter dem Tisch und leckt die Krümel auf, die zu Boden fallen.

»Wie abgefahren, dass du ein Buch schreibst«, sagt Zacke. »Was für eine tolle Karriere du hingelegt hast, seit wir die Ausbildung gemacht haben. Du bist so weit gekommen, und das in so kurzer Zeit. Das ist echt unglaublich.«

»Ach komm. Und du? Du hast eine eigene Weinbar?«

Zacke hebt eines der Weingläser hoch.

»Ja, aber eine Weinbar, die meine Nachbarn hassen. Aber du hast recht, es ist eine Weinbar. Darauf stoßen wir an! Auf uns!«

Sie stoßen an und trinken einen Schluck von dem knackigen Pouilly-Fumé.

»Was macht Angelica eigentlich gerade? Hat sie nicht eine Zeit lang in einer Importfirma gearbeitet?«

Julia stellt das Glas ab. Sie muss an das Porträt denken, dass sie unten im Keller gefunden hat. Aber das ist ja nicht Angelica gewesen, sondern eine Astrid.

»Genau, bei Quality Wines. Aber mehr weiß ich auch nicht. Wir sind uns vor ein paar Wochen ganz zufällig in einer Bar über den Weg gelaufen. Sie war auf einem Date, denn sie war da mit einem Mann.«

»Oha. Wie aufregend«, sagt Zacke und nimmt sich noch etwas von der dampfenden Tarte.

»Ich hatte keine Gelegenheit, ihn kennenzulernen, aber sie wirkte aufgedreht, wie frisch verliebt.«

»Das klingt ganz nach Angelica.«

Julia nickt. Sie kann sich sehr gut an die Ausbildung zur Sommelière erinnern. Wie nervös sie am ersten Tag auf dem Weg zu ihrer ersten Unterrichtsstunde war. Es hatte sich angefühlt wie der erste Tag auf dem Gymnasium. Aber Zacke und sie hatten sich gesehen und sofort gefunden. Sie waren beide Weinnerds, die in diese Branche eher reingerutscht waren und nicht von ihrem Arbeitgeber, dem Restaurant Operakällaren, geschickt worden waren, wie die meisten anderen. Sie hatten sich gegenseitig das Herz ausgeschüttet, von ihren Lebensgeschichten und Weinvorlieben erzählt. Kurz darauf gesellten sich Angelica und Karsten dazu. Angelica war sofort Teil ihrer Gang. Es gibt Menschen, die haben eine so starke Ausstrahlung, dass sie mit jedem zurechtkommen und sich aussuchen können, mit wem sie Zeit verbringen wollen. Und sie wählte Zacke und Julia, zu ihrem großen Glück. Sie wurden ein fast unzertrennliches Trio und unternahmen viel zusammen.

Sie sahen sich auch in dem ersten Jahr nach ihrem Examen noch häufig. Aber dann bekam Julia den Job beim Fernsehen, und kurz darauf nahm ihr Leben eine unschöne Wendung, als dieser Mann anfing, sie zu stalken. Zacke, Angelica und sie trafen sich immer seltener. Es hatte auch diese leise Stimme gegeben, die Julia ins Ohr flüsterte: *Vielleicht hat Karsten etwas damit zu tun?* Der Gedanke war schrecklich, aber sie hatte ihn nicht vollkommen verwerfen können. Karsten hatte Angelica nie aus den Augen gelassen. Als wären sie Kinder, und sie dürfte nur mit einer Person, nämlich mit ihm, spielen. Julia hatte auch an ihn gedacht, als sie die Polaroids auf ihrer Fußmatte gefunden hatte. Sie hatte seinen Namen nicht gegenüber der Polizei erwähnt, aber er war immer wieder in ihrem Kopf aufgetaucht. Sie alle hatten große Träume, als sie die Ausbildung beendeten. Den Traum, von ihrer Leidenschaft für gute Weine leben zu können. Angelica und Karsten aber hatten die größten Träume von allen. Angelica war die unangefochtene Königin der Ausbildung. Sie hatte das glänzendste Haar, die größte Ausstrahlung und das lauteste Lachen. Wenn für eine von ihnen eine Karriere beim Fernsehen vorgezeichnet war, dann für Angelica. Nicht Julia. Aber es kam ganz anders. Die schüchterne, ruhige Julia machte sich rasend schnell einen Namen in dieser Branche. Sie wurde sogar zur angesagten Influencerin.

Ob das Karsten geärgert hat? Angelica verfügte über so viel Selbstbewusstsein, dass sie das schnell verwinden konnte, aber vielleicht war das ihrem besten Freund Karsten nicht so leichtgefallen? Vielleicht hatte er so Julia auf ihren Platz verweisen wollen? Nein, das kaufte sie sich selbst nicht ab. Karsten war ein unangenehmer Typ, kontrollsüchtig und griesgrämig. Aber es passte nicht zu ihm, sie zu stalken.

»Du hattest auch nicht so viel Kontakt zu Angelica, oder?«, fragt Julia, um diese beklemmenden Gedanken abzuschütteln.

»Überhaupt nicht, leider. Obwohl, warum leider. Ich meine, es war eine tolle Zeit, als wir die Ausbildung zusammen gemacht und gelernt haben. Aber ich glaube, dass wir beide uns viel ähnlicher sind als zum Beispiel sie und ich. Angelica ist von einem anderen Stern. Sie ist... all das hier.«

Zacke wedelt mit den Armen durch die Luft, und Julia nickt.

»Ganz deiner Meinung. Sie wurde mit einem Silberlöffel im Mund geboren. Gleichzeitig aber ist sie so großzügig. Ich konnte mein Glück kaum fassen, als sie mir von diesem Haus hier erzählt hat. Das war supernett. Total... hilfsbereit.«

»Man kann gleichzeitig hilfsbereit und verwöhnt sein«, lacht Zacke.

»Ich weiß, ich weiß. Das war nur so … unerwartet.«

»Und wie war deine erste Woche? Bist du zum Schreiben gekommen?«

»Richtig viel habe ich geschafft. Es zeigt sich mal wieder, dass das Klischee vom inspirierenden Meeresblick stimmt.«

Zacke nimmt einen Bissen von der Tarte.

»Das verwundert mich nicht weiter. Bei dieser Aussicht.«

»Stimmt…«

Plötzlich tauchen die Bilder vom gestrigen Abend wieder auf. Die Szenen, die sich in der Bucht abgespielt hatten. Das tobende Meer, der Hubschrauber, der traumatisierte Mann, der vor ihr auf dem Sofa saß …

»Aber … ich nehme an, dass du noch nicht gehört hast, was gestern Abend hier passiert ist?«

Sie merkt, dass sie automatisch die Stimme gesenkt hat. Warum kann sie selbst nicht erklären.

»Ich meine hier in Kyrkviken. Eine Frau ist spurlos verschwunden.«

Zacke reißt die Augen auf.

»Himmel! Ich habe total vergessen, dich danach zu fragen. Meine beste Freundin Cilla hätte mir eine verpasst, sie liebt diese Art von Geschichten. Ich war vorhin in der Hafenkneipe, und mir hat ein Typ am Tresen erzählt, dass gestern hier eine Frau ertrunken ist? Das war hier in Kyrkviken, oder?«

Julia nickt und zeigt nach draußen.

»Ganz genau. Das da draußen ist Kyrkviken. Sie ist irgendwo dort draußen im Meer verschwunden.«

»Oh mein Gott. Wie ist das passiert?«

»Ich sage dir! Das war wahnsinnig dramatisch. Siehst du das Haus dort drüben auf der anderen Seite der Bucht?«

Sie zeigt auf Johns weiße Luxusvilla.

»Seine Frau ist verschwunden«, fährt Julia mit gedämpfter Stimme fort. »Sie sind gestern Abend mit ihrem kleinen Boot rausgefahren, um Rosé zu trinken und ein bisschen zu angeln. Ich habe gesehen, wie sie in den Sonnenuntergang gefahren sind. Der Himmel war magisch, so schön war der, du hast ihn ja auch gesehen. Aber kurz darauf muss das Wetter umgeschwungen sein, und es fing an zu stürmen wie verrückt. Die Fensterscheiben haben quasi geklappert, so hat der Wind getobt. Ich habe ihn gesehen, als er zurückkam und gegen die Wellen angerudert ist – allein.«

Zacke schlägt sich die Hand vor den Mund.

»Jesses. Aber was genau ist passiert?«

»Sie muss von Bord gefallen sein, während er versuchte, wieder an Land zu rudern. Er hat sich nur kurz umgedreht, und dann war sie plötzlich weg.«

Zacke schweigt, die beiden sehen sich lange an.

»Du glaubst aber nicht …«

»Was denn?«

»Dass er sie gestoßen hat oder so?«

Julia antwortet nicht sofort, denn wenn sie ehrlich ist, ist ihr dieser Gedanke auch gekommen. Aber nur für einen Miniaugenblick, denn sie hat ihn sofort wieder verworfen. Interessanterweise hatte die Polizei sie etwas Ähnliches gefragt. Nachdem John nach Hause gegangen war, hatte sich eine ältere Beamtin zu ihr gesetzt, Julia tief in die Augen gesehen und sie gefragt, was genau sie gesehen hat? Wie sich

John verhalten hat? Ob sie etwas verdächtig gefunden hat? Julia hatte aufrichtig nachgedacht, war aber zu demselben Schluss gekommen wie auch jetzt.

John konnte unmöglich so eine Tat begangen haben. Und zu dieser Erkenntnis kam sie nicht, weil die beiden sich schon ewig kannten. Im Gegenteil, sie hatten sich gerade erst kennengelernt. Aber sie hatte sein Entsetzen gesehen. Außerdem hatte sie auch beobachtet, wie verliebt das Paar miteinander umgegangen war. Sie erinnert sich sehr genau an den Abend vor ihrem Verschwinden, als die beiden in dem Whirlpool gesessen, Rosé getrunken und sich geküsst hatten. Sheila hatte ihren Kopf an seine Schulter gelegt. Julia kann sogar ihren Neid noch spüren. Sie würde auch gerne in einem Whirlpool sitzen und ihren Kopf auf die Schulter eines gut aussehenden Mannes legen.

Sie hatte ein glückliches Paar gesehen. Warum hätte er sie einen Tag später über Bord stoßen sollen? Das ergab keinen Sinn.

»Nein«, sagt Julia. »Das kann ich mir nicht vorstellen. Er wirkt so aufrichtig.«

Zacke nickt.

»Verstehe. Wie schrecklich, wenn so eine Tragödie passiert und eine Ehe einfach abrupt beendet wird.«

Julia kaut und hat das Gefühl, dass der Bissen in ihrem Mund immer größer wird. Sie kaut und würgt ihn geradezu herunter.

»Hm. Wirklich eine Tragödie. Verrückt.«

18

April 1968

Am Anfang war es noch zaghaft, tastend, so wie das ist als junger Mensch. Ein Blick, den man länger als gewöhnlich hält, Fingerspitzen, die sich flüchtig berühren. Aber als der April kam und die Natur anfing zu blühen, war Sixten bis über beide Ohren in Astrid verliebt.

Es war eine Liebesgeschichte, die ihresgleichen suchte. Vielleicht weil sie wie im Märchen war. Astrid war die Schöne, die in den Schären ebenso zu Hause war wie in den vornehmen Kreisen Stockholms. Er war der einfache Bauernsohn, dem es aber dennoch gelungen war, ihren Puls in die Höhe schnellen zu lassen. Sie trafen sich fast jeden Tag nach der Schule. Im Frühling fuhren noch nicht so viele mit der Fähre von Dalarö nach Bullholmen. Sie gingen immer aufs obere Deck, versteckten sich hinter einem der großen Schornsteine und saßen dort eng umschlungen. Wärmten sich. Aber sobald die Fähre anlegte, mussten sie wieder voneinander lassen und sich verabschieden.

Tatsächlich waren es nicht Sixtens Eltern, vor denen sie sich in Acht nehmen mussten. Denn obwohl sich seine Mutter immer Sorgen machte, wollten sie beide nur das Beste für ihn. Ihr Wunsch war es, dass Sixten auf der Insel bleibt und auf dem Hof helfen kann. Aber es spielte für sie keine Rolle, in wen sich ihr Sohn verliebte. Das frisch verliebte Paar musste sich vor Astrids Eltern hüten. Astrid hatte immer wieder betont, wie wichtig es sei, dass ihre Liebe geheim bleibe.

Du kennst sie nicht, Sixten. Du weißt nicht, wie sie sind.

Zuerst hatte er darüber gelacht.

Sind sie so gefährlich?

Astrid hatte ihm nicht geantwortet.

Sixten hatte sich darüber keine weiteren Gedanken gemacht. Er hatte sich stattdessen auf das letzte Schulhalbjahr konzentriert. Danach würde das Leben erst richtig losgehen. Seine Eltern wussten nichts von seinen Plänen, er hatte sie nicht darin eingeweiht. Er hatte ihnen noch nicht offen gesagt, dass er sich ein Leben auf dem Bauernhof nicht vorstellen konnte. Sixten liebte seine Eltern sehr, aber er hatte nicht vor, auf einer windigen Schäreninsel zu bleiben, auf der es mehr Schafe und Kühe als Menschen gab. Nein, er hatte Größeres vor.

Sixten liebte es, Radio zu hören. Er liebte Musik. Allerdings nicht die Musik, die seine Eltern mochten. Sixten fand Jimi Hendrix, The Who und die Rolling Stones gut. Zum Ärger seiner Eltern hatte er sich die Haare lang wachsen lassen. In der Zeitschrift *Fibban* – eigentlich hieß sie *FIB aktuell* – hatte er etwas über die Hippiebewegung gelesen. Sein Vater kaufte sich diese Zeitschrift nicht regelmäßig, aber wenn er zweimal im Jahr nach Stockholm fuhr, brachte er ein paar Ausgaben mit nach Hause und versteckte sie in seinem Geräteschuppen. Manchmal schlich sich Sixten mit einer Taschenlampe in den Schuppen und ... nun ja, ihm ging es nicht in erster Linie um die interessanten Beiträge in den Heften, sondern eher um die nackten Frauen. Aber diesen einen Artikel über die Hippiebewegung in den USA hatte er sehr spannend gefunden. Junge Menschen, die nicht ihren Eltern nacheiferten, sondern sich die Haare lang wachsen ließen und sich der Liebe hingaben. Musik und Sex waren wichtig. Und dahinter standen keine Prediger oder eine Bibel, wie sie auf dem Nachttisch seiner Eltern lag. Die Hippies wollten eine friedliche Welt. Eine bessere Welt. Eine freiere Welt. Eine grünere Welt. Ein Leben weit weg von Kommerz und Kapitalismus.

Sixten wollte dort leben. Nicht direkt in den USA, aber ... in einer Welt, in der er sein durfte, wie er wollte. Auf Bullholmen war er der einzige Junge, der seine Haare nicht mehr von seiner Mutter geschnitten bekam. Vielleicht hatte sich Astrid auch deshalb in ihn verliebt. Sie fand ihn wahrscheinlich aufregend, Lichtjahre entfernt von ihrem hochglanzpolierten Oberschichtendasein. Sie fühlten sich körperlich zueinander hingezogen. Obwohl sie aus zwei total verschiedenen Welten stammten, was man ihnen auch ansah, bildeten sie eine Einheit. Eine geheime zwar, aber eine verschmolzene. Es war ihre Welt. Voller Lachen und ekstatischen Sexes. Astrid musste sich bei Sixten nicht verstellen, sie konnte sie selbst sein. Loslassen. Und Sixten hatte sich so in sie verliebt, dass er nicht mehr wusste, wo oben und unten war.

Es war Ostern 1968, als Sixten das erste Mal das Gefühl hatte, dass irgendetwas nicht stimmte. Er war mit seinem Kumpel Lars nach der Schule in die Stadt gefahren, um ins Kino zu gehen. Sie hatten *Die Reifeprüfung* gesehen und sich danach einen Hotdog-Wrap am Hötorgsgrill gekauft.

167

Danach war Sixten allein nach Dalarö gefahren und hatte die Fähre zurück nach Bullholmen genommen. Es war die letzte, es war schon dunkel und ziemlich kalt.

Etwa nach der Hälfte der Überfahrt spürte Sixten plötzlich, dass er beobachtet wurde. Er drehte sich um und sah einen Mann in einem beigen Mantel hinter sich, der in ein Buch vertieft war. Aber Sixten bemerkte, dass er ab und zu den Kopf hob und in seine Richtung sah. Wer war das? Irgendwie kam er ihm bekannt vor.

Sixten drehte sich wieder um und dachte nicht mehr daran. Zumindest, bis er in Kyrkviken ausstieg und sich auf den Nachhauseweg machte. Da hörte er Schritte hinter sich und stellte fest, dass dieser Mann in beigem Mantel ihm folgte. Er trug einen Hut, der sein Gesicht verdeckte, und es war dunkel.

Als er endlich zu Hause angekommen war und die Tür hinter sich zuzog, konnte Sixten ausatmen. Der Mann war ihm mit einem sicheren Abstand gefolgt und an einer Weggabelung abgebogen. Wahrscheinlich war es doch nur jemand, der zufällig denselben Nachhauseweg hatte. Kein Grund, sich Sorgen zu machen.

Das tat Sixten aber trotzdem. Nachdem er sich die Zähne geputzt und die orange Nachttischlampe ausgeschaltet hatte, begann das Gedankenkarussell.

Zwar hatte er das Gesicht des Mannes nicht sehen können, aber er hatte keinen Zweifel, wer ihn an diesem Abend verfolgt hatte.

Es war Alf Jacobsen.

Astrids Vater.

19

Cilla

»Auf ins Abenteuer!«

Rosie strahlt mit der Sonne um die Wette, als sie die Straße mit zwei 7-Eleven-Pappbechern Kaffee überquert. Ich muss über ihren herrlich ansteckenden Enthusiasmus lachen. Sie steigt in das Auto, das mir mein lieber Papa ausgeliehen hat, und gibt mir einen der Pappbecher.

»Abenteuer?«, wiederhole ich. »Wir fahren aber nicht in den Vergnügungspark.«

»Nein, ich weiß. Das hier ist *viel* besser.«

Ich schüttele den Kopf, und wir lassen Rosies Stadtteil Gärdet hinter uns. Heute ist Donnerstag, und morgen fahren wir für ein langes Wochenende nach Bullholmen. Das erste Schärenwochenende des Jahres, auf das ich mich wie irre freue. Aber vorher habe ich noch einen Termin. Obwohl man das wahrscheinlich nicht so nennen kann, weil die Person, die ich treffen will, gar nicht weiß, dass ich auf dem Weg zu ihr bin. Mir ist es nämlich gelungen, den Bruder von Astrid Jacobsen ausfindig zu machen. Mein Ziel war es eigentlich, mich mit Astrid zu treffen, aber das war leichter gesagt als getan. Sixtens Jugendliebe war fast sieb-

169

zig Jahre alt und lebte in einem Altersheim. Sie hatte vor zehn Jahren die Diagnose Alzheimer bekommen und war heute schwer dement. Das erzählte mir ihr Bruder Christer Jacobsen, fünfundsiebzig Jahre alt und wohnhaft in Djursholm. Er hatte keine außerordentliche Lust gehabt, mit mir zu telefonieren. Er hat mir nur nüchtern erklärt, dass seine Schwester krank sei und ich mit ihr keinen Kontakt aufnehmen könne. Und auch er habe kein Interesse an einem Besuch.

Ich sage nur, Schande über den, der gleich aufgibt. Das hat mich meine Zeit bei der Boulevardzeitung Chance gelehrt. Es wird einem schließlich nichts geschenkt.

»Und? Wohin geht es? Sigtuna?«

»Nach Djursholm«, sage ich.

»Ah. *You say tomato, I say tomato*... Das ist auch eine sehr schöne Gegend. Und viel näher am Wasser. Wie klang er denn am Telefon?«

»Keine Plaudertasche. Aber vielleicht ist es einfacher, ihn zum Reden zu bringen, wenn er einen sieht. Meiner Erfahrung nach sind reiche Leute selten in Plauderstimmung, wenn man sie anruft und sich als Journalistin ausgibt.«

Rosie nimmt einen Schluck von ihrem Kaffee.

»In diesem Fall hat er wahrscheinlich mehr Angst, wegen Steuerhinterziehung erwischt zu werden, als dass man ihm einen Mord anhängt«, sage ich.

»Das kann sein.«

Während wir auf der E 18 nach Norden brausen, glitzert links von der Autobahn der Brunnsviken in der Frühlingssonne. Vielleicht ist das ein bisschen überzogen, aber ich hatte nicht so viele Spuren, die ich hätte verfolgen können. Ich habe die Journalistin Lillian Asplund angerufen und ihr eine Nachricht auf dem Anrufbeantworter hinterlassen, dass ich noch ein paar Fragen zu Sixtens Fall hätte. Aber sie hat noch nicht zurückgerufen. Sixtens Eltern sind beide schon lange tot. Er hatte auch eine Schwester, aber meine Recherche hat ergeben, dass sie vor ein paar Jahren an Krebs gestorben ist.

»Bitte noch mal für Doofe, wer ist das genau, den wir besuchen?«, sagt Rosie und nimmt einen Schluck von ihrem Kaffee.

Ich gebe ihr einen kurzen Abriss der Geschichte von Christer Jacobsen, dessen Schwester Astrid mit Sixten am Abend seines Todes zusammen war. Rosie erfährt alles über die heimliche Liebe der beiden und dass Astrid heute in einem Altersheim lebt und dement ist.

»Wie aufregend!«, sagt Rosie. »Wenn wir auf Bullholmen sind, können wir doch mal an den Ort, wo sie seine Leiche gefunden haben, oder?«

»Sehr gute Idee«, erwidere ich. »Die von *Blutspur* nerven mich immer häufiger damit, dass sie mehr *content* für die Hinter-den-Kulissen-Links auf ihrer Seite wollen. Die würden sich bestimmt über so ein Foto freuen.«

»Wir können ja auch Zacke mitnehmen.«

»Jein. Zacke ist ein kleiner Hasenfuß. Aber wir können es versuchen. Ich hoffe ja nur, dass er mir meine Laube nicht abgefackelt hat, weil er unbedingt ein Kaninchen flambieren musste oder so etwas.«

*

Eine Viertelstunde später biegen wir in eine Straße, in der die Villen wie überdimensionierte Zuckerwürfel direkt am Wasser stehen und in der Sonne funkeln. Rosie hat vor Staunen den Mund offen stehen.

»Gütiger Himmel«, ruft sie. »Wo ist bloß der Hubschrauberlandeplatz?«

»Im Bau befindlich.«

Sie lacht laut und starrt begeistert aus dem Fenster.

»Zu welcher Nummer müssen wir?«

»Ähm …«

Ich schiele auf die Navi-Anzeige.

»14. Wir müssten gleich da sein …«

»Das da ist es!«

Ich muss Rosie ermahnen, weil sie laut herumschreit und immer wieder auf ein hellblaues Haus zeigt. Es verfügt nicht nur über einen Bootssteg, an dem ein großes Motorboot liegt, sondern auch einen perfekt gepflegten Garten. Hier liegt kein Grashalm quer. Die Fenster im ersten Stock sind riesig, und von der Eingangstür schlängelt sich eine elegante und breite Treppe hinunter zur Auffahrt. Es ist wirklich ein sehr schönes Haus. Hier wohnen also Christer Jacobsen und seine Frau Jolanta.

Ich halte auf der anderen Straßenseite und kippe mir den Rest meines Kaffees rein. Wie einen Shot Jägermeister in einem Nachtklub. Vielleicht hoffe ich, mir damit mehr Kraft und Mut zu verleihen.

»Ist das hier ein großer Fehler?«, frage ich Rosie.

»Was meinst du damit? Einen reichen alten Mann an einem Donnerstagnachmittag zu belästigen? Nein, was soll daran falsch sein?«

Ich lächele und nicke ihr zu.

»Na, dann los!«

Wir steigen aus und gehen auf das Tor zu, dessen Türknauf ein Löwenkopf ist. Es öffnet sich lautlos, und ich habe noch keinen ganzen Schritt gemacht, als ich Rosie hinter mir keuchen höre. Ich drehe ich um, mein Herz rast.

»Was ist los?«

Sie zeigt auf die Garage.

»Die haben zwei *Tesla*!«

Ich schüttele den Kopf und gehe die große Treppe zur Haustür hoch. Ich drücke auf die blitzblanke Klingel und versuche, mich zu sammeln. Es dauert etwa dreißig Sekunden, dann hören wir das Klackern von Absätzen. Eine Frau um die fünfzig öffnet die Tür. Sie ist so blond wie eine Eisprinzessin und trägt eine sehr eng anliegende Chanel-Jacke aus einem Stoff, dessen Muster in mir epileptische Gefühle auslösten.

»Ja, bitte?«

Sie sieht uns freundlich an, scheint aber auf der Hut zu sein. Ihrem Akzent nach zu urteilen, kommt sie aus einem osteuropäischen Land. Das muss Jolanta sein. Das verunsichert mich, denn ich hatte erwartet, dass Christer aufmacht und nicht seine Frau.

»Ähm … ja, ich habe vor Kurzem mit Christer telefoniert und wollte fragen, ob er … also, ob er Zeit für eine Tasse Kaffee hätte?«

Jolanta mustert uns eingehend, wirkt erstaunt. Sie denkt bestimmt: *Was ist denn das für ein lustiges Pärchen?*

»Christer?«, ruft sie über die Schulter. »Du hast Besuch.«

Wir hören ein Brummen aus dem ersten Stock, und Jolanta starrt mich an.

»Sind Sie Journalistinnen?«

»Ja, das sind wir.«

»Und für welche Zeitung?«

»Für einen Podcast. *Blutspur.*«

Jolanta reißt die Augen weit auf. Ich kann daraus nicht ersehen, ob sie den Podcast kennt oder nicht. Ob ihr die Antwort gefällt oder nicht. Wer weiß, vielleicht hätte sie mir die Tür vor der Nase zugeschlagen, wenn ich eine Wirtschaftszeitung genannt hätte, *Dagens Industri* zum Beispiel.

»Kommen Sie rein«, sagt sie und führt uns in die große Eingangshalle.

Rosie und ich bleiben etwas verloren stehen und bewundern ehrfurchtsvoll den Kristallleuchter an der Decke und das Schachbrettparkett. Ich habe den Impuls, mir die Schuhe auszuziehen, als Jolanta mit der Hand wedelt.

»Bitte behalten Sie die Schuhe an. Setzen Sie sich doch in den Salon, ich hole den Kaffee.«

Ich nicke und folge Jolantas Arm, der zum Wohnzimmer, beziehungsweise den Salon zeigt, wie sie den Raum genannt hat. Genau wie Lillian Asplund. Rosie und ich gehen wie auf Zehenspitzen in den angrenzenden, ebenfalls sehr großzügigen Raum, dessen große, schöne Fenster in den Garten zeigen, der eher frisiert als belaubt aussieht. An den Wänden hängen beeindruckende Gemälde mit Schärenmotiven. Wir nehmen vorsichtig Platz auf einem dunkelblauen Howard-Sofa.

»Schicke Villa«, flüstert Rosie.

»Hm. Aber ich habe auch nichts anderes erwartet. Bei dem Job.«

Ich habe natürlich ein bisschen recherchiert und herausbekommen, dass Christer Jacobsen trotz seines hohen Alters noch Geschäftsführer eines Immobilienunternehmens ist, dem mehrere Mietshäuser in der Innenstadt gehören. Laut dem Eintrag im Unternehmensregister hat die Firma in den vergangenen fünf Jahren hohe Gewinne abgeworfen. Ich vermute, dass Christer nicht mehr viel arbeiten muss, sondern jedes Jahr seine Anteile ausgezahlt bekommt. Eine Villa wie diese in dieser Lage, kostet mindestens zwanzig Millionen Kronen.

»Guten Tag?«

Rosie und ich zucken zusammen, als wir die tiefe Stimme hören. Wir springen geradezu vom Sofa auf, während Christer auf uns zukommt. Die Fotos auf der Webseite der Firma müssen vor einigen Jahren entstanden sein, denn er sieht wesentlich älter aus. Weißes Haar, Bauch. Er trägt Jeans und ein Hemd mit Nadelstreifen, dazu eine sehr exklusive Armbanduhr. Sein Gesicht ist braun gebrannt, als hätte er gerade eine Woche an einem exotischen Strand verbracht.

»Guten Tag«, antworte ich. »Mein Name ist Cilla Storm. Wir haben neulich miteinander telefoniert. Und das hier ist ... meine Kollegin Rosie Ångström.«

Christer Jacobsen nickt und schüttelt uns die Hände.

»Es hat Ihnen also nicht genügt, was ich Ihnen am Telefon erzählt habe?«

Seine Worte werden nicht von einem nachsichtigen Lächeln begleitet. Im Gegenteil, aus seinen Ohren qualmt es förmlich vor Verärgerung.

»Ich dachte, dass es besser wäre, so in echt, von Angesicht zu Angesicht zu reden. Wenn das für Sie in Ordnung ist?«

»Wenn es nicht zu lange dauert. Ich habe viel zu tun.«

Da kommt Jolanta mit einem Tablett, auf dem drei Espressotassen von Iittala stehen, sowie ein Kännchen mit Milch. Keine Kekse. Sie stellt das Tablett auf den Couchtisch und lächelt Christer an.

»Sag Bescheid, wenn ihr noch etwas braucht.«

»Sie bleiben nicht lange«, antwortet Christer barsch.

Ich schlucke. Für ihr Alter ist Jolanta ziemlich dünn, finde ich. An ihrem Handgelenk hat sie ein großes dunkles Muttermal. Sie ist um die fünfzig, also trennen die beiden mindestens zwanzig Jahre. Kein Grund, die Augenbraue zu heben. Alte reiche Männer und jüngere Frauen – nichts Neues unter der Sonne. Sie wirkt sehr zurückhaltend, fast ein wenig eingeschüchtert. Vielleicht ist sie eine Mischung aus Haushaltshilfe und Ehefrau.

»Haben Sie Kontakt zu Ihrer Schwester?«, frage ich, als Jolanta den Salon wieder verlassen hat.

»Ah ja, stimmt. Darum ging es. Astrid und Sixten.«

Meine Hände werden feucht, aber ich wage es nicht, sie an dem teuren Sofabezug abzureiben.

»Nein, ich habe nicht besonders viel Kontakt mit Astrid«, sagt Christer. »Obwohl ich mir das wünsche. Schließlich ist sie meine Schwester, und wir haben uns immer sehr nahegestanden. Aber ihre Krankheit hat das leider faktisch unmöglich gemacht.«

»Alzheimer?«

»Genau. Rein körperlich hat sie kaum Beeinträchtigungen, und auch ihre Persönlichkeit hat sich nicht verändert, sie vergisst nur alles. Ihr ist schwindelig, und sie kann sich nicht mehr selbst versorgen.«

»Sie ist noch relativ jung fürs Altersheim, oder? Nicht einmal siebzig?«

Christer nickt.

»Ja, das ist tragisch. Ich hätte meiner kleinen Schwester auch ein anderes Leben gewünscht. Ein freieres Leben. Aber seit ein paar Jahren ist das nicht mehr machbar. Sie hatte sich jeden Abend auf dem Herd Tee gemacht und immer häufiger vergessen, die Platte auszuschalten. Eines Abends dann ist das gesamte Stockwerk ausgebrannt. Es war ein Glück, dass man sie und ihre Nachbarn noch rechtzeitig retten konnte. Danach musste sie in einem Heim untergebracht werden.«

Ich nicke und gieße mir und Rosie Milch in die Tassen.

»Furchtbar tragisch«, sage ich.

»Hm. Aber ich besuche sie natürlich oft.«

»Erkennt sie Sie wieder?«

»Mal ja, mal nein. Aber Jolanta kann sie überhaupt nicht zuordnen.«

»Spricht sie manchmal von Sixten?«

Es wird still. Sehr still. Ich kann Christers Atem hören. Er klingt angestrengt, wie es bei Übergewichtigen manchmal vorkommt. Unsere Blicke begegnen sich, und ich habe das intensive Bedürfnis, sofort woanders hinzusehen.

»Warum interessieren sich alle immer nur für Sixten?«, seufzt er. »Sie müssen wissen, Sie sind nicht die erste Journalistin, die mich zu ihm befragt.«

»Ist das denn so verwunderlich?«, frage ich. »Ihre kleine Schwester war mit dem jungen Mann zusammen, der grausam ermordet wurde. Und sein Mörder ist bis heute nicht gefunden worden.«

»Sie glauben doch nicht, dass Astrid …«

»Nein, nein.«

Ich schüttele den Kopf.

»Das kann ich mir nicht vorstellen. Junge Frauen schneiden statistisch gesehen Männern selten die Kehle durch. Ich würde nur gerne erfahren, was *sie* über den Mord zu erzählen hat.«

»Na, der hat ihr Leben gehörig auf den Kopf gestellt.«

»Das kann ich verstehen. Aber hat sie viel darüber gesprochen?«

Erneut diese Stille. Dann räuspert sich Christer.

»Nein, das hat sie nicht. Sie hat sich abgekapselt und war das letzte Jahr, das sie noch zu Hause gewohnt hat, viel allein. Und das hat sie, wenn ich es recht bedenke, den Rest ihres Lebens so gehalten.«

»Wie meinen Sie das?«, hakt Rosie nach. »Hat sie zurückgezogen gelebt?«

»Ja, mehr oder weniger. Sie hatte eigentlich nur mit mir und meinen Eltern zu tun, bis sie starben. Und natürlich mit Kjell.«

»Kjell?«

»Ihr Mann, den sie in den Siebzigern geheiratet hat.«

»Haben sie Kinder?«

»Nein, leider nicht. Vielleicht konnten sie nicht, das weiß ich aber nicht genau.«

»Haben sie sich scheiden lassen?«

Christer hebt die Espressotasse an die Lippe und trinkt laut schlürfend, was alles andere als angenehm ist.

»Nein, Kjell hatte einen tödlichen Autounfall, das war Anfang der Achtziger. Seitdem lebte Astrid allein.«

Ich nicke. Die Arme, was für ein schreckliches Schicksal. Erst wird deine Jugendliebe bestialisch ermordet, dann hat dein Mann einen tödlichen Autounfall. Und am Ende erwischt dich Alzheimer. Das Leben hält für jeden etwas anderes bereit, wie mein Vater immer zu sagen pflegt. Und wenn sich da einer auskennt, dann er. Auch er hat seine Frau, meine Mutter, an Alzheimer verloren.

»Haben Sie Kinder?«, frage ich.

»Ja, ich habe eine Tochter. Sie wird bald vierzig.«

»Haben Sie denn engen Kontakt?«

»Hat das auch etwas mit Ihrem Podcast zu tun?«

Er spricht das Wort Podcast aus, als sei es eine sehr fremde Sprache. Ich schäme mich.

»Nein, ich bin nur neugierig.«

Er seufzt.

»Ich weiß, so sind Journalisten. Meine Tochter und ich, wir stehen uns sehr nah. Vor allem, seit ihre Mutter vor ein paar Jahren starb.«

»Oh. War sie krank?«

Christer schüttelt den Kopf. Seine teure Armbanduhr funkelt im Sonnenlicht.

»Sie ist ertrunken. Das ist natürlich alles geschehen, lange bevor ich Jolanta kennengelernt habe. Aber es war eine Tragödie.«

»Wo ist es denn passiert?«, fragt Rosie, die sich vorgebeugt hat.

»In Kyrkviken – das ist eine Bucht auf der Schäreninsel…«

»Bullholmen«, beende ich den Satz.

Verwundert hebt Christer eine Augenbraue und lehnt sich im Sessel zurück.

»Sie kennen die Insel?«

»Ja. Ich habe eine kleine Laube in einer Schrebergarten-kolonie dort. Die Insel ist wunderschön. Wie…«

Ich muss schlucken.

»Wie eigenartig, dass auf dieser kleinen Insel so viel Schreckliches passiert ist. Erst wird Sixten Ende der Sechziger ermordet, und dann ertrinkt Ihre Frau ganz in der Nähe.«

»Ich finde es nicht eigenartig«, erwidert Christer und kann seinen Ärger kaum verbergen. »Meine Eltern hatten ein Sommerhaus dort, und deshalb haben Astrid und ich viel Zeit auf Bullholmen verbracht. Später war ich mit meiner Frau oft auf der Insel.«

»Gehört Ihnen das Haus noch?«

»Ja, aber mittlerweile nutzt es vor allem meine Tochter. Ich bin über siebzig und kann nicht jedes Wochenende mit der Fähre rüberfahren, mit den vielen Partyleuten, die im Hafen Radau machen. Dafür sind Jolanta und ich zu alt.«

Sie könnte das locker schaffen, hätte ich am liebsten gesagt. Aber ich verkneife es mir.

»Wollten Sie das Haus nie verkaufen, etwas Neues finden?«

»Gewissermaßen ist es neu. Wir haben das Haus von Grund auf renoviert. Bis auf den Keller, den haben wir so gelassen, wie er war. Verstehen Sie mich nicht falsch, das Haus war damals sehr schön, als wir es gekauft haben. Aber Jolanta und ich haben einen … etwas moderneren Geschmack.«

»Das verstehe ich. Darf ich fragen… wie es dazu kam, dass Ihre Frau ertrunken ist?«

Christer kratzt sich am Hinterkopf.

»Sie sind wirklich sehr neugierig.«

Ich muss mir die Handflächen an meiner Jeans trocken reiben. Es geht nicht mehr anders. Zum Glück sind sie dunkel, ich hoffe sehr, dass man es nicht sehen kann.

»Journalistin durch und durch«, sage ich und quäle mir ein Lächeln ins Gesicht.

»Meine Frau war Alkoholikerin. Sie hat immer phasenweise getrunken. Aber in dem Sommer vor zehn Jahren hat sie durchgängig getrunken. Ich habe versucht, ihr zu helfen. Sie war sogar eine Weile in einer Klinik untergebracht. Aber das half alles nicht. Eines Abends ging sie auf den Bootssteg. Fragen Sie mich nicht, was sie da wollte – vielleicht baden? Ich habe sie am nächsten Morgen gefunden. Sie muss ausgerutscht und mit dem Kopf aufgeschlagen sein und ich ...«

»Oh, wie schrecklich.«

»Hm. Wir waren am Boden zerstört, Angelica und ich. Das ist meine Tochter.«

Ich höre ein Knarren in der Eingangshalle, und plötzlich steht Jolanta in der Tür. Sie wirkt unentschlossen und vollkommen verunsichert, als würde sie es nicht wagen, den Mann zu unterbrechen, mit dem sie seit Jahren zusammen ist.

»Ja?«, fragt Christer.

»Ein Anruf«, sagt sie hektisch. »Der Hausmeister von der Skeppargatan.«

»Sag ihm, dass ich in einer Minute für ihn da bin.«

Jolanta nickt und eilt wieder davon.

Christer erhebt sich langsam.

»Nun, ich befürchte, ich war keine so große Hilfe für Sie?«

»Oh doch«, sage ich. »Vielen Dank für den Kaffee und dass Sie sich Zeit für uns genommen haben.«

Ich lächele Rosie an. Genau genommen haben wir uns selbst eingeladen.

»Eine letzte Frage noch.«

Christer bleibt stehen, dreht sich zu uns um.

»Ja?«

»Wer hat Ihrer Meinung nach Sixten ermordet?«

Die Frage hängt wie ein Schwert in der Luft. Christer schweigt, Jolanta überbringt im Hintergrund dem Anrufer die Nachricht, dass Christer gleich kommt, irgendwo im Haus brummt eine Waschmaschine oder ein Geschirrspüler. Dumpf, wie unter Wasser. Ich kann meinen Herzschlag hören. Die Frage ist sehr direkt. Aber ich bin schließlich gekommen, um sie ihm zu stellen.

»Spielt das eine Rolle, was ich denke?«

»Für mich schon. Alle hatten damals ihre eigenen Theorien. Ich glaube nicht, dass Astrid etwas mit dem Mord zu tun hat. Aber es gibt ja noch einen weiteren Ansatz. Den Haningemann. Er kommt theoretisch als Mörder infrage, auch wenn es etwas weit hergeholt ist. Deshalb ...«

»Deshalb?«

»Deshalb frage ich mich, was Sie denken?«

Christer senkt den Blick, sieht auf seine Schuhspitzen. Dann hebt er wieder den Kopf. Seine Stimme ist gedämpft, als würde er nicht wollen, dass Jolanta ihn hören kann.

»Mein Vater war ... ein besonderer Mensch. Er war ... jähzornig.«

Mein Herz schlägt noch eine Runde schneller, weil ich daran denken muss, was Lillian über Astrids Vater gesagt hat. *Es gab das Gerücht, dass er zu Jähzorn und Gewalt neigte.*

»Jähzorn? Dann glauben Sie also, dass ...«

»Mehr habe ich dazu nicht zu sagen«, unterbrach mich Christer Jacobsen. »Man spricht nicht schlecht über die Toten.«

Er lässt Rosie und mich im Salon stehen. Wir sehen uns an und brechen dann auch auf. Wir hören Christer gedämpft telefonieren. Rosie öffnet die Eingangstür, und ich gehe hinterher, aber drehe mich noch einmal um und sehe Jolanta, die in der Tür zur Küche steht und mich mit großen, besorgten Augen ansieht.

»Ich hoffe, Sie haben alles erfahren, was Sie benötigen«, sagt sie.

Sie hat die eine Hand um das Handgelenk der anderen gelegt, während ihre Finger rastlos auf ihren Oberschenkel trommeln. Sie sieht aus wie ein verängstigtes Schulmädchen, nicht wie eine gestandene fünfzigjährige Frau. Ich lächele ihr zu.

»Absolut. Vielen Dank für den Kaffee.«

Erst nachdem ich die Tür hinter mir zugezogen habe, begreife ich, dass die Stelle an ihrem Handgelenk, die ich für ein Muttermal gehalten habe, in Wirklichkeit ein Bluterguss war.

20

Julia

Julia wacht vom Klingeln ihres Handys auf. Sie blinzelt ein paar Mal, um zu sich zu kommen. Die Sonne blendet sie. Wie viel Uhr ist es denn? Wer ruft sie an? Sie greift nach ihrem Handy. 11:20 Uhr. Himmel. So lange hat sie geschlafen? Fast bis halb zwölf? Dann sieht sie, wer sie anruft. Lise-Lotte Bratselius, ihre Verlegerin. *Hilfe.*

»Ja, hier ist Julia!«

Sie versucht, möglichst frisch und aufgeräumt zu klingen, aber ihre Stimme ist heiser, als wäre sie die ganze Nacht auf einem Konzert gewesen.

»Ja, hallo, Julia, hier ist Lise-Lotte.«

»Hallo, Lise-Lotte!«

»Wie geht es dir? Findest du Zeit und Ruhe zum Schreiben auf deiner Insel?«

»In der Tat. Ich will nichts beschwören, aber es läuft unerwartet gut. Ich habe schon viel mehr Kapitel geschafft, als ich vorgehabt habe.«

»Wunderbar. Das ist Musik für meine Verlegerohren.«

Lise-Lotte lacht, aber wie immer klingt es nicht echt und natürlich. Sie ist supernett, keine Frage. Und als sie Julia das erste Mal anrief und ihr die Idee mit dem Weinbuch unterbreitete, war Julia im siebten Himmel. Auch ihr erstes Treffen war toll. Aber Julia hat immer ein bisschen Angst vor ihr. Denn Lise-Lotte Bratselius hat eine Aura von Macht um sich. Man kann das sogar an ihrer Stimme hören, wenn man mit ihr telefoniert. Ihre Autorität schießt quer durch die Telefonkabel der Stadt und nimmt Sekunden später neben Julia im Bett Platz und erzeugt einen unangenehmen Druck auf der Brust.

»Aber deshalb rufe ich gar nicht an«, fährt Lise-Lotte fort. »Es geht um etwas anderes.«

»Okay.«

Julia spürt sofort, wie sich ihre Kehle zuschnürt. Was jetzt? Gibt es Probleme in der Programmgestaltung? Hat jemand vor ihr ein ähnliches Buch herausgegeben? Hat die Marketingabteilung erkannt, dass sie nur eine Eintagsfliege im Fernsehen ist und sie mit ihr kein einziges Exemplar verkaufen werden? Die Füße unter der Decke sind auf einmal eiskalt. Sie hört, wie Lise-Lotte am anderen Ende der Leitung tief Luft holt.

»Wir haben ein Paket in den Verlag geschickt bekommen.«

Julia runzelt die Stirn. Sie schiebt sich ein Kissen in den Rücken, um sich aufzusetzen.

»Okay?«

»Das ist an dich adressiert. Wir haben natürlich sofort die Polizei kontaktiert.«

Was soll das bedeuten? Warum haben sie die Polizei kontaktiert?

»Ich … ich verstehe nicht ganz …«

»Das haben wir am Anfang auch nicht. Aber es sieht aus, als wäre es eine Drohung. Die an dich gerichtet ist.«

Julia schließt die Augen. Nein. *Nein, nein, nein. Das darf nicht wahr sein. Er kann nicht zurück sein. Er darf nicht ...*

»Ein Polizeibeamter ist schon auf dem Weg zu dir. Zum Glück hast du mir deine Adresse gegeben, so konnte ich den Beamten gleich sagen, wo du dich aufhältst. Warte, bis er bei dir ist. Dann telefonieren wir später noch einmal, einverstanden?«

»Aber ... ich verstehe nicht – was war denn in dem Paket?«

Lise-Lotte seufzt.

»Eine weiße Box mit einem Foto darin. Und ein kurzer Brief. Wir haben die Sachen der Polizei übergeben, die wollen die natürlich ...«

»Ich will es sehen.«

»Julia, ich glaube, es ist besser, wenn die Polizei das ...«

»Schick es mir.«

»Ich glaube wirklich ...«

»Lise-Lotte, bitte, ich muss wissen, was es ist.«

Erneutes Seufzen. Dann ein *Okay*. Julia hört, wie ihre Verlegerin etwas tippt, sie hört ihren Atem. Julias Füße sind eiskalt, trotz der Wollsocken, die sie sich gestern Abend angezogen hat.

Es klingelt. Zwei Fotos. Auf dem einen ist der Brief abgebildet. In großen Lettern steht: WIR SIND ES ALLE WERT, INSPIRIERT ZU WERDEN. Auf dem zweiten Foto ist ein Schwarz-Weiß-Abzug, der auf einem Blatt Papier ausgedruckt wurde. Julias Herz macht einen Satz. Das Foto wurde mit einem Handy aufgenommen, und es zeigt Julia, die am Küchentisch sitzt. Aber es ist nicht ihr Küchentisch in Stockholm, sondern der Küchentisch in diesem Haus, das sie für

186

ein paar Wochen gemietet hat. Es ist abends, Julia hat ihre frisch gewaschenen Haare zu einem Dutt zusammengebunden und sitzt vor ihrem Computer. Neben sich ein Glas Wein und eine brennende Kerze.

»Oh Gott«, stöhnt Julia.

»Ich nehme an, das Foto wurde bei dir auf der Insel gemacht?«, fragt Lise-Lotte.

»Ja.«

»Weißt du, wann es aufgenommen wurde?«

Julia sieht sich das Foto genauer an. Sie trägt ihre alte weiße Strickjacke. Die hatte sie allerdings praktisch jeden Abend an.

»Nein. Das kann jeder Abend gewesen sein, ich bin ja seit fast einer Woche hier. Obwohl nein, nicht jeder Abend – gestern nicht. Da hatte ich Besuch von einem Freund.«

»Einem Freund?«, wiederholt Lise-Lotte und klingt sehr misstrauisch.

»Das ist ein Freund, für den ich meine Hand ins Feuer lege, er hat mit der Sache nichts zu tun. Ich ... Das ist nicht das erste Mal, dass mir so etwas passiert. Es war jetzt so lange ruhig, deswegen hatte ich gehofft, dass er verschwunden ist.«

»Er? Hattest du einen *Stalker*?«

»Ja.«

»Weiß die Polizei davon?«

»Ja, ich habe Anzeige erstattet. Aber die Ermittlungen wurden eingestellt.«

»Julia, du musst das alles unbedingt der Polizei erzählen, wenn die nachher kommt. Wir nehmen diese Sache sehr ernst, denn wir haben schon Bücher von umstrittenen Meinungsmachern und hohen Politikern gemacht ... aber dass wir mit dir Schwierigkeiten bekommen könnten, hätte ich nicht gedacht. Du schreibst über Essen und Wein!«

Julia schüttelt den Kopf.

»Ich weiß. Es tut mir so leid.«

»Du musst dich dafür doch nicht entschuldigen. Du verlässt nicht das Haus, bis die Polizei da ist. Und dann rufst du mich gleich an. Versprichst du mir das?«

»Ich verspreche es.«

»Und – wenn das geklärt ist, kommst du wieder nach Stockholm zurück. Du kannst nicht auf dieser Insel bleiben«, sagt Lise-Lotte eindringlich und beendet das Telefonat.

Julia sitzt eine ganze Weile wie gelähmt im Bett und starrt vor sich hin. Sie kann nicht richtig Luft holen, das Atmen fällt ihr schwer. Sie holt den Inhalator aus ihrer Handtasche und nimmt ein paar Stöße Kortison, mehr als notwendig.

Es gibt keine Medizin dagegen, dass dich jemand verfolgt.

Seit sie vor ein paar Wochen Hals über Kopf aus seiner Wohnung gestürmt ist, hat sie nicht mehr an ihn gedacht. Jetzt vermisst sie ihn das erste Mal. Douglas. Sie vermisst die Sicherheit, einen Freund zu haben, sogar einen, dem man nicht wirklich vertrauen kann. Sie vermisst, neben jemandem einzuschlafen, abends mit jemandem nach Hause zu gehen, jemanden an seiner Seite zu haben. Sich einfach ein bisschen sicherer zu fühlen. Als Single ist man einsam. Man hat Familie, Freunde, Arbeitskollegen. Aber wenn es dunkel wird, ist man allein.

Allerdings … Julia beschäftigt eine Sache schon seit einer Weile. Denn seit sie mit Douglas zusammen war, hatte sich der Stalker in Luft aufgelöst. Sie kam endlich wieder zur Ruhe. Und jetzt ist sie wieder Single, und der Stalker ist zurück. Das kann doch kein Zufall sein? Ist sie in Wirklichkeit die ganze Zeit unter seiner Beobachtung gewesen?

Oder... hat Douglas etwas damit zu tun?

Nein. Sie hatte diese Theorie Frida gegenüber geäußert, aber mehr aus Spaß. Während sie die Worte aussprach, wusste sie aber schon, dass es nicht so sein konnte. Und Frida pflichtete ihr bei. Keine Frage, Douglas war ein Idiot. Einer, der sie hinter ihrem Rücken betrog. Aber er war kein Stalker. Da ist sie sich ganz sicher.

Julia muss sich diesen Gedanken wie ein Mantra mehrmals aufsagen.

Da bin ich mir ganz sicher. Da bin ich mir ganz sicher.

Denn sie fragt sich, ob sie sich jemals wieder sicher fühlen kann.

*

Zwei Stunden später klingelt es an der Tür. Obwohl Julia den Besuch erwartet, zuckt sie bei dem Geräusch zusammen. Sie hatte davor alle Türen und Schlösser im Haus zweimal kontrolliert, und, während sie wartete, viel zu viel Kaffee getrunken. Im Fernsehen läuft eine alte Folge der Psychologieshow *Dr. Phil,* in der sich zwei sehr schwergewichtige Amerikanerinnen um Zwillingsbrüder streiten, mit denen sie geschlafen haben. Nur wissen sie nicht mehr, wer mit wem. Das ist total absurd, aber es beruhigt Julia, dass sie Stimmen im Hintergrund hört. *Außerdem gibt es Menschen, deren Leben eindeutig verrückter und kränker ist als meins...*

Sie geht an die Tür und sieht die Konturen durch das Milchglas. Die Sonne scheint in die Eingangshalle, und es erscheint nicht nachvollziehbar, mitten am Tag solche Angst zu haben. Aber das hat sie.

Sie öffnet die Tür einen Spalt.

»Julia Appelqvist?«

Vor ihr steht ein Mann, den sie noch nie zuvor gesehen hat. Er ist ein paar Jahre jünger als sie und trägt keine Polizeiuniform, trotzdem strahlt seine Erscheinung etwas Beruhigendes aus. Er sieht sie aus freundlichen braunen Augen an.

»Guten Tag, mein Name ist Adam Ångström, und ich komme von der Polizeidienststelle in Nacka.«

In der einen Hand hält er ihr seinen Dienstausweis hin, die andere hat er ausgestreckt. Julia erwidert den Gruß.

»Darf ich reinkommen?«

*

Wenig später sitzen sie auf dem weichen Sofa im Wohnzimmer. Julia hat den Ton vom Fernseher ausgestellt, sieht aber aus dem Augenwinkel, wie die beiden Frauen sich lautlos anschreien und mit den Armen fuchteln.

»Erzählen Sie mir doch bitte, wann das alles angefangen hat«, sagt der Polizist.

»Sie wissen also schon, dass diese Sache schon länger andauert?«

»Ich habe Ihren Namen in die Datenbank eingegeben und gesehen, dass sie vor zwei Jahren eine Anzeige wegen Stalking erstattet haben.«

»Genau.«

»Die Ermittlungen sind eingestellt worden. Ist danach noch etwas gekommen?«

Die Erinnerungen an die Zeit flimmern vorbei. Der Schatten, der ihr von der U-Bahn nach Hause gefolgt ist, die Fotos, die schlaflosen Nächte, die mehrfach kontrollierten Schlösser.

»Ja, eine Zeit lang noch, aber dann hörte es auf.«

»Vollkommen?«

»Ja.«

»Und Sie haben nach wie vor keine Ahnung, keinen Verdacht, wer dahinterstecken könnte?«

Julia schüttelt den Kopf. Sie hat keine Feinde, zumindest keine, von denen sie weiß. Himmel, sie schreibt Texte über Wein und Essen. Sie ist keine investigative Journalistin und nicht korrupten Politikern auf der Spur. Noch nicht einmal in ihrem Ressort mischt sie Dinge auf. Sie könnte schon, wenn sie hinter die Kulissen von Arla Foods blicken würde, das könnte ein paar Leute provozieren. Aber sie gibt lediglich Weinempfehlungen. Sie will eine »Inspirationsquelle« sein, wie es in den sozialen Medien genannt wird.

»Nein, keine Ahnung, keinen Verdacht«, sagt sie.

»Haben Sie einen Lebensgefährten? Einen Ex?«

»Ja … aber er hat damit nichts zu tun.«

»Sind Sie da ganz sicher? Fällt Ihnen niemand ein, den Sie mal gedatet haben, der sich komisch verhalten hat?«

»Nein.«

»Sie haben ziemlich viele Follower auf Instagram«, fährt Adam Ångström fort.

»Hm. So viele sind es nun auch wieder nicht.«

»Ich habe mir Ihren Account angesehen. Es sind über neunzigtausend.«

»Ja, es macht Spaß, einen Account zu haben, der sich mit

Essen und Wein beschäftigt. Aber ich würde mich nicht als *Influencerin* bezeichnen. Ich poste auch praktisch nichts Persönliches von mir. Und ich zeige auch mein Gesicht seit einem halben Jahr nicht. Nur Teller und Weingläser!«

Adam nickt. Julias Blick fällt auf seine Hand, die den Stift hält, mit dem er sich ein paar Notizen macht. Er hat schöne, gepflegte Hände. Alles an ihm wirkt sehr gepflegt. Und sympathisch. Wenn er eine Freundin hat, kann die sich glücklich schätzen. Julia verdreht innerlich die Augen. Seit wann bin ich eigentlich so spitz wie Nachbars Lumpi? Dieser Polizist, John auf der anderen Seite der Bucht... Vielleicht will sie das Universum daran erinnern, dass nicht alle Männer wie Douglas sind? Dass andere Mütter auch schöne Söhne haben.

»Was ist mit den Kommentaren auf Ihrem Profil?«, fragt der Polizist. »Gab es da Drohungen irgendeiner Art?«

»Noch kein einziges Mal.«

»Wirklich? Und in den Zeitungen liest man immer von den Hatern und dem Cyber-Mobbing.«

»Ich weiß, aber davon war ich zum Glück noch nie betroffen. Mein Schatten scheint sich nicht in der Welt des guten Essens aufzuhalten. Natürlich habe ich Kommentare bekommen, aber bei denen ging es immer um die Ernährung. *Warum bist du keine Vegetarierin?* Oder: *Oha, da war aber viel Sahne drin!*

Adam lächelt, dabei entsteht ein Lachgrübchen auf seiner Wange. Er hat ein schönes Lächeln.

»Aber das kann man kaum als Haten bezeichnen, das ist nur ein bisschen... Spinnerei.«

»Das bedeutet also, dass die Person, die Sie gestalkt hat,

sich nicht auf Ihren Online-Profilen zu erkennen gegeben hat?«

»Scheint so ...«

»Können Sie sich das erklären?«

Julia senkt den Blick, starrt auf ihre nackten Füße, die sie in den weichen weißen, flauschigen Teppich vergraben hat. Ihre roten Fußnägel, deren Lack sie seit ihrer Ankunft nicht erneuert hat, bilden einen starken Kontrast zu dem blendenden Weiß. Sie muss plötzlich an IP-Adressen denken, die immer und überall eine Spur hinterlassen und rückverfolgt werden können. Sie hebt den Kopf.

»Weil er auf keinen Fall gefunden werden will.«

*

Kurz darauf hat Julia die Kaffeetassen in die Küche gebracht, während sich der Polizist seinen Trenchcoat anzieht. Dieser Mantel hätte an jedem anderen ausgesehen wie Vorsicht-suspekter-Typ-im-Park. Aber an ihm sitzt er wie angegossen und für ihn gemacht.

»Vielen Dank, Herr Ångström, dass Sie extra vorbeigekommen sind«, sagt Julia.

»Sie können mich ruhig Adam nennen.«

Julia lächelt.

»Sie sind aber doch der Vertreter der Polizei, und der möchte ich danken.«

»Ja, normalerweise werden wir auch nicht mit solchen Fällen betreut. Das übernimmt die Schutzpolizei. Aber ich hatte heute Zeit und war sowieso auf dem Weg nach Bullholmen.«

»Tatsächlich?«

»Meine Freundin hat eine Laube in einer Schrebergarten-kolonie hier.«

»Ach so. Dann sind Sie also nicht von der Schutzpolizei, sondern…«

»Von der Kriminalpolizei.«

»Oha. Die gehören für mich eher ins Fernsehen als in die Wirklichkeit. Glauben Sie denn, dass es so schlimm ist?«

»Hoffentlich nicht. Wir bekommen täglich Anzeigen wegen Nachstellung, und es ist nicht immer leicht, diese Fälle aufzuklären. Aber mein Chef steht in engem Kontakt zu Ihrem Verlag, der in den vergangenen Jahren immer wieder kontroverse Titel veröffentlicht hat. Außerdem haben Sie doch angezeigt, dass es zu wiederholten Aktionen gekommen ist.«

Julia nickt.

»Da es bisher zu keiner direkten Konfrontation gekommen ist, gehe ich davon aus, dass es auch jetzt nicht geschieht. Aber ich würde an Ihrer Stelle nach Stockholm zurückkehren. Und wenn es nur für meinen eigenen Seelen-frieden wäre.«

»Echt?«

»Ja. Allein in einem fremden Haus in den Schären zu sein, davon würde ich Ihnen abraten.«

»Meine Therapeutin wäre da ganz anderer Meinung.«

»Das mag so sein. Ganz gleich, wofür Sie sich entschei-den, werde ich Ihnen einen Kollegen von der Schutzpolizei vorbeischicken, der immer wieder nach Ihnen sieht. Sind Sie damit einverstanden?«

»Absolut.«

»Vielleicht könnten Sie jemanden anrufen, der vorbeikommt und Sie hier besucht? Eine Freundin oder ein Familienmitglied, die Ihnen Gesellschaft leisten können?«

»Ich werde darüber nachdenken, versprochen.«

Adam Ångström richtet seinen Kragen und legt die Hand auf die Türklinke.

Julia tritt unruhig auf der Stelle. Die Gedanken wirbeln durch ihren Kopf. Da dreht sich der Polizist noch einmal zu ihr um.

»Sie können auch jetzt gleich mit zur Fähre kommen und aufs Festland zurückfahren, wenn Sie wollen?«

»Nein, vielen Dank. Ich müsste erst noch packen, und das dauert zu lange.«

»Okay. Ihre Entscheidung. Sie haben ja meine Nummer, für alle Fälle. Ich hatte Ihnen meine Karte gegeben?«

»Ja, hier ist sie.« Julia hält die weiße Visitenkarte mit dem Logo der Polizei hoch.

»Melden Sie sich, wenn etwas ist. Sorgen Sie dafür, dass alle Türen verschlossen sind, und bleiben Sie in regelmäßigem Kontakt zu Ihren Freunden auf dem Festland. Wir schicken Ihnen in Kürze einen Kollegen vorbei. Okay?«

Julia nickt. Sekunden später ist die Tür hinter dem netten Polizisten ins Schloss gefallen, und sie hört nur seine Schritte auf dem Kies. Sie bleibt unschlüssig in der Eingangshalle stehen, wiegt von einer Seite zur anderen. Seit dem Telefonat mit ihrer Verlegerin heute Morgen spielt sie mit dem Gedanken, Bullholmen zu verlassen. Wahrscheinlich ist es doch das Beste.

Aber eigentlich will sie es nicht. Sie fühlt sich zerrissen. Die eine Stimme warnt eindringlich: *Fahr nach Hause! Sei bloß nicht dieses Mädchen in den Horrorfilmen, das in der verlasse-*

nen Hütte im Wald bleibt. Die andere Stimme in ihr sagt ganz nüchtern: *Dein Leben in Stockholm war in den letzten Jahren wie ein einziger Horrorfilm.*

Und das stimmt. Seit das alles angefangen hat, lebt die Angst mit in ihrer Wohnung. Denn dort fühlte sie sich eingesperrt. Aber hier in den Schären, auf der schönen Insel, hat sie endlich die Ruhe gefunden, die sie zum Schreiben benötigt. In nur einer Woche hat sie schon die Hälfte des Ratgebers fertig geschrieben. Und sie *muss* dieses Buch beenden. Unbedingt. Und sie liebt diesen Blick aufs Meer. Außerdem hat sie ihren Freund Zacke in der Nähe. Ihre Wohnungstür in der Stadt ist alt und aus Holz, und sie wohnt im ersten Stock. Jeder könnte mit einer Leiter oder sogar einem Hocker durchs Fenster einsteigen. Diese Luxusvilla hingegen verfügt über eine nagelneue Alarmanlage, die sie auch nachts einschalten kann. Und die anspringt, wenn sich auch nur ein fremder Zeh ins Haus wagt.

Sie holt tief Luft. Das sagt ihre Mutter immer: *Tief einatmen, bevor man eine Entscheidung fällt.*

Sie wird bleiben. Aber ihre erste Amtshandlung ist es, die Eingangstür zu verschließen. Wie es ihr der Polizist geraten hat.

21

Adam

Adam Ångström schlendert durch die Schrebergartenkolonie, die um diese Jahreszeit noch ziemlich verlassen wirkt. Bald wird er hier mit Cilla die lauen Sommerabende genießen. Er sehnt sich nach Wärme und Urlaub. Sein letzter Urlaub ist ziemlich lange her, da hatte er Cilla, seine Mutter und die Jungs in ihrer Skihütte in Idre Fjäll überrascht. Zacke und Jonathan besitzen die fast magische Fähigkeit, dass man sich bei ihnen immer willkommen und zu Hause fühlt.

Und diese Tatsache ist auch der eigentliche Anlass seiner Fahrt nach Bullholmen. Cilla weiß nicht, dass er gefahren ist. Aber manchmal muss man den Stier bei den Hörnern packen. Anders geht es nicht.

Aus Cillas Laube schallt Musik, und Adam sieht die Konturen eines Menschen im Fenster. Er klopft an. Sofort ertönt das wilde Gebell von Aretha Franklin, Adam lächelt. Obwohl dieser Hund mit Abstand das schönste und bequemste Hundeleben in ganz Schweden führt, hat er seinen Raubtierinstinkt nicht abgelegt.

»Ich glaube es ja nicht … Adam?«

Zacke sieht gelinde gesagt überrascht aus, als er die Tür

öffnet. Er trägt eine Schlafanzughose aus Flanell und hat ein Handtuch über der Schulter. Der kleine Hund drückt sich gegen Adams Beine, um seine Begrüßung abzuholen.

»Hallo. Verzeih, dass ich einfach so unangemeldet vorbeischneie, ich wollte mal sehen, wie es dir geht.«

»Ist etwas passiert? Ist Cilla okay?«

»Nichts ist passiert. Ich wollte nur nach dir sehen. Darf ich reinkommen?«

»Habe ich gegen das Gesetz verstoßen?«

Adam lacht, er kann Zackes Zögern allerdings gut verstehen. Sie haben im vergangenen Jahr zwar viel Zeit miteinander verbracht, aber dann war immer Cilla mit dabei. Es duftet herrlich.

»Ich mache mir gerade eine Kleinigkeit zu essen. Nichts Aufregendes, Pasta mit Sahne, Walnüssen und gebratener Salsiccia. Hat du Hunger?«

»Nein, danke. Ich nehme die Fähre in einer halben Stunde. Ziemlich frühes Abendessen für deine Verhältnisse, was?«

»Seit ich hier bin, sind Mittag- und Abendessen verschmolzen. Magst du was trinken?«

»Was trinkst du da?«

»Einen Bourgueil. Ein Cab franc von der Loire.«

»Ähm … Ich habe kein Wort verstanden. Hast du auch ein Bier für mich?«

Zacke grinst und holt Adam ein kaltes Bier aus dem Kühlschrank. Dann dreht er die Flamme kleiner, damit seine Soße auf dem Herd vor sich hin köcheln kann, und setzt sich neben Adam auf das weiche Ikea-Sofa. Aretha Franklin springt zu ihnen aufs Sofa und legt sich zwischen die beiden.

»Erzähl«, sagt Zacke. »Bist du wirklich nur nach Bull-holmen gekommen, um zu sehen, wie es mir geht?«

»Ja. Aber ich habe es mit etwas Beruflichem verbunden.«

»Hilfe! Noch mehr Verbrechen auf Bullholmen?«

»Das hoffe ich nicht. Das war eher eine Routineaufgabe, aber da ich schon einmal in der Nähe bin, wollte ich sehen, wie es dir geht, Zacke.«

Ein tiefes Seufzen war zu hören. Zacke nahm einen Schluck Wein. Adam weiß, dass diese Frage nicht wirklich beantwortet werden kann. Sie ist zu groß. Vor allem weil in Zackes Leben gerade alles auf dem Kopf steht.

»Ja, geht so. Ich kämpfe weiter.«

»Haben dir die Tage auf Bullholmen geholfen?«

Zacke nickt.

»Doch, das glaube ich schon. Es ist ruhig und nett hier. Ich kann mir was Schönes kochen und an meiner Speisekarte für das *Mon Dieu!* arbeiten. Aber wenn ich ehrlich bin, würde ich lieber arbeiten. Dann wäre mein Kopf auch beschäftig-ter. Man kann viel mehr denken, wenn es um einen herum so leise ist.«

Adam weiß genau, was Zacke meint. Er hat die letzten zehn Jahre seine Tage ebenfalls mit Arbeit verbracht. Er kann mit Stille auch nicht so viel anfangen.

»Außerdem ist Jonathan in der Wohnung«, fährt Zacke fort. »Er ist gestern aus Idre Fjäll zurückgekommen, und ich fand es angemessen, dass ich das Feld räume. Damit wir uns nicht so auf der Pelle sitzen.«

»Vermisst du ihn?«

Zacke pult verlegen an der Armlehne, dann stellt er sein Weinglas ab.

»Ähm … ja. Ich vermisse ihn sehr.«

»Verstehe. Cilla macht sich große Sorgen um dich.«

»Wirklich?«

»Ja, das tut sie. Dir gegenüber spricht sie das nicht aus. Sie ist deine beste Freundin, und du sollst unbedingt das Gefühl haben, dass sie auf deiner Seite ist. Aber sie spricht oft darüber. Sehr oft.«

Zacke streichelt Aretha Franklin über den Kopf.

»Es ist im Moment ein bisschen schwierig alles.«

»Ja, ich habe das mit Jonathans Mutter und seinem Job gehört und dass ihr beide vielleicht unterschiedliche Ziele habt und …«

Zacke sieht Adam an.

»Und auch von meinem kleinen Fehltritt?«

Adam lacht.

»Ja, das auch. Es ist ganz schön viel passiert, das weiß ich, Zacke. Ich will mich auch nur vergewissern, ob dir klar ist, was hier auf dem Spiel steht? Ich habe gerade eher den Eindruck, dass ihr beide euch aus dem Weg geht. Ihr habt aufgehört, miteinander zu reden.«

»Das stimmt.«

»Deshalb bin ich hier. Manchmal ist es ganz sinnvoll, dass jemand einen daran erinnert, wie wertvoll das ist, was man hat. Und dass man das auf keinen Fall verlieren darf.«

»Meinst du Jonathan damit?«

»Ja, aber nicht nur das. Euch beide verbindet etwas, das gibt es ganz selten. Ihr funktioniert unausgesprochen, selbstverständlich miteinander. Und wenn man so etwas findet, sollte man das festhalten. Man weiß nicht, ob einem so etwas noch einmal begegnet.«

Ein Lächeln umspielt Zackes Lippen.

»Sind das deine Worte oder Cillas?«

»Hm … von uns beiden?«

Zacke nickt.

»Ich verstehe, was du mir sagen willst. Aber es ist leider schon so viel passiert. Wir müssen auch dasselbe wollen.«

»Eigentlich muss man sich nur verstehen, der Rest regelt sich von allein.«

Zacke seufzt und greift nach seinem Weinglas.

»Glaubst du wirklich, dass es so einfach ist, Adam?«

»Normalerweise nicht. Aber in eurem Fall bin ich davon überzeugt.«

Zacke steht auf, um die Soße in der Pfanne umzurühren, die angefangen hat zu kochen. Er schaltet die Abzugshaube an und starrt verträumt aus dem kleinen Küchenfenster. Adam nimmt einen Schluck Bier.

»Ich weiß nicht, Adam, ob es jemals wieder so werden kann, wie es einmal war.«

Er dreht sich zu ihm um.

»Aber ich danke dir, dass du hergekommen bist, um es mir zu sagen. Ich habe viele Nachrichten und Wünsche geschickt bekommen, aber keiner von denen hat sich die Mühe gemacht hierherzukommen, um es mir persönlich zu sagen. Das weiß ich sehr zu schätzen, Adam.«

Adam hebt seine Bierflasche, und Zacke greift nach seinem Weinglas.

»Wir sind für dich da, Zacke. Skål!«

»Skål!«

*

Als die Fähre *Silberpfeil* etwas später vom Hafen von Bull-holmen ablegt, hallt das Horn über die Insel. Adam steht an Deck, obwohl es noch viel zu kalt dafür ist. Er schiebt seine Hände in die Taschen seines Trenchcoats und sieht zu, wie die Häuschen der Schrebergartenkolonie immer kleiner wer-den und schließlich ganz verschwinden.

Er fragt sich, ob es für Zacke das Richtige war, ein paar Wochen allein auf der Insel zu verbringen. Manchmal muss man allein sein. Aber es gibt auch Lebensumstände, da ist es nicht ratsam, allein zu sein. Adam hat getan, was er konnte. Manchmal muss man den Dingen auch ihren Lauf lassen.

Adam wirft einen letzten Blick auf die Insel. Oben auf dem Hügel liegt die Gaststätte, in der er Licht brennen sieht. Die kleinen Restaurants unten am Hafen, in denen man Hamburger und Fisch bekommt, haben noch geschlossen. Am Kai liegen auch noch keine Boote. Aber in nur einem Monat wird es hier ganz anders aussehen. Überfüllt.

Ach, mein Bullholmen, denkt Adam. Das ist seine Lieblings-insel in den Stockholmer Schären. Aber sie birgt viele dunkle Geheimnisse.

22

Cilla

Es ist Freitagmorgen, und ich habe gerade meine Tasche für meinen kleinen Wochenendausflug nach Bullholmen gepackt, als das Telefon klingelt. Ich stelle meinen Kaffee auf der Arbeitsfläche in meiner kleinen Küche auf Södermalm ab, stürze zu meinem Handy im Flur, verheddere mich in den Kabeln meines Headsets und schaffe es auf den letzten Drücker ranzugehen.

»Ja, hier Cilla!«

Auf dem Display steht nur, dass der Anrufer unbekannt ist. Ich flehe alle Götter an, an die ich nicht glauben kann, dass es bitte nicht Antonia Fiorelli ist, die mich sonst wieder zu neuen, unmöglichen Deadlines überredet. Aber die Stimme am anderen Ende der Leitung ist mir vollkommen unbekannt.

»Ja, guten Morgen, hier spricht Fatima. Ich bin Krankenschwester im Klippan.«

Ich runzele die Stirn und wische mir den Kaffee vom Kinn. Klippan? Dann erinnere ich mich wieder. Das ist das Altersheim, in dem Astrid Jacobsen lebt.

»Ja, guten Morgen!«

»Ich hoffe, ich habe Sie nicht gestört?«

»Nein, nein, gar nicht.«

Ich habe bloß keinen Schimmer, warum du mich angerufen hast, denke ich.

»Ich weiß, dass Sie diese Woche bei meiner Chefin Marianne angerufen haben, weil Sie mit Astrid sprechen wollten.«

»Das stimmt.«

»Marianne sagt bei solchen Anfragen immer Nein. Aber die Sache ist die. Ich habe mit Astrid darüber gesprochen, weil ich für sie zuständig bin.«

Ich habe den Schlüsselbund in der Hand und fingere nervös daran herum. Reibe die scharfen Metallzähne zwischen Daumen und Zeigefinger.

»Ja, und?«

»Sie hat ihr erzählt, dass Sie angerufen hätten.«

»Das hat sie getan?«

»Ja. Marianne hat ihr davon erzählt, dass eine Journalistin von *Blutspur* angerufen hat und ein Interview wollte, aber dass sie das abgelehnt hätte. Ich bin aber der Meinung, dass es Astrid guttun würde, wenn sie mal Besuch von jemand anderem bekommt. Sie hat auf jeden Fall gesagt, dass Sie gerne vorbeikommen sollen.«

Ich schlucke.

»Jemand anderes? Wie meinen Sie das?«

»Außer ihrer Familie.«

»Aber wie steht es um sie? Wegen Alzheimer? Kann ich mit ihr ... reden?«

»Kommen Sie doch einfach vorbei. Hätten Sie heute Zeit?«

Mein Blick fällt auf die schwarz-weißen Zeiger meiner Uhr im Flur. Es ist Viertel nach neun, und eigentlich wollten

Rosie und ich die Fähre um halb zwölf nehmen. *Verdammt.*
Um halb drei geht die nächste Fähre, dann haben wir zwar
nicht wie geplant den ganzen Nachmittag auf Bullholmen.
Auf der anderen Seite bekomme ich diese Gelegenheit vielleicht nie wieder.

»Ja, ich habe Zeit. Passt es Ihnen, wenn ich so in einer
Stunde da bin?«

*

Knapp sechzig Minuten später biege ich auf das Gelände der
Seniorenresidenz Klippan. Das Gebäude spielt in einer vollkommen anderen Liga als alle Altersheime, die ich je gesehen
habe. Es erinnert eher an eine riesige Villa eines angesehenen
Arztes – groß und protzig mit Wintergarten und Zinnen und
Türmchen. In einer von Flieder gesäumten Laube steht eine
Hollywoodschaukel, der Rasen und die Beete sind sehr gepflegt, und überall stehen bequeme Korbsessel. Hier würde
sogar ich gerne untergebracht sein, wenn meine Zeit gekommen ist. Ich stelle den Wagen auf dem Parkplatz ab und werfe
mir den Rucksack über die Schulter, in dem ich meinen Notizblock, meinen Laptop, einen halben Daim-Riegel und dreitausend Kaugummis habe, die alle aus der Packung gekullert sind.

Links von mir glitzert das Meer, man kann von hier bis
nach Solsidan sehen. Ein Ort, den ich nur aus der gleichna-
migen Fernsehsendung kenne, aber wo ich noch nie gewesen bin. Diese Residenz ist eine private Einrichtung für ältere Menschen mit sehr viel Geld. Oder für ältere Menschen
mit Kindern, die sehr viel Geld haben. Und hätte ich es
nicht schon vorher gesehen und begriffen, dann spätestens,

als mir eine Frau um die fünfzig in einem weißen Kittel von der Veranda zuwinkt. Fröhlich und freundlich sieht sie aus, elegant geschminkt. Sie ist weit entfernt von dem erschöpften, überarbeiteten Pflegepersonal, das man sonst überall antrifft.

»Fatima?«

Wir schütteln uns die Hände.

»Wie schön, dass Sie Zeit hatten«, sagt Fatima und führt mich in die große Villa.

»Selbstverständlich, ich habe mich sehr über das Angebot gefreut, mit Astrid sprechen zu können.«

»Das kann ich gut verstehen. Sie sind nicht die einzige Journalistin, die sich bei uns gemeldet hat. Es ist zwar länger her, aber früher waren alle hinter Astrid her.«

»Wirklich?«

Ich hänge meine Jeansjacke auf einen Bügel.

»Ja, vor allem, als eine Fernsehserie eine Folge über den Mord an Sixten machen wollte. Sie hatten irgendwie herausgefunden, dass sie hier wohnt. Wollen Sie einen Kaffee?«

»Gerne.«

Fatima lässt mich stehen, und ich habe Zeit, die Eingangshalle zu bestaunen, von der eine breite Treppe in den ersten Stock führt. Neben der Treppe befindet sich ein Aufzug. Natürlich! Schließlich sollen die Bewohner, die nicht mehr so gut zu Fuß sind, auch in den ersten Stock kommen können. Ich schaue in den Wintergarten, in dem zwei Männer sitzen, Karten spielen und Kaffee trinken. Im Hintergrund läuft leise Klaviermusik.

Schon ist Fatima wieder da und drückt mir einen Becher Kaffee in die Hand, der ein bisschen zu heiß ist.

»Was haben Sie hier für einen unfassbar schönen Ort«, sage ich schwer beeindruckt.

»Ja, es ist tatsächlich ein wunderbarer Ort, um seinen Lebensabend zu verbringen. Den Bewohnern geht es sehr gut bei uns.«

»Das kann ich mir vorstellen.«

»Kommen Sie mit, wir gehen nach oben in den ersten Stock. Astrid wohnt oben.«

Wir gehen die Treppe hoch, deren Stufen mit dickem rotem Samt bezogen und deshalb unglaublich weich sind.

»Warum haben Sie die anderen Journalisten bisher alle abgewimmelt?«

»So lauten unsere Vorschriften. Astrid ist nicht die erste …«
Sie senkt ihre Stimme.

»… Prominente in unserem Haus. Natürlich sprechen wir das immer mit den betreffenden Personen ab, obwohl sich das in Astrids Fall wegen ihrer Demenz etwas komplizierter gestaltet. Deshalb haben wir uns an ihren Bruder gewandt, und der hat immer abgelehnt.«

Sofort taucht Christer vor meinem inneren Auge auf. Der eng sitzende Kragen seines Hemdes und der strenge Blick. Ihm würde ich auch nicht gerne widersprechen. Er ist ein Mann, der es gewohnt ist, seinen Willen durchzusetzen. Auch Jolanta taucht auf. Wie sie versucht hat, bei der Verabschiedung ihr Handgelenk zu verbergen. Oder habe ich mir das nur eingebildet?

»Und jetzt haben Sie Ihre Haltung dazu aber geändert?«

Fatima bleibt stehen. Wir haben eine Tür erreicht, auf der Astrids Namen steht. So als würde uns dahinter das Zimmer eines Mädchens ganz in Rosa erwarten.

»Ich habe mich in den letzten fünf Jahren um Astrid ge-
kümmert. Ich kenne sie gut. Und... ich habe das Gefühl,
dass sie mit jemandem reden will. Außerdem mag sie *Blutspur* so gerne.«

»Wie bitte?«

»Ja, sie hört Ihren Podcast. Alle Folgen.«

Ich halte mich zurück und korrigiere nicht, dass es nicht
mein Podcast ist, sondern ich nur die Folgen schreibe. Mich
überwältigt, dass ihn eine fast Siebzigjährige mit Demenz hört.

»Ich wusste nicht, dass wir Hörer in dieser Altersgruppe
haben. Und... versteht sie denn alles?«

»Das kann ich nicht sagen. Sie hat immer gerne Radio gehört. Sie mag die Stille nicht, sie mag Geräusche. Am Anfang
hat sie hauptsächlich P1 zur Unterhaltung gehört, ich habe
ihr dann ein paar Tipps gegeben, Sender, auf denen sie Do-
kumentationen hören kann. Und seit einiger Zeit macht sie
sich selbst auf die Suche und hat so zum Beispiel *Blutspur* für
sich entdeckt.«

»Findet sie die Sendungen nicht zu gruselig? Angesichts ...
na ja, allem, was sie durchgemacht hat?«

»Ich vermute, dass sie sich gerade aus diesem Grund davon angezogen fühlt, wenn ich ehrlich bin. Und deshalb
möchte ich Sie auch bitten, vorsichtig mit ihr umzugehen.
Sie ist nicht alt, aber zerbrechlich.«

Ich nicke, und Fatima öffnet die Tür. Mir verschlagen als
Erstes die riesigen Fenster die Sprache, die das ganze Zim-
mer mit Licht ausfüllen. An den Wänden hängen Gemälde.
Farbenfrohe Kunst – nicht besonders dezent oder klassisch.
Vasen mit großen roten Rosen, ein toscanagelbes Haus mit
Efeuranken, ein Segelboot auf hellblauem Meer.

»Sie liebt fröhliche Kunst«, sagt Fatima mit einem erklärenden Lächeln, als würde sie meine unausgesprochene Frage beantworten wollen. »Astrid, Sie haben Besuch.«

In der Ecke des Zimmers sitzt eine Frau an einem Schreibtisch. Sie dreht sich zu mir um und lächelt. Trotz ihrer siebzig Jahre ist sie noch eine wunderschöne Frau mit weißen, lockigen Haaren und freundlichen Augen.

»Ja, bitte?«

»Das hier ist Cilla, die Journalistin, von der ich Ihnen erzählt habe. Sie würde sich gerne mit Ihnen unterhalten.«

»Da sieh mal einer an. Das ist doch die von ...«

Sie runzelt nachdenklich die Stirn.

»Von *Blutspur*? Dem Radioprogramm?«

Ich nicke und lächele.

»Sind Sie damit einverstanden, wenn wir beide uns ein bisschen unterhalten?«, frage ich vorsichtig.

Astrid schweigt, nickt aber.

»Was für ein Glück«, sagt Fatima. »Denn Cilla ist extra vorbeigekommen. Wollen Sie auch einen Kaffee, Astrid? Ich hole Ihnen einen.«

Ich zeige auf einen lila Sessel.

»Ist das in Ordnung, wenn ich mich in diesen Sessel setze?«

Astrid nickt. Ich drehe den Sessel so, dass er zu ihr zeigt, setze mich und hole meinen Notizblock aus dem Rucksack. Aber mein Unterbewusstsein hat etwas registriert, ich halte in der Bewegung inne, der Block bleibt in der Luft hängen. Zuerst begreife ich nicht, was mich so lähmt, dann fällt mein Blick auf das Gemälde an der Wand hinter Astrid. Wie die anderen ist es in kräftigen Farben gehalten, die einem förmlich entgegenleuchten. Es ist ein Bund Gänseblümchen.

23

Julia

Julia läuft die Landstraße mit schnellen Schritten hinunter. Sie konnte nicht mehr im Haus sitzen und warten, sie brauchte dringend frische Luft. Die Sonne wärmt ihr Gesicht und lässt die Ostsee funkeln.

Obwohl sie immer wieder nervös über die Schulter sieht, versucht sie dennoch, den schönen Frühlingstag und die kühle, erfrischende Luft zu genießen. Nachdem der nette Polizist Adam gegangen war, hat sie lange stumpf auf dem Sofa gesessen und auf das spiegelglatte Meer gestarrt. Und auf einmal wurden ihre Verunsicherung und Angst durch etwas anderes ersetzt. *Ich fühle mich seit Jahren verfolgt. Wie lange soll das noch so weitergehen?* Hier hat sie endlich einen Ort gefunden, an dem sie sich wohlfühlt und arbeiten kann. Jeden Tag schreiben ihr Hunderte von Leuten auf ihrem Account, wie sehr sie von ihren Tipps inspiriert werden. Warum sollte irgendein kranker Fremder bestimmen dürfen, wie es ihr geht? Sie erinnerte sich an ein Interview mit der berühmten Bloggerin Blondinbella, die sich sogar einen *safe room* in ihre Luxusvilla einbauen ließ weil sie so viele Morddrohungen erhalten hatte. Aber hatte sie sich davon in ihrem Alltag oder Arbeitspensum einschränken lassen? Nein, im Gegenteil. Das hatte etwas in Julia ausgelöst. Entschlossen war sie unter die Dusche gegangen, hatte sich angezogen und war bereit, allen Formen der Angst zu trotzen.

Sie musste ihr Gehirn überlisten, wie ihre Therapeutin Louise immer wieder betonte. Neue Gedankengänge schaffen. Wenn man jeden Tag Angst empfindet, adaptiert der Körper ganz natürlich, dass man sich immer vorsieht und umsieht. Aber jetzt ist damit Schluss. Sie wird ihr Gehirn überarbeiten, ihre Gedankenmuster ändern. Sie will keine Angst mehr haben. Sie weigert sich mit Händen und Füßen.

Sie bleibt stehen, dort unten liegt das schöne weiße Haus am Wasser. Mit Whirlpool und Saunafloß. Sie wiegt einen Moment lang vor und zurück, dann fasst sie sich ein Herz, geht den Hang hinunter und klingelt. Es dauert eine ganze Weile, bis sie Schritte hört. John öffnet die Tür und sieht Julia erstaunt an. Auch Julia ist perplex. John scheint gerade aus der Dusche zu kommen, denn er hat nichts an, nur ein Handtuch, das er sich um die Hüften gewickelt hat. Schnell wendet sie den Blick ab von seinem braun gebrannten Körper, den nassen Haaren und der haarigen Brust.

»Äh, oh … Entschuldigung«, stammelt sie.

Jedes Wort ist wie eine schwere Geburt. *Himmel, reiß dich zusammen, Julia.*

»Alles gut. Ich war nur gerade unter der Dusche.«

»Ich kann auch ein anderes Mal wiederkommen, wenn es nicht passt.«

»Nein, nein. Ich zieh mir nur kurz was an. Ist etwas passiert?«

»Nein, ich wollte nur hören, wie es Ihnen so geht?«

»Ach ... wie nett. Kommen Sie rein, ich mache uns Kaffee.«

Wenig später sitzt Julia am Küchentisch. Die Kaffeemaschine gluckert vor sich hin. John ist zurück, jetzt trägt er eine Chinohose und dazu einen weißen Strickpullover. Julia lächelt ihn an. War das ein Fehler, einfach vorbeizukommen? Vielleicht will er seine Ruhe haben. Aber Julia konnte nicht aufhören, an ihn zu denken. Er ist ganz allein in seinem Haus und hat gerade seine Frau verloren. Ihm muss es schrecklich schlecht gehen. Eine Stimme in ihr hat ihr gesagt, dass man Menschen nicht alleinlassen kann, die so etwas durchmachen müssen. Man muss anklopfen und fragen, wie es ihnen geht.

»Gibt es Neuigkeiten?«, fragt sie zaghaft.

Er schüttelt den Kopf, hat den Blick gesenkt. Julia versucht, ihn nicht zu sehr anzustarren. Aber eins steht fest, obwohl er trauert, sieht er ... unfassbar gut aus. Anders kann man das nicht sagen. Sein Gesicht, der Körper, die nassen Haare, Julia findet ihn wahnsinnig attraktiv. Sie hat in den vergangenen Tagen häufiger an ihn gedacht, als sie zugeben will. Was falsch ist, richtig falsch. Man geifert keinem Mann hinterher, der gerade seine Frau verloren hat. So etwas tut man nicht. Das Gehirn neu zu programmieren ist eine Sache. Aber die Bedürfnisse des Körpers zu ignorieren ist etwas vollkommen anderes. Aber das muss auch niemand erfahren. Das kann ihr kleines, dreckiges Geheimnis bleiben.

»Leider nicht«, sagt John und setzt sich an den Tisch. »Ich habe mehrere Male mit der Polizei gesprochen. Sie haben auch in anderen Buchten der Insel gesucht, wegen ...«

Er macht eine Pause.

»… der Strömung und so. Aber sie haben nichts gefunden. Sie ist immer noch spurlos verschwunden.«

Julia nickt. Wie schrecklich. Ob John das ganze Ausmaß schon begriffen hat? Dass seine Frau nie wieder zurückkommen wird? Aber er wirkt trotzdem so gefasst. Kein Nervenwrack, sondern ein Mann, der sich unter Kontrolle hat.

»Mir tut das so schrecklich leid, John. Das ist furchtbar.«

»Danke. Ich weiß nicht, was man da sagt.«

»Haben Sie Kinder?«

»Nein. Und in diesem Fall ist das ein Segen. Aber das bedeutet natürlich auch, dass man niemanden hat, mit dem man gemeinsam trauern kann.«

»Hm. Es tut mir wirklich schrecklich leid.«

Während sie Kaffee trinken, zieht ein Geruch an Julias Nase vorbei. Sie hatte schon immer einen ausgeprägten Geruchssinn, was quasi ein Muss ist, wenn man sich professionell mit Wein beschäftigt. Sie schnüffelt so unauffällig wie möglich – ein blumiger Duft. Wie ein blumiges Parfum. Kann das wirklich der Duft eines Parfums sein? Aber dann ist es auf keinen Fall Johns. Es ist ein femininer Duft – der in Julia etwas auslöst. Es berührt eine nostalgische Erinnerung, die sie aber nicht benennen kann.

John hat bemerkt, dass sie schnüffelt, und Julia nimmt schnell einen Schluck Kaffee.

»Riecht hier etwas komisch?«

»Nein, nein. Ich habe nur ein bisschen Heuschnupfen«, sagt sie und lächelt verlegen.

*

Kurz darauf bricht Julia wieder auf. Sie will nicht länger bleiben als notwendig. Ihr war es wichtig zu signalisieren, dass sie da ist, ohne sich aufzudrängen. Außerdem hatte sie das Gefühl, dass John lieber allein sein will. Einige Menschen verschließen sich, wenn sie trauern. Das ist vielleicht ihr einziger Weg, das Erlebte zu verarbeiten.

Als Julia aufstand, um zu gehen, war auch John aufgesprungen und auf sie zugekommen. Ganz nah hatten sie beieinandergestanden, aber nur für ein, zwei Sekunden. Er roch frisch geduscht, aber männlich, eher nach Saunaofen. Überhaupt kein bisschen blumig.

Auf dem Weg nach Hause überlegte Julia, woher sie diesen Duft kannte.

Diesen blumigen Duft.

24

Cilla

Die Augen der alten Dame sind so blau wie ein türkisfarbenes Meer. Allerdings ist die Dame noch gar nicht alt. Eigentlich ist sie auch keine Dame, sondern eine Frau. Aber ihre Krankheit hat sie schneller altern lassen.

Astrid Jacobsen lehnt sich vor.

»Oh, wie schön, Besuch zu bekommen«, sagt sie.

»Vielen Dank, dass ich vorbeikommen durfte. Die waren sich nicht sicher, ob Sie Besuch empfangen können.«

»Die?«

»Ja, die Heimleitung.«

»Ach ja. Die sind wunderbar, aber manchmal meinen die es ein wenig zu gut mit uns Alten. Auch wenn einige von uns das tatsächlich benötigen. Ich habe Schwierigkeiten mit meinem Gedächtnis, müssen Sie wissen.«

»Das habe ich gehört, aber ich habe auch erfahren, dass Sie meinen Pod ... mein Radioprogramm mögen?«

Die alte Dame hebt die Kaffeetasse an die Lippen, die ihr Fatima gebracht hat. Ihre Hände zittern.

»Ja, das stimmt. Ich habe fast alle Folgen gehört. Aber ich erinnere mich nicht an alles. Also bitte keine Fangfragen.«

Ich lächele.

»Wie lange wohnen Sie schon hier im Klippan, Frau Jacobsen«?

»Ach, sagen Sie doch bitte Astrid. Ich weiß es nicht mehr so genau, mein Gedächtnis lässt mich im Stich. Aber seit ein paar Jahren schon.«

»Gefällt es Ihnen hier?«

»Oh ja. Sehr ...«

Sie sieht aus dem Fenster, in die Bucht von Saltsjöbaden.

»Manchmal vermisse ich meine Freiheit. Meine eigene Wohnung. Die war ...«

Sie verstummt. Denkt nach.

»Auf Östermalm. Sie lag auf Östermalm. Sie war fantastisch. Hohe Decken und Wände voller Bücherregale. Auch der Fußboden war wunderschön. Dort konnte ich noch mehr Kunst aufhängen als hier.«

Sie strahlt übers ganze Gesicht, und ich lächele, schiele aber heimlich zu dem Gemälde mit den Gänseblümchen. Vor meinem inneren Auge taucht immer wieder das Foto von Sixten auf, der auf der Landstraße von Bullholmen liegt, mit aufgeschlitzter Kehle und einem Kranz aus Gänseblümchen auf dem Kopf. Kann das wirklich nur ein Zufall sein, dass das Gemälde ausgerechnet dieses Motiv hat?

»Ja, Sie haben hier sehr schöne Bilder hängen«, sage ich.

Sie nickt. Dann plötzlich reißt sie die Augen weit auf.

»Entschuldigen Sie ... wie war das noch gleich? Sie sind Journalistin?«

»Ganz genau. Ich arbeite für einen Podcast. Eine Art Radioprogramm, könnte man sagen.«

»Verstehe. Und worüber schreiben Sie da?«

Ich blinzele. Vor einer Minute noch haben wir über den Podcast gesprochen, und jetzt ist alles wie weggeblasen. Ich muss an meine Mutter denken. Obwohl ich noch so klein war, als sie die Diagnose bekam, kann ich mich sehr gut daran erinnern, wie sie immer vergesslicher wurde und mit dem Verlust ihres Gedächtnisses auch immer verwirrter. Ich weiß noch genau, dass ich große Angst davor hatte. Sie starb, als ich acht Jahre alt war. Und obwohl sie ein fröhlicher Mensch gewesen ist, der Musik und kräftige Farben geliebt hat, fällt es mir auch heute noch schwer, diese Version meiner Mutter zu erinnern. Die Frau, die sie war, bevor sie krank wurde. Das ist das Schlimmste an Alzheimer. Diese Krankheit stiehlt ganz langsam die Persönlichkeit eines Menschen.

»Über Verbrechen. Vor allem über Morde«, antworte ich und muss schlucken. »Die Sendung heißt *Blutspur*.«

Sie stutzt, ich kann ihr ansehen, wie die Puzzlestücke an ihren Platz fallen. Als würde sie jetzt erst verstehen, warum ich bei ihr im Zimmer sitze.

»Stimmt, ja. Cilla Storm, die Journalistin, die über vergessene Morde schreibt. *Blutspur*. Ich mag Ihr Programm sehr gerne.« Ihre Lippen umspielt ein Lächeln. »Jetzt erinnere ich mich auch wieder. Sie hatten angerufen, weil Sie mich besuchen wollten.«

»Genau so war es.«

»Und ich glaube, dass *die Chefin* es abgelehnt hat.«

Astrid verdreht die Augen und lacht. Für einen Augenblick zeigt sich eine jüngere, lebhaftere Version ihres Selbst, mit einem Funkeln in den Augen.

»Marianne ist wunderbar, aber sie nimmt die Dinge immer

sehr genau und behandelt uns manchmal, als wären wir aus Porzellan.«

»Den Eindruck habe ich auch gehabt. Aber Ihre Krankenschwester Fatima war der Auffassung, dass mein Besuch eine sehr gute Idee wäre.«

»Wir haben uns darüber unterhalten«, sagt Astrid. »Und ich helfe gerne, so gut ich kann.«

Ich hole das Foto von Sixten aus meinem Rucksack, das damals in allen Medien verwendet wurde. Sixten in der Abschlussklasse seiner Schule. Er sieht gut aus mit seinen langen Hippiehaaren und dem durchdringenden Blick. Ich gebe Astrid die Aufnahme, die sie mit gerunzelter Stirn betrachtet. Lange schweigt sie.

»Kjell«, sagt sie leise.

Ich beiße mir auf die Lippe. Da schüttelt Astrid den Kopf.

»Nein, was sage ich da. Verzeihung. Das ist nicht Kjell. Kjell war mein Mann. Das hier ist …«

Es ist nicht mehr als ein gehauchtes Flüstern.

»… Sixten.«

»Dann erinnern Sie sich an ihn?«

Sie sieht mir in die Augen.

»Natürlich tue ich das. So senil bin ich noch nicht. Sixten war meine große Jugendliebe.«

»Ich weiß. Können Sie mir von ihm erzählen?«

Sie seufzt.

»Was soll ich sagen … Er war ein wunderbarer Mensch. So nett und elegant, auf seine ganz eigene lustige Art.«

Sie kichert.

»Er war … wie soll man das sagen, er war ein Hippie. Hatte lange Haare und trug weite Sachen und hörte am liebsten Hardrock. ... Meinen bürgerlichen Eltern schnürte es schon den Hals zu, wenn sie ihn nur sahen. Sie konnten ihn nicht leiden. Vor allem gefiel es ihnen überhaupt nicht, dass wir zusammen waren.«

»Wie lange waren Sie denn ein Paar?«

»Nicht so lange. Ein halbes Jahr lang trafen wir uns heimlich. Meine Eltern wussten nichts davon. Aber dann konnten wir es nicht länger verheimlichen, wir waren einfach zu verliebt. Wir wollten uns nicht länger verstecken. Unser Plan war, direkt nach der Schule die Insel zu verlassen, gemeinsam die Welt zu entdecken. Aber dann kam dieser Abend im Mai, die Abschlussfeier ...«

Sie verstummt, und ich schiebe meine Hand ein zweites Mal in den Rucksack.

»Die Nacht, in der er ermordet wurde?«, sage ich.

Astrid nickt. Ich habe eine Kopie der Titelseite des *Gentleman* in der Hand. Die ist fünfzig Jahre alt, was sich verrückt anfühlt. Ich bin nicht sicher, ob ich sie Astrid zeigen kann. Weil ich nicht abschätzen kann, wie sie darauf reagieren wird.

»Wenn Sie damit einverstanden sind, würde ich Ihnen gerne diese Titelseite einer Zeitschrift zeigen. Aber das Foto ist nicht schön, obwohl ich vermute, dass Sie es selbst gesehen haben.«

»Das von Sixten? Auf der Landstraße?«

»Ja.«

Sie streckt die Hand aus, als würde sie sagen wollen: *Geben Sie her. Ich schaffe das.* Ich lege ihr das Blatt Papier auf den Schoß. Auf dem Schwarz-Weiß-Foto sieht man Sixten auf der Straße bei Kyrkviken liegen. Seine Kehle ist durchgeschnitten, die Blutlache sieht aus wie Tinte.

»Oh«, murmelt Astrid. »Oh.«

»Ja, das ist schrecklich, was da passiert ist«, sage ich. »Und über diesen Mord will ich eine Folge für das Radioprogramm schreiben.«

»Aber warum?« Sie hebt den Blick. »Warum jetzt? Das ist doch schon so lange her?«

Lange her. Ich frage mich, ob Astrid weiß, dass es fast fünfzig Jahre sind.

»Weil es sich um einen ziemlich berühmten Mordfall handelt, an den sich noch viele erinnern. Und die wollen wissen, was damals mit Sixten passiert ist. Obwohl es schon fünfzig Jahre her ist. Dieser Fall passt … sehr gut zu *Blutspur*.«

Astrid sieht mich an. Und ich kann ihr ansehen, wie vor ihrem inneren Auge die Jahre vorbeiziehen.

»Fünfzig Jahre. Ist das wirklich so lange her?«

»Ja. Tatsächlich. Es gibt verschiedenste Theorien über diesen Mord. Die meisten gehen davon aus, dass der Täter niemand aus seinem unmittelbaren Umfeld war. Er hatte auch keine Feinde. Er war ein umgänglicher, beliebter junger Mann. Vielleicht ein bisschen eigen. Deshalb haben sich einige … auf Ihre Familie konzentriert, Astrid.«

Sie springt so abrupt vom Stuhl auf, dass ich zusammenzucke. Was mich wieder daran erinnert, dass sie noch gar nicht so alt ist, obwohl sie in einem Altersheim lebt. Sie streicht die Falten ihrer beigen Hose glatt und stellt sich ans Fenster.

»Fällt es Ihnen schwer, über Ihre Familie zu sprechen?«, sage ich.

»Ich weiß nicht, was ich dazu sagen soll, weil …« Sie verstummt. »Ich habe gelernt, dass man niemals schlecht über die eigene Familie redet. Das tut man einfach nicht. Niemals. Niemals.«

Ich nicke. Das hier wird kein leichter Tanz, aber Astrid hat mich zu sich eingeladen. Sie wollte mit mir reden. Vielleicht muss ich es anders versuchen.

»Wie war Ihr Verhältnis zu Ihrer Mutter?«

Ein strahlendes Lächeln breitet sich auf ihrem Gesicht aus.

»Meine Mutter war eine wundervolle Frau. Vor allem, als ich noch klein war. Wir waren im Winter Ski fahren, im Sommer baden. Sie brachte mir das Nähen bei. Und das Malen. Die Hälfte dieser Gemälde hier habe ich selbst gemalt.«

Sie zeigt auf die Wände.

»Die sind sehr schön. Dieses da …« Ich zeige auf das mit den Gänseblümchen. »Haben Sie das auch gemalt?«

Astrid scheint nachdenken zu müssen, dann nickt sie. Mir läuft es eiskalt den Rücken hinunter. *Ist es doch möglich, dass sie Sixten umgebracht hat?* Nein. Frauen schneiden ihren Geliebten nicht die Kehle durch. Vor allem, welches Motiv sollte sie gehabt haben?

»Sch-schön«, stammele ich. »Sehr schön. Hat sich Ihr Verhältnis zu Ihrer Mutter denn später im Leben geändert?«

»Sie war eine gute Mutter. Aber streng. Sie hatte genaue Vorstellungen davon, wie ich mich verhalten und benehmen soll. Und diese Anforderungen wurden immer strenger, je älter ich wurde. Wir waren eine vornehme Familie, aus einer vornehmen Gegend. Das war manchmal eine schwere Bürde.«

»Und Ihr Vater – wie war Ihr Verhältnis zu ihm?«

Astrid streicht mit einem Finger über die Fensterbank. Ob

sie dieses schöne Zimmer in klaren Augenblicken als Gefängnis empfindet?

»An meinen Vater habe ich keine schönen Erinnerungen. Nur an seine Launen. Er konnte schrecklich wütend werden.«

»War er auch gewalttätig?«

»Meiner Mutter gegenüber schon, glaube ich.«

»Glauben Sie?«

»Ich war damals noch so klein, das ist lange her.«

Am hellblauen Himmel ziehen ein paar Vögel vorbei. Astrid schließt die Augen, zum Schutz vor dem grellen Sonnenlicht.

»Ich hatte immer ein bisschen Angst vor meinem Vater.«

Ich stehe auf und stelle mich neben Astrid ans Fenster.

»Astrid, was glauben Sie? Wer hat Sixten umgebracht?«

Sie öffnet ihre Augen wieder. Sie sind voller Tränen. Ich weiß nicht, was ich tun soll. Kann ich ihr eine Hand auf den Arm legen? Oder sollte ich lieber Abstand bewahren? Ich erinnere mich daran, wie wütend meine Mutter einmal wurde, als ich sie zum Trost umarmen wollte. Ich traue mich nicht, Astrid zu berühren.

»Ich weiß es nicht. Aber ... er trug einen Mantel und einen Hut.«

Ich habe einen Kloß im Hals, und vor meinem inneren Auge taucht eine Schreckgestalt auf.

»Mantel und Hut?«

Astrid greift nach meiner Hand und sieht mich eindringlich an.

»Mehr kann ich dazu nicht sagen«, flüstert sie.

»Warum nicht?«

Ihre Augen irren durch den Raum.

»Weil er hören kann, was wir sagen. Er kann uns hören.«

»Wer?«, frage ich verwirrt.

Ich muss mich vorlehnen, damit ich hören kann, was sie als Nächstes sagt.

»Geben Sie mir Ihre Nummer.«

Ich stehe wie versteinert vor ihr, bin nicht in der Lage, mich zu bewegen. Astrid nickt mir auffordernd zu. Endlich kann ich mich aus meiner Starre befreien und hole eine Visitenkarte aus meinem Rucksack. Ich bin klitschnass geschwitzt, und mir ist übel. Es ist schrecklich warm im Zimmer, ich bekomme kaum Luft.

»Darf ich Sie anrufen?«

Ich nicke. »Natürlich, aber warum …«

Astrid unterbricht mich, bevor ich den Satz beenden kann.

»Vielen Dank für Ihren Besuch. Ich muss mich jetzt ausruhen.«

25

Cilla

Das Wasser glitzert, und der Frühlingswind kühlt uns die Wangen. Wir sitzen an Deck der Fähre mit Kaffeebechern in den Händen. Eigentlich ist es noch zu kalt, um draußen zu sitzen, aber wir Schweden wissen, dass wir jede Gelegenheit auskosten müssen, wenn im Frühling die Sonne scheint. Ich erzähle Rosie von meinem Besuch in der Seniorenresidenz und von Astrids merkwürdigem Verhalten.

»Das klingt in der Tat sehr merkwürdig«, stimmt mir Rosie zu.

Obwohl ich die Residenz schon vor Stunden verlassen habe, kann ich das Bild von Astrid nicht loslassen. Ihr eindringlicher Blick, als sie nach meiner Hand griff. *Weil er hören kann, was wir sagen.* Wen meinte sie damit? Ich habe mir eingeredet, dass ihre Demenz daran schuld ist. Wahrscheinlich stimmt das auch. Als ich direkt nach dem Abitur ausgezogen bin, habe ich in einem Altersheim gejobbt. Ich erinnere mich genau an eine der Bewohnerinnen, eine alte Frau, die mir eine Heidenangst einjagte. Sie hatte mir gesagt, ich dürfe nicht so laut sprechen, weil »unter dem Bett ein Baby liegt und schläft«. Daraus wurde später eine lustige Geschichte, die ich abends in einer Kneipe zum Besten gab, aber sie ist und bleibt unheimlich. Wie das Gehirn einem im hohen Alter manchmal einen Streich spielen kann.

»Hast du denn etwas herausbekommen?«, fragt Rosie und sieht mich neugierig an.

»Kann ich dir nicht genau sagen. Es war gut, Astrid kennenzulernen, weil sie der Schlüssel zu dieser Geschichte ist. Aber ich bin mir nicht sicher, ob ich jetzt wirklich klüger bin als vorher.«

»Immerhin weißt du jetzt, dass du nach einem Mann mit Mantel und Hut suchen musst.«

Ich grinse.

»Jack the Ripper?«

Rosie lacht laut auf.

»An den habe ich auch spontan gedacht. Aber vielleicht handelt es sich auch nur um das Hirngespinst einer verwirrten Frau. Nichts, was man ernst nehmen muss. Aber sag mal?«

»Ja?«

»Versprichst du mir, dass du auch dann noch Wein mit mir trinkst, wenn ich dement geworden bin?«

Ich lache und umarme Rosie. Meine süße Freundin, deren Alter ich immer wieder vergesse, weil wir uns so ähnlich sind.

»Darüber musst du dir keine Sorgen machen.«

»Na ja, ich kenne euch junge Leute doch. Eine Zeit lang findet ihr uns cool und lustig, und sobald wir ein bisschen komisch im Kopf werden, kommen wir aufs Abstellgleis. Du musst mir versprechen, dass du mit mir Wein trinkst, auch wenn ich dement bin.«

Rosie hält mir ihren Daumen hin, und ich kann ihr ansehen, wie ernst sie es meint, obwohl wir darüber schmunzeln können. Ich strecke ihr meinen Daumen hin und gebe ihr das Versprechen.

»Du kannst dich auf mich verlassen, Rosie. Immer.«

*

Zacke holt uns im Hafen von Bullholmen ab. Der Hafen, der in wenigen Wochen voll mit sonnenhungrigen Touristen, Mittsommerpartygästen und Pfadfindern sein wird. Er strahlt, als er uns sieht, und wir werden mit einer langen und herzlichen Umarmung begrüßt. Die Möwen drehen kreischend ihre Runden über unseren Köpfen, und die Sonne wärmt uns. Es ist ein schöner Tag, und ich freue mich wie blöde auf das Wochenende in den Schären. *Oh Bullholmen, du geliebtes kleines Paradies auf Erden.*

»Hast du uns vermisst?«, frage ich Zacke lachend.

»Mach bitte keine Witze. Ich bin nach wie vor fassungslos, wie du mich dazu überreden konntest, ein paar Wochen auf dieser Insel zu verbringen. Ich bin die WÄNDE hochgegangen.«

»Dann musst du aber vor deiner Abreise noch tapezieren«, sage ich grinsend.

»Wann kommt Adam?«

»Er kommt heute Abend dazu, wollte noch einen Fall abschließen.«

»Immer beschäftigt, der Herr Kommissar!«

Zacke lächelt liebevoll, während er das sagt. Ich glaube, er mag Adam. Zumindest hoffe ich das sehr. Ich hatte immer den Eindruck, dass die beiden gut miteinander zurechtkommen, obwohl sie sehr unterschiedliche Typen sind.

»Da sagst du was! Er hat mir versprochen, die letzte Fähre zu schaffen, damit er den Abend mit uns verbringen kann. Was wollen wir heute Nachmittag unternehmen?«

»Ich hatte an einen ausgiebigen Spaziergang gedacht und dann an ein Hammeressen mit zugehöriger Weinverkostung. Es ist Freitag, und ihr seid endlich da! Das muss gefeiert werden!

*

Einige Stunden später stehe ich in der winzigen Küche meiner Laube. Ich trage Jeans und ein Hemd von Adam, das ich mir ausgeliehen habe, weil alle meine Sachen dreckig sind, und die nächste freie Waschzeit in meinem Mietshaus auf Södermalm erst im September 2045 ist. Ich habe die Aufgabe übertragen bekommen, am Herd mit den drei Platten zu stehen und Mandeln anzurösten. Und dafür zu sorgen, dass sie nicht anbrennen. Das ist eine der wenigen Aufgaben, die Zacke bereit war abzugeben. Aber ehrlich gesagt, kommt mir das sehr gelegen. Die meisten Zutaten für unser Drei-Gänge-Menü haben wir tatsächlich in dem kleinen Supermarkt am Hafen bekommen. Nur die frischen Kräuter habe ich auf Bestellung aus Stockholm mitgebracht.

Als Vorspeise gibt es gebratenen grünen Spargel mit brauner Butter, gerösteten Mandeln und Basilikum.

Als Hauptspeise haben wir Ofenkartoffeln mit einem Berg von Thymian und Knoblauch und Feta sowie knusprigem Bacon.

Als Nachspeise gibt es Rhabarberkompott mit Vanilleeis.

Zacke hatte mir das Menü schon am Dienstag gesimst. Ich nehme einen Schluck von dem eiskalten Riesling, den Zacke in eines der mit Blumen verzierten Weingläser geschenkt hat, die ich letzten Sommer in einem Secondhandladen gefunden habe. Der arme Zacke scheint wirklich die Wände hochgegangen zu sein. Ob es ein Fehler war, ihn hierherzuschicken? Vielleicht ist er keinen Schritt weitergekommen mit seiner Beziehungskrise. Aber manchmal muss man einfach neue Wege gehen.

Als Rosie sich zu den Waschräumen der Schrebergartenkolonie aufmacht, um auf die Toilette zu gehen, streichele ich Zacke über die Schulter.

»Und … habt ihr Kontakt gehabt? Jonathan und du?«

Er beschäftigt sich konzentriert mit dem brutzelnden grünen Spargel, der einen traumhaften Butterduft in der Laube verbreitet.

»Nee … nicht wirklich.«

»Hast du ihn angerufen?«

»Wir haben gesimst.«

»Aber ihr habt nicht telefoniert?«

»Nein.«

»Vielleicht hat er jemanden kennengelernt«, sagt Zacke und sieht mich traurig an.

»Machst du Witze?«

»Nein.«

»Aber doch nicht Jonathan, Zacke. Er würde niemals …«

Zacke hat schon sein Handy gezückt und die Instagram-App geöffnet. Dann hält er mir das Display vor die Nase. Ich weiß nicht so recht, was ich damit anfangen soll.

»Was ist das? Ein Waldschrat oder was?«

»Ein siebenundzwanzigjähriger Waldschrat. *Ciaomattias.* Was ist das bloß für ein bescheuerter Name?«

»Ich kann mir nicht vorstellen, Zacke, dass er so in seiner Geburtsurkunde steht.«

»Aber was soll dieses *ciao*? Macht der auf Italiener oder was? Mir wäre lieber, er würde super-hotter-Adonis_21 heißen. Dann hätte ich wenigstens Respekt vor ihm.«

»Sei vorsichtig, was du dir wünschst!«

Ja, der Kerl da ist eindeutig ein Waldschrat. Und zwar ein sehr gut aussehender. Leider.

»Warum sollte Jonathan etwas mit diesem Typen anfangen?«

»Weil er jeden Post von ihm gelikt hat. Und auch ganz oft kommentiert hat.«

Ich runzele die Stirn und lege den Pfannenheber beiseite.

»Jetzt mal ehrlich, Zacke … sind das deine Beweise? Ich like alle Posts von Malala auf Instagram, und wir haben trotzdem nichts laufen.«

»Sehr witzig.«

»Ich meine das ganz ernst, das ist doch kein Grund, sich Sorgen zu machen.«

»Das sagt sich so leicht. Ich habe die letzten Nächte kaum geschlafen und habe mich durch seinen Account gescrollt. ICH. Der sich immer über die sozialen Medien lustig macht. Ich weiß jetzt haargenau, was *ciaomattias* 2013 gemacht hat, und zwar alles!«

»Das klingt nicht gesund!«

»Der hatte in den letzten Jahren alle Hände voll zu tun.

Berge besteigen, im Dschungel von Bali zelten. Und weißt du, womit er letztes Jahr angefangen hat? *Eisbaden!* Natürlich! Er ist einer von denen, die ins Naturreservat von Nacka fahren und zusammen mit einem Haufen Manager in der Midlifecrisis in ein Eisloch springen. Hält er sich für einen Lachs oder was?«

»Okay, jetzt beruhigen wir uns mal wieder.«

»Entschuldige. Himmel. Das regt mich so auf.« Zacke reibt sich die Stirn. Dann senkt er seine Stimme. »Ich gefalle mir so nicht. Wie ein eifersüchtiger Fünfzehnjähriger. Das bin ich nicht. Außerdem habe ich kein Recht dazu nach dem, was ich getan habe.«

»Stimmt auch wieder.«

»Aber ich kann nichts dagegen tun«, sagt er und sieht zu Boden.

»Ihr müsst miteinander reden, Zacke. Vielleicht war es keine gute Idee, dass ihr so lange getrennt voneinander wart.«

»Ich glaube nicht, dass er mit mir reden will.«

»Da bin ich anderer Ansicht.«

»Warum meldet er sich dann nicht?«

»Warum meldest *du* dich nicht?«

Zacke seufzt.

»Weil … *er* die Krise hat, Cilla. Auch wenn ich derjenige bin, der einen riesengroßen Fehler begangen hat, ist es Jonathan, der in einer Krise steckt. Ich verstehe ihn ja – der Tod seiner Mutter, seine Jobkrise und sein Bedürfnis, nicht in der Stadt zu wohnen. Aber … das dauert schon ziemlich lange an. Wir haben seit einem Monat praktisch nicht miteinander gesprochen. Wir gehen uns aus dem Weg und simsen uns nur ab und zu mal. Ich finde, es ist seine Aufgabe, sich zu melden, wenn er alles für sich geklärt hat. Er hat das alles in Gang gesetzt, also muss er es auch lösen.«

Ich lächele ihn an, neige meinen Kopf auf die Seite, obwohl ich weiß, dass er das hasst.

»Ich verstehe. So wäre es auch in der perfekten Beziehung. Aber die Realität sieht eben anders aus. Vielleicht bräuchte Jonathan gerade jetzt, dass *du* dich bei ihm meldest? Ihm sagst, dass es in Ordnung ist, dass er eine Krise hat? Dass du ihm verzeihst?«

Zacke sieht mich an, ich kann förmlich hören, wie die Zahnräder in seinem Kopf rattern. Dann schüttelt er den Kopf und zeigt auf meine Pfanne.

»Jaja! So, und du konzentrierst dich jetzt auf die Mandeln! Auf!«

26

Julia

Es ist ein herrlicher, milder Abend, den man wunderbar, in eine Decke gehüllt, auf der Terrasse hätte verbringen können. Bald ist der Sommer da. Aber mit zunehmender Dunkelheit verschwindet leider auch die Hoffnung.

Julia verbringt den Abend im Wohnzimmer, die Tür zur Terrasse ist zu und verschlossen. Zuerst hatte Julia noch vor, sie zu öffnen. Kognitive Verhaltenstherapie. *Stell dich deinen Ängsten*. Mit allem, was dazugehört. Diese Dinge hatte auch Louise immer wieder betont. Aber was ist, wenn der Grund deiner Angst auch wirklich eine Gefahr darstellt? Was tut man dann?

Deshalb schloss sie die Tür ab. Den Nachmittag verbrachte sie wie geplant mit Schreiben. Da wurde sie von einem Klopfen unterbrochen. Die Polizistin, die Adam Ångström angekündigt hatte, war vorbeigekommen. Sie war sehr nett, hieß Linda und blieb zwei Stunden lang. Sie unterhielten sich über die Ereignisse, die vergangenen und die aktuellen. Dabei merkte Julia, wie satt sie das alles hatte. Wie lange sollte sie sich damit noch herumschlagen müssen? Wann war damit endlich Schluss? Linda machte einen Kontrollgang durchs Haus und versprach, in den nächsten Tagen wieder vorbeizuschauen. Sie wiederholte die Sicherheitsvorkehrungen, zu denen ihr schon Adam Ångström geraten hatte. Türen und Fenster schließen und verriegeln, Kontakt zu Freunden und der Familie aufnehmen, keine Abendspaziergänge oder Nachtwanderungen.

Linda ließ ihre Nummer da und machte sich auf den Weg zum Fähranleger. Julia setzte sich wieder an den Rechner, um weiterzuarbeiten. Aber es lief nicht so geschmeidig weiter wie davor. Es ließ sich nicht wegdiskutieren – der Drohbrief hatte ihr einen Knüppel zwischen die Beine geworfen und ihren Schreibfluss empfindlich gestört. Ein Gedanke nahm langsam Form an: *War das der eigentliche Grund?*

Wenn sie das richtig sah, wollte ihr der Mann, der sie stalkte, nicht nur Angst einjagen, sondern auch ihre Karriere ruinieren. Julia neigt normalerweise nicht zu Verschwörungstheorien, aber... was, wenn das der eigentliche Grund ist? Was, wenn es sich hier gar nicht um ein klassisches Stalking handelt? Sie hatte sich bisher immer ein Monster vorgestellt, das ihr schlimme Dinge antun will. Was Männern Frauen so antun können. Aber was wäre, wenn es sich ganz anders verhält? Könnte es sich um einen Feind, einen Rivalen handeln, der ihr das Leben aus einem ganz anderen Grund zur Hölle machen will? Aber aus welchem?

Es gibt eine Person, die Julia in den vergangenen Jahren immer wieder in den Sinn gekommen ist. Wahrscheinlich liegt sie vollkommen falsch damit, aber sie hatte immer wieder den Blick aus seinen kalten Augen vor sich gesehen. Seine nach hinten gekämmten Haare. Seine unterkühlte Art. Karsten, Angelicas Freund aus Kindheitstagen. Der bei

Zacke und ihr ein Schaudern auslöste. Der niemanden an sich heranließ und auch Angelica immer im Auge behielt.

Wäre das denkbar, dass er dahintersteckt?

Warum sollte er so etwas tun? Weil er ihr den Erfolg missgönnt? Sehr unwahrscheinlich. Trotzdem hatte sie Karsten nie ganz ausgeschlossen, er hatte einen festen Platz im dunklen Archiv ihrer Gedanken.

Sie raffte sich auf und machte sich etwas Kleines zu essen. Ein einfacher französischer Kartoffelsalat mit sehr vielen Frühlingszwiebeln und einem cremigen Dressing aus Frischkäse, Basilikum und Knoblauch. Dazu ein paar Scheiben edlen Schinken. Und ein Glas Chianti. Und noch ein zweites. Sie starrt in das dritte Glas in ihrer Hand. Sie sitzt auf dem Sofa, der Fernseher flimmert. Sie darf nicht weitertrinken. Sie muss klar im Kopf bleiben. Ein betrunkener Mensch hört keine Schritte im Kies. Ein betrunkener Mensch hört nicht die fremden Atemzüge im Nebenzimmer. Ein betrunkener Mensch sieht keine Schatten im Augenwinkel.

Julia schüttelt sich. *Hör auf, dich da so reinzusteigern!*

Die Sendung im Fernsehen schafft es nicht, sie zu begeistern und abzulenken. Ein pensioniertes britisches Ehepaar will sich ein Sommerhaus in Portugal kaufen und wird von einer blonden Maklerin betreut. Diese Frau scheint den Master in der *Das-Leben-ist-immer-und-überall-schön*-Akademie absolviert zu haben. Sie lächelt so übertrieben, dass man befürchten muss, dass ihr gleich der Kopf explodiert. Julia nimmt ihr Handy und scrollt durch Instagram. Seit ihrem letzten Post vor zwei Stunden sind eine Menge Likes und Kommentare hinzugekommen. Der Post bestand aus einem Foto von einem weißen Teller mit schön drapiertem Kar-

234

toffelsalat und Extras. Etwas Dill obendrauf und frisch ge-
mahlener Pfeffer. Sie scrollt durch die Kommentare, die alle
positiv sind. *Du bist meine Inspirationsquelle. – Wow, so einfach und
doch so edel! – Kartoffeln sind mein LEBEN. – Wann kommt endlich
das Buch raus? Ich kann nicht mehr warten.*

Julia liest die Namen der Follower, die den Post kommentiert haben. Die meisten sind Frauen, ein paar vereinzelte
Männer sind darunter.

Versteckst du dich hinter einem von denen?

Julia schüttelt den Kopf. *Nein, niemals. Keiner von deinen Followern stalkt dich.*

Oder doch? Warum sollte eine Person, die einen in der
Realität verfolgt, nicht auch in den sozialen Medien verfolgen?

Julia loggt sich wieder aus. Versucht sich abzulenken und
googelt stattdessen *Bullholmen + Frau + spurlos verschwunden.*
Als die Artikel vom *Aftonbladet* und vom *Expressen* angezeigt
werden, fühlt sie sich fast wie eine Verräterin. Wenn John
wüsste, dass sie hier sitzt und seine Tragödie googelt? Aber
ihre Neugierde ist größer, und sie öffnet die Artikel. Schon
die Überschrift lässt sie zusammenzucken.

Prominente PR-Königin vielleicht ertrunken?

Julia runzelt die Stirn. PR-Königin? Ihr wird peinlich bewusst, dass sie in dieser Frau nichts anderes gesehen hatte als
Johns Frau. Himmel, wie unmodern. Das lag bestimmt daran,
dass sie sich von John so angezogen gefühlt hatte. Er hatte
eine Spannung erzeugt, der sie sich nicht entziehen konnte.
Weiter unten, nach einer kurzen Beschreibung des tragischen
Unglücks, steht ihr Name, den Julia zwar schon kannte, aber
erst jetzt verspürte sie den Impuls, ihn zu googeln.

Sheila Lexell.

Sie findet eine sehr schrille Webseite und einen Haufen Artikel. Es wird schnell klar, dass Sheila Lexell Teilhaberin der PR-Firma Lexell & Antelius ist, die große Namen und Marken vertritt. In dem Wirtschaftsmagazin *Resumé* findet sie einen Artikel mit der Überschrift: *Das Erfolgsjahr der PR-Firma schlechthin – 22 Millionen Kronen Umsatz.* Hilfe! Julia nimmt doch noch einen Schluck Wein und liest weiter, während sie ihr schlechtes Gewissen quält, so voreingenommen gewesen zu sein. Sie war davon ausgegangen, dass es Johns Haus war. Und Sheila nur ein Anhängsel. Aber jetzt zeigte sich, dass seine verschwundene Frau das Kapital in die Ehe gebracht hatte. Außer natürlich, sie waren beide schweinereich.

Julia vertieft sich in ihre Recherche, aber wirft zur Sicherheit einen Blick über die Schulter, ob jemand auf der Terrasse steht und sie dabei beobachtet. Aber dort draußen ist nur die Dunkelheit. Und das Meer. Sie googelt als Nächstes John Lexell und stößt auf eine Reportage. Ein Klatschblatt hat ein Foto von dem schönen Paar veröffentlicht: »Die PR-Königin, die sich in ihren Yogalehrer verliebte.«

Julia muss sich noch einen Schluck gönnen. Sie hätte John so einige Berufe angedichtet, aber Yogalehrer gehörte nicht dazu. Sie findet die Seite eines der feineren Yogastudios auf Östermalm, mit einem Foto und einem Lebenslauf von ihm. Sie legt das Handy weg und spürt, wie es hinter ihren Schläfen pocht. Sie stellt das Weinglas auf den Tisch, steht auf und sieht aus dem Fenster hinunter in die Bucht.

Eine Sache steht fest, ein Yogalehrer verdient nicht so viel, um sich das Haus leisten zu können, dass sich das Ehepaar Lexell gekauft hat.

Julia verschränkt die Arme vor der Brust. Drüben brennt Licht. Im Wohnzimmer und oben im ersten Stock. Aber sie kann John nicht sehen. Vielleicht sitzt er auch vor dem Fernseher. Allein. Plötzlich Witwer. Was für eine Tragödie.

Sie sollte schlafen gehen. Sich von dem Drama dieses Tages erholen. Am besten, sie …

Julias Gedanken werden von einem Schatten abgelenkt, der im ersten Stock dort drüben am Fenster vorbeihuscht. Gleichzeitig sieht Julia auch unten im Wohnzimmer einen Schatten.

Julia kneift die Augen zusammen. Zuerst geht das Licht im Wohnzimmer aus, dann im ersten Stock.

Julia bleibt unschlüssig stehen.

Das war in mehrerlei Hinsicht … sonderbar. Nicht nur hatte sie zwei Schatten in dem Haus gesehen. Der Schatten im ersten Stock hatte außerdem einer Frau gehört.

27

Cilla

»Das ist nicht dein Ernst? Hier ist eine Frau ertrunken?«

Wir haben uns noch nicht richtig hingesetzt, als Zacke die neuesten dramatischen Ereignisse auf Bullholmen zum Besten gibt. Rosie hat sich gerade eine Gabel mit grünem Spargel in den Mund geschoben, aber sie sieht genauso überrascht aus wie ich.

»Ganz genau«, sagt Zacke. »In Kyrkviken, auf der anderen Seite der Insel.«

»Kyrkviken«, wiederhole ich. »Was ist bloß los mit dieser Seite unserer Lieblingsinsel?«

»Gruselig«, pflichtet mir Rosie bei.

Zacke schenkt uns mehr von dem Riesling ein und zündet die Kerze an, die auf dem Tisch steht. Ich habe mir zwar während des Kochens gefühlt mehrere Kilo Chilinüsschen reingestopft, habe aber trotzdem großen Appetit auf den grünen Spargel mit der braunen Butter.

»Es scheint sich um einen tragischen Unfall zu handeln«, fährt Zacke fort und setzt sich. »Ein Ehepaar fährt mit seinem Boot raus, um zu angeln und Wein zu trinken. Dann kommt der Sturm. Vielleicht erinnert ihr euch daran? Das war, als hätte jemand die Schleusen einfach geöffnet, und es war irre windig.«

»Ja, klar«, sagt Rosie. »An dem Abend waren wir doch in dem neuen Restaurant auf Skeppsholmen essen, Cilla.«

Ich nicke.

»Und sie ist über Bord gefallen?«

»Scheint so«, sagt Zacke und zieht eine Grimasse. »Der Mann ist panisch ans Ufer gerudert, und als er sich umgedreht hat, war er plötzlich allein auf dem Boot. Stell dir mal diesen Schreck vor!«

»Wirklich schrecklich … Aber woher weißt du das alles?«

»Tja, manchmal ist die Welt ein Dorf. Ich habe zufällig eine ehemalige Kollegin getroffen, mit der ich damals die Ausbildung zum Sommelier gemacht habe. Julia hat ein Haus in Kyrkviken gemietet. Ich habe es Aretha Franklin zu verdanken, dass wir uns gefunden haben, denn sie ist einfach auf ihr Grundstück gerannt.«

»Und welches Haus hat sie gemietet?«, fragt Rosie.

»Es ist eines der schönsten in dieser Bucht. Supermodern und ganz in Weiß. Eine riesige Terrasse, mit Blick aufs Wasser. Und gegenüber davon steht das Haus des Mannes, dessen Frau ertrunken ist. Julia hat ihm beigestanden, als er mit dem Boot an Land kam. Sie hat die Polizei gerufen und alles. Sehr dramatisch.«

»Kennst du dich da drüben aus, Rosie?«, frage ich.

»Nee. Ich bin da schon hundertmal auf meinen Spaziergängen vorbeigelaufen. Ich mag diese Kirche in Apricot so gerne. Auf der Seite ist es so ruhig. Aber ich kenne dort niemanden und habe die Häuser auch nur von Weitem gesehen.«

»Wir wollten doch morgen einen Spaziergang dorthin machen, zu Recherchezwecken für den Studentenmord. Dieser Sixten Axelsson ist dort ermordet worden.«

»Nein!«, ruft Zacke begeistert. »Dann hast du dich tatsächlich für diesen Fall entschieden? Ich freue mich, dass ich dir da helfen konnte.«

»Das war ein Supertipp. Man kommt nicht aus dem Staunen heraus, was auf dieser Insel schon alles passiert ist. Ob in den Sechzigern oder heute.«

Rosie und Zacke nicken. Ich muss daran denken, was ich in dem vergangenen Jahr alles auf dieser Insel schon erlebt habe. In was ich und auch Rosie hineingezogen worden sind. Darauf wäre ich nie im Leben gekommen, als ich den Vertrag für die kleine Laube mitten in den Schären unterschrieben habe. Draußen zwitschert ein Vogel, ansonsten ist es mucksmäuschenstill. Das Licht der Kerze wirft dunkle Schatten an die Wand, und als es plötzlich an der Tür klopft, zucken wir drei zusammen.

Aretha Franklin fängt sofort an zu bellen, wie es alle Hunde tun, wenn Besuch kommt.

»Hilfe!«, stöhnt Rosie und schiebt sich den Spargel in den Mund, bevor er ihr rausfällt. »Wer ist das?«

Ich ahne, wer es sein könnte, und strahle den Besucher an, als ich die Tür öffne. Adam steht vor mir und trägt eine Jeansjacke, die ich noch nie an ihm gesehen habe. Er sieht wunderbar lässig aus.

»Du hast uns einen Riesenschrecken eingejagt!«

»Ach ja? Hockt ihr schon wieder zusammen und spielt Mordermittlung?«

»Ähm… nein, überhaupt nicht. Wir haben uns total auf

das Essen konzentriert. Ich dachte, du würdest erst mit der nächsten Fähre kommen?«

»Ich war schon früher fertig und habe die frühere Fähre in letzter Sekunde noch erwischt.«

Er gibt mir einen Kuss, und auch Rosie und Zacke stehen auf, um ihn zu begrüßen. Aretha Franklin wuselt zwischen unseren Beinen herum und freut sich ebenfalls über den Neuankömmling.

»Mein Sohn!«, ruft Rosie theatralisch und tätschelt Adams Wange. »Wie schön, dich zu sehen! Wie lange ist es her, dass wir uns nicht mehr gesprochen haben? War das vor oder nach dem Mauerfall?«

»Ich freue mich auch, dich wiederzusehen, Mama. Und vielen Dank für die Dosis schlechtes Gewissen.«

»Keine Ursache. Das muss an meinen Blutverdünnungsmitteln liegen. Eine der Nebenwirkungen ist Selbstmitleid.«

*

Irgendwann sind Rosie und Zacke aufgebrochen, um in Rosies Laube zu übernachten. Ich hatte Hemmungen, Zacke auszuquartieren und meinen besten Freund dazu zu zwingen, zwischen dreihundert bestickten Kissen und Türmen von verstaubten Kriminalromanen zu schlafen. Aber er hatte darauf bestanden, dass Adam und ich die Laube für uns allein haben sollen. Mein süßer Zacke.

Wir liegen oben in meiner Schlafkoje unterm Dach und haben das Fenster auf Kipp stehen, damit es nicht zu warm wird. Der Unterschied zwischen dem Bett in meiner Laube und in Adams Wohnung ist riesig. Bei Adam kann man liegen, wie man will, ohne aus dem Bett zu fallen. Ganz anders ist das auf Bullholmen. In der Schlafkoje zu übernachten kommt dem Gefühl gleich, »lebendig begraben« zu sein. Aber ich habe den bestaussehendsten Polizisten der Stadt neben mir liegen, darum gibt es von mir keine Klagen.

Das blaue Licht von Adams Handydisplay beleuchtet sein Gesicht.

»Was suchst du?«

»Warte, ich zeig es dir gleich«, sagt Adam.

Er dreht das Handy zu mir um, und ich sehe … ein Sofa. Ein großes dunkelblaues Sofa. Das sieht schön aus. Nein, auf den zweiten Blick doch nicht so schön. Aber groß ist es. Ist groß dasselbe wie schön? Ähm, nein!

»Oh!«, sage ich.

Adam lächelt.

»Oh?«

»Ja, was für ein großes Sofa!«

»Ist es zu groß?«

Ob es zu groß ist? Auf diesem Sofa könnten deine dreißig Kinder Platz haben. Ich muss schlucken.

»Willst du dir ein neues Sofa kaufen?«

Adams Lächeln verschwindet.

»Also, ich hatte da an uns gedacht. Wenn du zu mir ziehst.«

»Aber … du hast doch schon ein neues Sofa.«

»Ja, schon. Aber jetzt sind wir ja zu zweit.«

Ich nicke. Findet Adam also, dass ich so breit bin, dass wir zwei zusätzliche Meter Sitzfläche benötigen? Ich mag sein Sofa. Es ist so gemütlich, sich da zu zweit einzukuscheln. Und ich mag auch das kleine Sofa in meiner Wohnung. Das ist eigentlich ein bisschen zu hart und unbequem, aber es ist mein Lieblingsplatz geworden. Dort sind viele Folgen von *Blutspur* entstanden. Und dort fühlte ich mich geborgen, als meine Beziehung in die Brüche ging.

Ein Sofa ist nur ein Sofa, aber … Es ist beängstigend, ein hartes Sofa gegen ein bequemeres einzutauschen, wenn man nicht sicher weiß, ob man das schöne Sofa für immer benutzen kann. Oder …

Ich schüttele den Kopf, weise mich selbst zurecht. *Warum mache ich bloß immer alles so kompliziert?*

»Warum schüttelst du den Kopf?«

Ich schmiege mich an ihn.

»Ach, nichts. Nur mein Nacken. Ist gleich vorbei.«

28

Cilla

Der Morgen ist frisch und kühl. Obwohl es schon nach neun Uhr ist, liegt Nebel auf den taufeuchten Wiesen auf Bullholmen. Die Luft benetzt unsere Gesichter, während Rosie und ich die Landstraße hinuntergehen. Zacke und Adam schlafen noch. Ich hatte mich gefreut, als ich kurz nach acht Rosie in ihrer Küche gesehen habe. Ich dachte, ich wäre die Einzige, die schon so früh wach ist, aber wie sich herausstellte, waren wir schon zwei. Nach einer kurzen SMS-Konversation beschlossen wir, dass Rosie Kaffee kocht, ihre beiden To-go-Becher auffüllt und wir uns auf den Weg nach Kyrkviken machen.

Hinter einem kleinen Waldstück, an dem wir vorbeigehen, breitet sich der uns unbekannte Teil der Insel vor uns aus. Genau genommen ist er nur mir unbekannt, Rosie ist schon öfter auf dieser Seite von Bullholmen gewesen. Wir haben Aretha Franklin mitgenommen. Wahrscheinlich ist es für sie ganz ungewohnt, so früh Gassi zu gehen, so wie ich Zacke kenne.

Wir sehen die schöne Kirche in Apricot vor uns. Ich bin nie religiös gewesen, weit entfernt davon. Noch nicht einmal als meine Mutter starb, konnte ich etwas damit anfangen. Was sehr traurig war. Aber Kirchen habe ich immer geliebt. Für mich sind das einfach schöne Gebäude, die einem Trost spenden und wo man Ruhe findet. Sowohl für den Moment als auch wenn die Zeit gekommen ist. In der Ewigkeit. Auf dem Friedhof fallen mir die Grabsteine auf, die alle unterschiedlich groß sind. Das ist ein schöner Ort für ein Grab, nicht weit vom Meer entfernt. Rechts und links von der Bucht stehen zwei Sommerhäuser. Richtig große, protzige Sommerhäuser. In welchem davon wohl Zackes Freundin Julia wohnt?

»Weißt du ungefähr, wo es passiert ist?«, fragt Rosie, als wir am Fuß des kleinen Hügels angekommen sind.

»Ja, das war direkt bei der Kirche. Dort teilt sich der Weg, und man kann entweder weiter Richtung Wiesen oder hinunter zur Badestelle laufen.«

Rosie nickt und nimmt einen Schluck Kaffee. Wenige Minuten später haben wir die Stelle erreicht. Sie ist nicht weiter markant, ein Stück Landstraße eben, auf der in den vergangenen fünfzig Jahren unzählige Menschen, Fahrräder und Mopeds langgefahren sind. Die meisten haben keine Ahnung, dass hier Sixten Axelsson ermordet wurde.

Rosie und ich bleiben an der Wegscheide stehen. Ich hole die Kopie des Artikels, den Lillian Asplund für den *Gentleman* geschrieben hat, aus meinem Rucksack. Rosie und ich gleichen die Aufnahmen im Artikel ab.

»Schrecklich«, sagt Rosie. »Es ist ein bisschen unheimlich, hier an der Stelle zu stehen.«

Recht hat sie. Vor allem an einem Samstagmorgen und praktisch mutterseelenallein. Im Graben neben der Straße wachsen Gänseblümchen, heute wie damals. Auf der Schwarz-Weiß-Aufnahme in meiner Hand sieht man sehr deutlich den Kranz aus Gänseblümchen, der um seinen Kopf gelegt wurde. Was haben die für eine Bedeutung?

»Rosie?«

»Cilla?«

»Was hat dieser Kranz aus Gänseblümchen zu bedeuten?«
Sie zuckt mit den Schultern.

»Keine Ahnung. In meiner gesamten Laufbahn als Polizistin ist mir so etwas noch nie untergekommen. Die meisten Tatorte, die ich gesehen habe, hatten etwas … Hektisches an sich. Als wäre der Mörder in Panik weggerannt. Sixten sieht fast friedlich aus auf dem Foto. Und dann dieser Blumenkranz. Seltsam.«

»Als würde uns der Mörder etwas sagen wollen. Ganz gleich, ob es der Haningemann war oder Astrids Vater oder ein ganz anderer Täter, diese Gänseblümchen geben dem Ganzen etwas … Rituelles.«

»Genau. Sagtest du nicht, dass Sixten mit einem rostigen Fischermesser getötet wurde?«

»Doch.«

»Sonderbare Kombination aus brutalem Mord und dann diese Mühe, wie soll ich sagen, den Tatort zu *dekorieren*.«

Ich nicke. Rosie hilft mir dabei, von dem Artikel und der Stelle auf der Landstraße Fotos für die Webseite von *Blutspur* zu machen. Mein Blick wandert hinunter ans Wasser beziehungsweise zu den Häusern, die dort stehen. Ich sehe einen Whirlpool und Adirondack-Gartenstühle. Die Vorstellung, so zu leben! Ich will mich nicht beklagen, ich liebe meine kleine Laube, aber es ist unverkennbar, dass sich das große Geld eher zu dieser Seite der Insel hingezogen fühlt.

Als ich die Fotos vom Artikel und von der Landstraße

durchscrolle, fällt mir auf, dass ich einen verpassten Anruf habe. Und ich kenne die Nummer.

»Rosie, kannst du kurz Aretha nehmen? Ich muss jemanden zurückrufen.«

Sie nickt und nimmt die Leine, während ich schon das Freizeichen hören kann.

»Ja, hallo?«, sagt Lillian mit ihrer knarzigen Stimme.

»Guten Morgen, Lillian. Sie haben mich angerufen?«

Sie brummt als Antwort, ich höre das Klicken eines Feuerzeugs und einen tiefen Atemzug. Zeit für die erste Zigarette des Tages.

»Sie haben mich doch gebeten, mich wieder zu melden, wenn ich noch Artikel über den Mord an Sixten finde. Leider habe ich nicht so viel gefunden, wie ich gehofft hatte.«

»Verstehe, wie schade.«

»Der Fall ist fünfzig Jahre her. Ich verstehe nicht, was Sie daran so interessiert. Der ist spannend, keine Frage, aber gerade jetzt … in Stockholm gibt es doch regelmäßig Schießereien?«

Ich fahre mir mit der Hand durch die Haare.

»Das kann schon sein, aber dieser Fall ist nie gelöst worden, Lillian. Einem jungen Mann wurde inmitten der Schärenidylle die Kehle durchgeschnitten. Ohne Zeugen, ohne den geringsten Hinweis auf den Mörder.«

»Ganz genau. Wenn seit fünfzig Jahren kein Täter gefunden wurde, ist es quasi unmöglich, den Mord heute aufzuklären. Die wenigen Spuren, die es damals gab, sind heute kalt.«

Ich seufze.

»Vielleicht haben Sie recht.«

Eigentlich finde ich, dass Lillian ein bisschen mehr Interesse und Neugier für den Stand meiner Nachforschungen an den Tag legen sollte. Schließlich hat sie über diesen Fall damals in den Sechzigerjahren geschrieben und war jahrelang Kriminalreporterin. Sie war früher hinter genau diesen Geschichten her.

»Lillian, darf ich Sie eine Sache fragen?«

Ich höre etwas flackern. Hat sie sich gleich die zweite Zigarette angezündet?

»Ja. Was denn?«

»Wir haben nicht darüber gesprochen, als ich Sie besucht habe. Aber als Sie den Artikel über den Mord an Sixten geschrieben haben, wen hatten Sie da in Verdacht?«

Schwere Atemzüge. Oder raucht sie nur? Ich sehe Aretha, die auf das vornehme Haus mit dem Whirlpool zurennt und die Leine hinter sich her schleift. Offenbar hat sie etwas gewittert und Rosie stürmt ihr gestresst hinterher und ruft ihren Namen.

»Eins kann ich Ihnen dazu sagen, Cilla«, antwortet Lillian nach langer Pause. »Ich habe von Anfang an nicht an die Theorie mit dem Haningemann geglaubt.«

»Nicht?«

»Nein. Meiner Meinung nach ist die Lösung eher im familiären Umfeld zu finden. Die Zeugin hat einen Mann auf einem Lastenmotorrad gesehen, wenn Sie sich erinnern? Einen Mann mit Hut und einem beigen Mantel.«

Schon wieder sehe ich diese Schreckgestalt vor mir, die einem in der Dunkelheit auflauert.

»Ja, das habe ich gelesen.«

»Es gibt einen Mann, der sehr gut zu dieser Beschreibung passt, wissen Sie? Astrids Vater.«

29

Mai 1968

Astrid hüpft vor ihm den Weg hinunter, sieht lächelnd über ihre Schulter, bevor sie in den Wald läuft. Obwohl sie erst vor ein paar Tagen Walpurgisnacht gefeiert haben, fühlt es sich schon wie Sommer an. Die Natur summt und zirpt, und Sixten folgt ihr, strahlend vor Glück, hinterher. Er holt sie ein, schlingt seine Arme um ihre Taille und gibt ihr einen Kuss. Seine kleine Schwester hatte ihm lachend hinterhergesehen, als er winkend das Haus verließ. Nur sein Vater hatte die Stirn gerunzelt. Hatte er seine Arbeiten auf dem Hof schon erledigt? Die Kühe und Schweine versorgt? Und seine Hausaufgaben gemacht?

Sixten hatte alle Fragen bejahen können, während er ungeduldig von einem Fuß auf den anderen trat. Hatte sein Vater noch nicht mitbekommen, dass er erwachsen war? Dass er neben den Aufgaben auf dem Hof sein eigenes Leben hatte? Seine Mutter kam zu ihnen in den Flur und legte Sixten eine Hand auf den Arm. Sie zwinkerte ihm zu und sagte, dass der Abend noch jung sei und er das nutzen sollte. Sein Vater hatte etwas gemurmelt und war in der Küche verschwunden, woraufhin Sixten sich seine Schirmmütze aufgesetzt hatte und endlich loskonnte. Hinaus in die frische Luft, hinaus in die Freiheit. Zu Astrid, die am Waldrand auf ihn wartete. Sie beide liebten das Meer und die Felsen, aber sie sagte, dass die ganze Insel sie dort sehen könne. Und sie wüssten beide, wie viel die Leute redeten. So kam es, dass diese kleine Lichtung ihr Versteck wurde.

Sixten hat einen Kloß im Hals, wenn er an seine Mutter denkt. Wie wird sie reagieren, wenn er ihr sagt, dass er den Hof nicht übernehmen will? Wird sie sehr enttäuscht von ihm sein? Aber dann sieht er Astrid, die an einen Baumstamm gelehnt sitzt, und seine schweren Gedanken an die Familie zu Hause verfliegen wie eine sanfte Brise. Er liebt es, wenn sie in dieser Stimmung ist. Aufgekratzt und frech. Als sie sich das erste Mal trafen, war sie sehr ernst, vorsichtig gewesen. Es fühlt sich so an, als würde nur er diese übermütige Version von Astrid erleben dürfen. Und dafür liebt er sie umso mehr.

Manchmal aber macht es ihm auch Sorgen, dass es offensichtlich mehrere Versionen seiner Astrid gibt. Als hätte er zwei verschiedene Personen kennengelernt. Sie kann in Sekundenschnelle die Gestalt und ihre Laune wechseln. So wie jetzt, als er ihr vorschlägt, doch endlich ihren Familien zu erzählen, dass sie ein Paar sind. Dass sie sich lieben.

»Nein«, erwidert Astrid kurz angebunden. »Du weißt, dass das nicht geht.«

»Wegen deinem Vater?«

Sie wendet das Gesicht ab.

»Wie oft muss ich es dir noch sagen, Sixten? Du kennst ihn nicht. Du kennst meine Familie nicht.«

»Astrid …«

Er legt seine Hand an ihre Wange. Als sie den Kopf hebt, sieht er, dass sie Tränen in den Augen hat.

»Er … er weiß es schon längst. Er weiß alles. Ich weiß nicht, was ich tun soll«, flüstert sie. »Du musst mir versprechen, niemandem etwas zu sagen. Versprich es mir!«

Sixten nimmt Astrid in den Arm, streichelt ihr über den Kopf. Er ist ratlos, weiß nicht weiter, aber als sie ihre Lippen auf seine drückt, ist er machtlos und verspricht alles, was sie will.

Als sich Sixten einige Zeit später auf den Nachhauseweg macht, denkt er über einen Satz nach, den Astrid gesagt hat. *Er weiß es schon längst.* Vielleicht wäre es das Beste, wenn er mit Astrids Vater reden würde. So von Mann zu Mann? Alf Jacobsen schätzt Aufrichtigkeit, vielleicht kann Sixten eine Lösung finden, damit sich Astrid keine Sorgen mehr machen muss?

Ja, das ist eine gute Idee, beschließt er, als er den elterlichen Bauernhof erreicht hat. Im Küchenfenster sieht er die Umrisse seiner Eltern. Das ist vernünftig. Ein erwachsener Beschluss. Er wird mit Astrids Vater reden, wenn die Zeit reif dafür ist.

30

Julia

Sobald es Abend wird, befällt die Angst ihren Körper. Sie hatte sich den ganzen Tag beschäftigt und abgelenkt, aber die Stunden vor dem Zubettgehen fühlen sich endlos an. Wie eine Ewigkeit. Aber Julia ist wild entschlossen, den Abend zu genießen. Kognitive Verhaltenstherapie. Am Nachmittag hatte sie ein langes Telefonat mit Frida. *Du bist doch verrückt – komm sofort zurück nach Hause! Wenn sogar die Polizei dir dazu rät, ist es vielleicht angebracht, diesem Rat zu folgen?* Frida hatte sich angehört wie ein besorgtes Elternteil. Aber Julia hatte ihren Kopf durchgesetzt. Sie ist es leid, sich immer zu verstecken. Sie ist es leid, sich bedroht zu fühlen. Damit ist jetzt Schluss. *Meinetwegen, dann komme ich zu dir*, hatte Frida am Ende gesagt.

Als sie wieder auflegte, hatte Julia Tränen in den Augen. Ihre wunderbare Freundin Frida. Sie kommt morgen nach Bullholmen und wird den ganzen Sonntag mit ihr auf der Insel verbringen. Montagmorgen nimmt sie die erste Fähre zurück aufs Festland, um zur Arbeit zu fahren. Julia ist ihr so dankbar. Es ist zwar nur für einen Tag, aber das bedeutet, dass sie jetzt nur noch einen Abend und eine Nacht überstehen muss, bis Frida kommt.

Die Terrassentür hinter ihr steht auf. Sie hat einen der Gartenstühle bis vor die Tür gezogen, damit sie im Notfall innerhalb von zwei Sekunden im Haus ist. Aber sie will unbedingt draußen sitzen. Der Sonnenuntergang ist ein Traum, und es ist warm. Es weht eine sanfte Brise, und man riecht den Sommer. Und Julia hat sich das Versprechen gegeben, diesen Sommer zu genießen. Sie hat ein Buch geschrieben. Das ist fast fertig. In ihrem Rechner befindet sich ein fast fertiges Dokument, und das trotz der Tragödie in der Bucht und trotz ihres Stalkers, der wieder aufgetaucht ist. In ein paar Wochen wird sie ihrer Verlegerin das Manuskript schicken, und dann wird mit Champagner gefeiert. So wie sie ihren ersten Abend auf Bullholmen gefeiert hat.

Sie nimmt einen Schluck Tee, der angenehm lauwarm geworden ist.

Ihr Handy gibt einen Ton von sich. Sie hat eine Nachricht von Angelica bekommen: *Was macht die Insel? Geht es dir gut in den Schären? Hast du Inspiration gefunden?*

Julia schämt sich. Sie hat sich bisher noch nicht richtig bei Angelica für diese Möglichkeit bedankt, hier arbeiten zu können. Bevor sie abreist, muss sie unbedingt noch ein Geschenk für die Eltern ihrer Freundin besorgen. Am besten, sie bedankt sich gleich sofort. Wenn sie ihr Vorhaben, diesen Sommer in vollen Zügen zu genießen, wirklich umsetzen will, sollte das vielleicht auch beinhalten, andere soziale Kontakte außer Frida und ihrer Familie zuzulassen? Diese supernette Produktionsassistentin beim Frühstücksfernsehen zum Beispiel hat Julia schon oft gefragt, ob sie sich nicht mal auf ein Bier verabreden wollen. Das sollte sie tun. Und wenn sie zurück in Stockholm ist, kann sie doch Angelica mal zum Essen einladen. Sie will ihr Leben wieder in den Griff kriegen.

Das wird schon.

Kurz entschlossen sucht sie in ihren Kontakten Angelicas Nummer und ruft sie an. Die Freundin reagiert überrascht.

»Hallo, Julia!«

»Hallo. Ich hoffe, ich störe nicht?«

»Überhaupt nicht. Ist alles in Ordnung? Steht das Haus in Flammen?«

Julia lacht.

»Nein. Alles prima. Das ist das schönste Haus, in dem ich jemals gewohnt habe. Ich danke dir so sehr dafür, dass ich es so günstig mieten durfte.«

»Kein Ding. Mein Vater freut sich, wenn es genutzt wird. Bist du vorangekommen?«

»Ja. Und wie. Aber … hier war einiges los.«

Julia holt tief Luft. Dann erzählt sie Angelica die ganze Geschichte. Das mit Johns Frau lässt sie weg, denn sie hatte Angelica vor ein paar Tagen eine SMS geschickt und davon berichtet. Aber sie erzählt von ihrem Stalker. Angelica hört aufmerksam zu, Julia spürt, wie sehr sie das mitnimmt. Aber die Worte strömen nur so aus ihr heraus, sie kann sie nicht aufhalten. Das Bedürfnis, sich mitzuteilen, das Erlebte mit anderen zu teilen, ist groß. Warum hat sie damit nur so lange gewartet?

Sie redet, bis sie keine Luft mehr in ihren Lungen hat.

»Oh mein Gott, Julia«, stöhnt Angelica. »Ich kann nicht fassen, dass du so etwas erleben musstest. Das ist ja vollkommen verrückt.«

»Ich weiß.«

»Es ist unheimlich, wie viele Irre es dort draußen gibt. Die sitzen zu Hause vor ihrem Fernseher und werden dann einfach Stalker oder was? Igitt. Und was soll das, dir einen Brief in den Verlag zu schicken? Das ist so … so …«

»Mies. Finde ich auch.«

Angelica brummt. »Bist du dir sicher, dass du dort draußen allein bleiben willst?«

Julia nickt.

»Ja, das will ich. Er soll mir keine Angst mehr einjagen können. Und morgen kommt meine beste Freundin. Das beruhigt mich sehr.«

Sie telefonieren noch eine Weile und beschließen, dass sie unbedingt ein Glas Wein trinken gehen wollen, wenn Julia wieder zurück in Stockholm ist. Bevor sie sich verabschieden, wiederholt Julia ihren Dank, an diesem fantastischen Ort sein zu dürfen. Als sie das Handy in ihre Jacke schiebt, wird ihr bewusst, wie sehr sie es vermisst hat, eine menschliche Stimme zu hören.

Es ist still auf der Insel, nicht einmal Vogelgezwitscher ist zu hören, nur das sanfte Rauschen der Wellen, die fünfzig Meter von ihr an den Strand rollen. Sie schließt die Augen, reißt sie aber sofort wieder auf. Sie kann hier nicht mit geschlossenen Augen sitzen. Das traut sie sich nicht. Ihr Blick wandert zur anderen Seite der Bucht. Sie kneift die Augen zusammen und sieht jemanden am Küchentisch sitzen. Ist das John? Liest er was? Ja, sieht so aus. Das ist das einzige Zimmer im Haus, in dem Licht brennt. Aber …

Julia zuckt zusammen, und eine Gänsehaut klettert ihr mit dünnen Spinnenbeinen den Rücken hinauf. Sie muss sich

255

irren. Ganz langsam steht sie auf und holt das Fernglas aus dem Wohnzimmer, richtete es auf eines der Zimmer im ersten Stock und stellt es scharf. Das Fenster ist aus Milchglas, es wird das Badezimmer sein. Es ist kein Licht an, aber da ist jemand. Sie blinzelt angestrengt. Doch, eindeutig, da ist jemand, und es sieht aus, als wäre dieser Jemand eine Frau. Vielleicht war sie gerade duschen und trocknet sich jetzt ihr langes Haar in dem dunklen Badezimmer.

Julias Herz schlägt wie wild. Hat John eine fremde Frau zu Besuch? Wenige Tage nachdem seine Frau spurlos im Meer verschwunden ist? Oder …

Nein, Julia hat noch nie an Geister und Gespenster geglaubt. Die gibt es nicht. Aber es hat etwas sehr Gespenstisches. Sie zögert einen Moment, dann schickt sie Zacke eine Nachricht.

Lieber Zacke. Wenn du heute Abend noch nichts vorhast, würde ich mich über deinen Besuch sehr freuen. Ich fühle mich hier nicht wohl, so ganz allein.

Sie schluckt den Kloß im Hals hinunter. War das zu dramatisch? Aber so ging es ihr nun einmal. Sie will nicht allein sein. Irgendetwas stimmt hier nicht. Sekunden später hat sie eine Antwort erhalten.

Natürlich. Ich komme mit dem Hund zu dir. Bin in einer halben Stunde da, okay?

Julia antwortet mit einem erhobenen Daumen. Sie geht zurück ins Haus, hängt das Fernglas wieder an seinen Platz und verschließt die Terrassentür. *So viel zum Thema Mut!* Sie bringt den mittlerweile kalten Tee in die Küche, gießt ihn weg und füllt sich stattdessen ein Glas mit eiskaltem Wasser ein. Aber sie trinkt nicht, ihre Hand bleibt mit dem Glas in der Luft hängen. Ihr ist der Satz eingefallen, den Angelica vorhin am Telefon gesagt hat.

Und was soll das, dir einen Brief in den Verlag zu schicken?

Sie hatte Angelica zwar von dem Drohbrief erzählt, aber mit keinem Wort erwähnt, dass er an die Verlagsadresse geschickt wurde.

31

Cilla

»Musst du wirklich gehen?«

Rosie und ich sitzen mit einem Glas Rotwein da und sehen Zacke zu, wie er sich und Aretha Franklin ausgehfein macht. Er in Barbour, Aretha in Lederleine.

»Ich schaue nur kurz bei einer Freundin vorbei. Ein Besuchsquickie. Sie klang so verängstigt. Sie hat das nur angedeutet, als ich bei ihr war, aber sie hat ein paar harte Jahre hinter sich. Es fühlt sich richtig an, nach ihr zu sehen.«

»Verstehe«, sage ich. »Sollen wir dich begleiten?«

»Nein, alles gut. Es ist ein Stück zu gehen. Sie wohnt auf der anderen Seite bei Kyrkviken. Und zwar gegenüber von dem Haus, in dem die verschwundene Frau gewohnt hat.«

»Ist das nicht gruselig? Dass man einfach so auf dem Meer verschwindet?«, sage ich.

Wir winken Zacke hinterher, und Rosie zaubert eine Schachtel von der Chokladfabriken hervor, in der Pralinen mit Lakritzkaramell und Espressotrüffel auf uns warten. Sie schmecken hervorragend zu unserem italienischen Rotwein. Wir haben gerade ein hervorragendes Abendessen beendet, das aus selbst gemachter Pizza bestand, die wir mit Frischkäse, Spinat, Feta und Walnüssen belegt haben. Unfassbar lecker, obwohl in dem Frischkäse so viel Knoblauch war, dass ich Adam angekündigt habe, wir müssen heute Nacht wie Sardinen im Bett liegen, Kopf an Fuß. Er hat sich mit seinem Laptop aufs Sofa verkrochen und arbeitet. Der Abend ist ungewöhnlich still. Kein Vogelgezwitscher, und der letzte *Silberpfeil* hat schon vor Stunden den Hafen verlassen.

Wir hören Zackes Schritte, die immer leiser werden.

»Früher wollte ich immer unbedingt auf der anderen Seite der Insel ein Sommerhaus haben«, sagt Rosie. »Dort stehen die schönsten Häuser, und man hat den besten Blick aufs Meer. Aber jetzt habe ich den Eindruck, dass es mit Abstand der ungemütlichste Ort der ganzen Insel ist, wenn man an die vielen Unfälle und Schrecklichkeiten denkt.«

»Da sagst du was.«

Ich nehme einen Schluck von dem köstlichen Wein und greife nach meinem Handy. Ich habe in den letzten Tagen versucht, etwas über Astrids Vater herauszubekommen. Alf Jacobsen. Es gibt nur ganz wenige Fotos von ihm. Heutzutage wäre er wahrscheinlich wesentlich sichtbarer gewesen als damals: Erfolgreiche Geschäftsmänner in den Sechzigern waren nicht so präsent in der Öffentlichkeit. Und wenn man überprüfen will, ob sie damals in der Presse vorkamen, muss man in die Archive gehen, denn die meisten Zeitungen sind nicht digitalisiert worden. Im Netz habe ich nur zwei Fotos von Alf Jacobsen gefunden. Beide sind im *Gentleman* abgedruckt. Auf dem einen Foto sieht man die ganze Familie Jacobsen. Sie sehen aus wie eine amerikanische, christliche Familie aus der Oberschicht. Fein herausgeputzt. Aber keiner von ihnen lächelt. Die Mutter wirkt angespannt. Auf dem zweiten Foto ist nur Alf zu sehen. Es wurde am Tatort aufgenommen. Darauf steht er etwas abseits, offenbar ist er einer der Zeugen. Und er trägt einen beigen Mantel und einen Hut.

Ich habe Rosie das Foto immer wieder gezeigt. Als würde uns die einfachste und naheliegendste Antwort regelrecht anstarren. Alf Jacobsen hat die Jugendliebe seiner Tochter ermordet und Sixten mit einem Fischermesser die Kehle durchgeschnitten.

Das Gerücht von seinem unbändigen Jähzorn war schon lange vor dem Mord im Umlauf. Vielleicht hatte er Sorge, die Kontrolle über das Leben seiner Tochter zu verlieren? Vielleicht hat ihr Verhalten seinen Jähzorn ausgelöst? Was allerdings nicht dazupasst, ist der Blumenkranz.

Das ist unser fehlendes Glied in der Kette.

»Mehr Wein?«

Rosie hält lächelnd die Flasche hoch.

Ich halte ihr mein Glas hin und lache.

»Logo. Seit wann lösen wir unsere Fälle nüchtern?«

Adam räuspert sich.

»Das habe ich gehört.«

32

Julia

Julia wird es ganz warm ums Herz, als sie Zacke und Aretha Franklin auf das Haus zukommen sieht. Sie öffnet die Terrassentür und geht ihnen entgegen. Es ist zehn Uhr und wird langsam frisch, sie wickelt ihre weiße Strickjacke enger um den Körper.

»Hallo.«

»Na, wie geht es dir? Wir haben uns beeilt.«

»Das ist so lieb von dir. Ich hoffe, ich habe dich nicht von irgendetwas abgehalten?«

Zacke schüttelt lächelnd den Kopf und macht Aretha Franklin von der Leine los. Sofort fängt sie an, an den Büschen zu schnüffeln.

»Überhaupt nicht. Mein Hündchen hier freut sich, wenn wir einen Spaziergang machen. Wie geht es dir? Hast du die Nase voll von der Isolation?«

Julia nickt. Genau so ist es. Sie will nicht nur im Haus sitzen und darauf warten, dass ihre Freundin Frida kommt. Vor allem seit sich in ihr ein Verdacht formiert hat. Zum einen hat sie zum zweiten Mal die geisterhafte Gestalt bei John im Haus gesehen, zum anderen hat sie das Telefonat mit Angelica irritiert. Woher wusste sie, an welche Adresse der Drohbrief geschickt worden ist, obwohl Julia das nicht erwähnt hat?

Konnte das ein Zufall sein? Kann sie diese Information auf einem anderen Weg bekommen haben? Es wird nicht im Internet stehen, das hätte ihre Verlegerin niemals zugelassen. Vielleicht kennt Angelica jemanden im Verlag?

»Aretha!«

Sie wird von Zackes Rufen aus ihren Gedanken gerissen. Sein Hund scheint weggelaufen zu sein, aus dem Garten und hoch zur Landstraße.

»Oh, dieser dumme Hund. Wo ist sie jetzt schon wieder hin?«

»Warte kurz, wir gehen sie suchen. Ich schließe nur kurz die Terrassentür.«

»Jetzt musst du doch noch einen Spaziergang machen, sorry!«

»Kein Problem«, sagt Julia und lächelt. »Hunde haben halt einen Jagdinstinkt!«

»Allerdings! Ich hätte es besser wissen müssen, dass ich sie nicht sofort von der Leine lassen kann.«

Sie gehen hoch zur Landstraße, die auf die andere Seite der Bucht führt. Der Mond steht hoch am Himmel und wirft sein Licht auf die Kirche in Apricot. Julia wird wehmütig, wenn sie daran denkt, dass ihr Aufenthalt hier bald vorbei sein wird. Obwohl einiges geschehen ist, spürt sie keinen Wunsch, in die Großstadt zurückzukehren. Diese Insel ist ein kleines Paradies.

»Aretha!«

Aber kein Hundebellen weit und breit. Wie weit kann sie denn gekommen sein? Ob sie eine Fährte aufgenommen hat? Es gibt Wild auf der Insel, Julia hat erst gestern ein Reh gesehen. Sie gehen an der Kirche vorbei und auf Johns Haus zu. Julia spürt ihren Puls rasen, je näher sie kommen.

Es gibt keine Geister und Gespenster.

Sie wiederholt den Satz wie ein Mantra. Wenn es aber keine Geister und Gespenster gibt, wer war dann die Frau in Johns Haus?

»Da bist du ja, Aretha!«

Zacke zeigt in den Garten von Johns Haus. Das Meer glitzert dunkelblau im Mondlicht. Aus dem Whirlpool steigt auch heute kein heißer Dampf auf. Nicht mehr, seit jener Nacht, in der Sheila spurlos verschwand.

»Was machst du da, du dummes Ding?«

Aretha Franklin ist am anderen Ende des Gartens beim Komposthaufen und zerrt eifrig an etwas, was man von dort oben nicht sehen kann. Obwohl Zacke den Hund ruft, reagiert er nicht. Deshalb schleicht Zacke die Böschung hinunter, Julia ist dicht hinter ihm.

»Zacke … hier wohnt John.«

»Wer?«

»John, dessen Frau verschwunden ist.«

»Wirklich? Aretha!«

Zacke ruft nicht mehr, sondern zischt seinen Hund an. Je näher sie kommen, desto stärker wird der Geruch. Es riecht … verfault? Zacke klatscht in die Hände, damit Aretha aufhört zu buddeln und zu ihm kommt. Sie gehorcht nur sehr widerwillig. Zacke bückt sich, um sie an die Leine zu nehmen, da lässt Aretha den Gegenstand fallen, den sie ausgegraben hat. Obwohl es dunkel ist, können Zacke und Julia genau sehen, was es ist.

Eine Welle bricht am Ufer. Julia schlägt die Hand vor den Mund.

»Ist das …«

Zacke beendet ihre Frage nicht, das muss er auch nicht, denn es gibt keinen Zweifel daran, dass es sich um einen Schuh handelt. Ein weißer Ballerinaschuh, auf dem rote Flecken sind. Das sieht aus wie … das *ist* Blut.

»Oh Gott …«

Wortlos starren sie beide auf den blutigen Schuh. Was würden sie dort unter dem Kompost noch finden? Ihr Herz rast, das Blut pocht in ihren Ohren. Der süßliche Geruch wird intensiver, Julia wird übel.

»Wir müssen sofort die Polizei rufen«, sagt Zacke.

»Was?«

»An dem Schuh ist Blut, Julia. Und deine Nachbarin ist spurlos verschwunden.«

Aretha Franklin zieht aufgeregt an der Leine, während Zacke sein Handy aus der Jacke holt und eine Nummer eintippt. Aretha knurrt. Und Julia hört hinter sich ein Rascheln.

Sie dreht sich um und sieht direkt in die Mündung einer Pistole. Vor ihr steht eine dunkle Gestalt und zielt auf sie.

»Lass sofort das Handy fallen«, sagt eine Frauenstimme.

Sie wedelt mit der Pistole, Zacke steht wie versteinert da. Sogar der Hund ist überraschenderweise verstummt.

Die bewaffnete Frau ganz in Schwarz kommt auf sie zu. Das Mondlicht fällt auf ihr Gesicht, und plötzlich weiß Julia wieder, woher sie den Duft kannte. Der eine nostalgische Erinnerung heraufbeschwor, die sie aber nicht benennen konnte. Den blumigen Duft des Parfums, der sich jetzt mit dem Gestank von Gammelfleisch mischt.

Jetzt weiß sie wieder, an wen sie dieser blumige Duft erinnerte. An Angelica.

33

Cilla

Ich winke Rosie zu, die wie ich in ihrer Küche steht und sich die Zähne putzt. Sie trägt ihre blumige Schlaftunika, ich habe noch Jeans und Hemd an. Sie lächelt, ihre Haare stehen ihr wild vom Kopf ab. Ich hoffe sehr, dass sie wirklich nichts dagegen hat, dass sie gleich Gesellschaft von Zacke bekommt, wenn er von seinem Spaziergang zurückkommt. Aber vor allem hoffe ich, dass Zacke ihr Schnarchen überlebt.

»Kommst du auch bald ins Bett, du Nachteule?«

Adam liegt schon oben in unserer Schlafkoje. Ich spucke die Zahnpasta aus.

»Komme!«

Ich stehe schon vor der Leiter, die zur Koje hochführt, als das Display meines stummgeschalteten Handys aufleuchtet. Es ist kurz vor elf, ich kenne die Nummer nicht. Oder doch? Wer ruft so spät am Abend noch an?

Es muss wichtig sein. Mein Daumen schwebt einen Augenblick über dem grünen Symbol, dann gehe ich ran.

»Cilla Storm?«, sage ich vorsichtig.

Am anderen Ende der Leitung ist es stumm. Oder? Nein, ich höre Atemzüge.

»Hallo?«

Nur Atemzüge. Aber ich ahne, wer es ist.

»Astrid, sind Sie das?«

»Ja.«

Ihre Stimme ist nicht mehr als ein Wispern.

»Was ist los? Ist etwas passiert?«

»Ich kann nicht so laut sprechen«, sagt Astrid. »Er kann mich hören. Aber nachts traue ich mich. Nachts male ich immer.«

Ich nicke, obwohl ihre Worte wie ein unverständliches Potpourri klingen. Von wem spricht sie? Meint sie ihren Vater Alf? Fühlt sie sich auch jetzt noch von ihm verfolgt?

»Astrid, Sie brauchen keine Angst mehr zu haben. Er ist schon seit vielen Jahren tot.«

»Er ist nicht tot. Er lebt. Er war gestern bei mir.«

Ich schüttele den Kopf.

»Astrid, Ihr Vater ist schon seit vielen Jahren tot ...«

»Ich rede nicht von meinem Vater, ich rede von ...«

Ich kann den Namen nicht hören, so leise flüstert sie ihn. Hat sie Christer gesagt?

»Von Christer? Ihrem Bruder?«

»Ja.«

»Astrid, warum haben Sie Angst vor Ihrem Bruder?«

Erneutes Schweigen in der Leitung. Adam sieht von oben herunter und fragt sich bestimmt, mit wem ich da telefoniere. Das frage ich mich auch. Vor allem frage ich mich, wie viel davon ihrer Demenz zuzuschreiben ist. Ich will den Wahrheitsgehalt ihrer Worte nicht anzweifeln, gleichzeitig klingt sie aber sehr verwirrt, und ich weiß, was Alzheimer mit dem Gehirn machen kann.

»Astrid, ich war vor ein paar Tagen bei Ihrem Bruder.«

»Tatsächlich?«

»Ja. Ich bin bei ihm in Djursholm vorbeigefahren. Er war ziemlich reserviert, hat sich nicht besonders über meinen Besuch gefreut. Aber er scheint sehr an Ihnen zu hängen. Und es klang, als würde er Sie oft besuchen.«

»Er bewacht mich die ganze Zeit, Cilla.«

Ich knabbere an meinem Nagel. Bewachen?

»Wie meinen Sie das? Er macht sich wegen Ihrer Krankheit bestimmt nur Sorgen um Sie.«

»Er bewacht mich, seit wir Kinder sind.«

Ich bekomme eine Gänsehaut.

»Was heißt das, Astrid? Inwiefern bewacht er Sie?«

»Er hat mich in dieses Heim verfrachtet, und ich werde hier nie wieder herauskommen. Er ... er hält mich hier gefangen. Er weiß über jeden meiner Schritte Bescheid, Cilla. Sie dürfen das niemandem erzählen, aber so ist es. In Christers Nähe passieren immer die schlimmsten Dinge. Die ganze, ganze, ganze Zeit.«

Ich gehe ans Fenster, die Lauben in der Kolonie sind alle dunkel, im Hintergrund kann ich das Meer schimmern sehen.

»Was meinen Sie mit schlimmsten Dingen?«

Da fällt mir eine Geschichte ein, die Christer selbst erzählt hat, als Rosie und ich bei ihm waren. Von seiner Frau. Die in der Bucht bei ihrem Sommerhaus auf Bullholmen ertrunken ist.

»Wie der Tod seiner Frau?«

»Sie war nur eine von vielen.«

Eine von vielen. Ich spüre, wie mein Herz schneller schlägt. Denn mir fällt noch eine andere Sache ein, die Christer erwähnt hat. Astrids Mann, der in den Achtzigern einen tödlichen Autounfall gehabt hatte.

»Ihr Ehemann Kjell. Gehört er auch dazu?«

Ich höre lange nichts als ihren Atem und frage mich, ob sie nachdenken muss oder sich nicht traut, mir zu antworten.

»Mein Mann ist gegen ein Brückengeländer gerast, Cilla.«

»Ja, das hat Ihr Bruder erzählt …«

»Kjell war der beste Autofahrer der Welt. Er fuhr immer sehr vorsichtig. Und er trank keinen Alkohol. Er … er wurde von jemandem verfolgt. Davon bin ich überzeugt. Ich weiß, dass er das war.«

Mir pocht das Blut in den Ohren. Unruhig laufe ich auf und ab. Adam sieht mich verwirrt an. Oh Gott. Wer ist dieser Christer Jacobsen? Ich muss an seine Frau Jolanta denken. An ihren nervösen Blick und den Bluterguss am Arm. Wenn es denn ein Bluterguss war.

Christers Frau. Astrids Mann. Jolanta.

In Christers Nähe passieren immer die schlimmsten Dinge.

»Astrid, glauben Sie, dass Ihr Bruder Sixten umgebracht hat?«

Dieses Mal macht sie keine Pause, bevor sie antwortet.

»Wenn mein Vater es nicht sah, borgte er sich abends seinen Mantel und Hut aus.«

»Seinen Mantel und seinen Hut?«

»Ja.«

»Aber um Himmels willen, warum denn?«

»Mein Bruder hat mich schon immer überwacht. Mein Leben lang.« Sie atmet schwer. »Cilla, dieses Gespräch hat niemals stattgefunden, haben Sie das verstanden?«

»Wie bitte?«

»Wir haben nie darüber gesprochen. So, und jetzt muss ich malen.«

Astrid hat aufgelegt. Ich senke meine Hand mit dem Telefon. Was hat sie mir da gerade erzählt? Ich sehe Astrid vor mir, wie sie in ihrem wunderschönen Zimmer in der Seniorenresidenz Klippan sitzt und malt. Und dann taucht die Gestalt auf, die mich nie ganz losgelassen hat. Ein Mann in einem beigen Mantel mit Hut.

Ich drehe mich zu Adam um.

»Ich habe mich die ganze Zeit geirrt«, sage ich.

»Wovon redest du?«

»Der Mann in dem Mantel war nicht Astrids Vater. Das war Astrids Bruder.«

»Was?«

Ich kaue auf meinem Nagel und murmele vor mich hin.

»Sie haben ein Haus, das mittlerweile nur noch die Tochter nutzt. Das steht drüben in Kyrkviken.«

»Cilla, du redest wirres Zeug.«

»Und letzte Woche ist in Kyrkviken eine Frau ertrunken. Ich übersehe irgendetwas. Was ist es?«

»Liebling, du sprichst in Rätseln!«

Adam ist nach unten gekommen. Ich rufe Zacke an, aber er geht nicht ran. Es klingelt und klingelt.

»Wen rufst du an?«

»Zacke. Aber er geht nicht ran.«

»Vielleicht hat er sein Handy auch auf lautlos gestellt.«

»Aber er hat jemanden in Kyrkviken besucht. Da stimmt was nicht, Adam. Ich will dahin und nachsehen.«

Er legt mir seine Hände auf die Schultern und sieht mir in die Augen. Aber sein warmer Blick hat nicht die beruhigende Wirkung wie sonst.

»Ich will nach Kyrkviken, Adam. Und zwar sofort.«

34

Julia

Auf Julia wurde noch nie mit einer Waffe gezielt.

Das alles ist wie in einem Traum. Einem Albtraum. Sie sieht, wie Angelica die Tür zur Veranda abschließt, nachdem sie überprüft hat, dass niemand draußen steht. Die Pistole liegt sicher in ihrer Hand.

Julia und Zacke sitzen mit dem Rücken an der Wand. Es riecht nach Farbe. Das war ihr bei ihrem letzten Besuch nicht aufgefallen. Vielleicht hat John beschlossen, die Küche neu zu streichen. Aretha Franklin hat sich auf Zackes Schoß zusammengerollt. Sogar der bellfreudige Hund hält still.

Alle Lichter im Haus sind aus. Es ist ganz dunkel. Angelica zieht einen der Barhocker zu sich und setzt sich vor Julia und Zacke. Erst dann senkt sie den Lauf der Pistole.

Julia ist wie hypnotisiert davon. Angelica hat eine Waffe! Wo hat sie die her? Was ist hier los?

Dann sieht sie in Angelicas Augen. Eiskalte Augen. Waren die schon immer so? Julia muss an ihren ersten Tag in der Ausbildung zur Sommelière denken. War diese Kälte damals schon vorhanden oder kam sie erst später? Was hat das alles mit ihr zu tun? Wie hängt das zusammen? Warum sitzt ihre ehemalige Mitschülerin in Johns Küche und richtet eine Waffe auf sie? Nur eine Sache ist ihr klar geworden, da ist sie sich ganz sicher.

»Du bist es gewesen.«

Julia hat die Worte geflüstert. Zacke schielt zu ihr rüber, aber er wagt nicht, etwas zu sagen oder zu tun. Er hält seine zottelige Hündin im Arm, damit sie nicht abhauen kann. Streichelt ihr Fell und murmelt beruhigende Worte. Julia fragt sich, ob er den Hund oder sich selbst damit beruhigen will.

»Was?«, fragt Angelica.

»Du warst das alles. Die Fotos, die Botschaften … jahrelang. Ich hatte immer einen einsamen, unappetitlichen alten Sack vor Augen. Aber … das warst du, Angelica. Du bist mein Stalker.«

Angelica schweigt, blinzelt kaum.

Dann umspielt ein kleines Lächeln ihren Mund.

»Dafür hast du drei Jahre gebraucht! Du bist auch nicht die hellste Kerze auf der Torte, Julia. Du bist viel, aber nicht besonders helle.«

»Aber warum? Ich verstehe nicht, warum?«

Angelica schließt für einen Moment die Augen. Das wäre die Gelegenheit, sich auf sie zu stürzen und ihr die Pistole zu entwenden. Aber da schlägt sie schon wieder die Augen auf und sieht Julia mit ihrem durchdringenden, kalten Blick an.

»Oh, Julia … du bist schon immer so naiv gewesen.«

Julia schluckt, schlingt die Arme um den Körper. Sie friert, obwohl es nicht einmal besonders kalt ist.

»Deshalb kommst du auch so gut im Fernsehen rüber. Die Leute sehen dir deine Kindlichkeit an und haben Mitleid mit dir. Weil du so lieb bist, aber eigentlich von nichts eine Ahnung hast. Bist du schon so auf die Welt gekommen?«

Julia weiß nicht, was sie sagen soll. Während sie den Worten zuhört, die aus Angelicas Mund kommen, spürt sie, wie ihr Atem immer schneller wird. Nein, nicht schneller, nur kürzer. Als würde es der Atem nicht bis hinunter in die Lunge schaffen, sondern auf dem Weg stecken bleiben. Ihr Asthma macht sich bemerkbar, aber Julia versucht, es zu ignorieren, bewusster zu atmen.

»Ich konnte schon immer schnell die Schwächen der anderen erkennen«, sagt Angelica. »Die Welt ist voller schwacher Menschen. Ich wusste es vom ersten Tag an, Julia, dass du einer davon bist.«

»Wovon redest du?«

Angelica schüttelt den Kopf.

»Du hast wirklich keine Ahnung, was? Die Leute lieben dieses blauäugige süße Mädchen im Fernsehen, aber hinter den Kulissen wird es zerfetzt, stimmt's? Ich wollte dich davor beschützen. Vor den Löwen und Geiern.«

In ihrem Hals zieht sich alles zusammen, aber Julia hält sich gerade.

»Du hast mir also die Fotos und Nachrichten nur geschickt … um mich zu schützen?«

»Ja, ich wusste, dass du zu schwach für dieses Leben vor der Kamera bist.«

»War dein Ziel, mich so zu verängstigen, dass ich mich aus dem Rampenlicht fernhalte?«

»Ich habe dir einen Gefallen getan.«

»Schwachsinn! Du warst nur neidisch.«

Julia ist selbst ganz überrascht von der Kraft und Vehe-

272

menz ihrer Stimme. Angelicas Blick verändert sich. Er hat etwas Bedrohliches.

»Was?«

»Ich sagte, dass du nur neidisch auf mich warst. Gib es gefälligst zu, statt uns hier Lügengeschichten zu erzählen. Du hast dich von mir bedroht gefühlt. Du wolltest immer die Beste sein, von allen gesehen werden. Deshalb hast du angefangen, mich zu stalken. Nicht, um mich zu beschützen, sondern, weil du es nicht ausgehalten hast, dass ich im Mittelpunkt stehe und nicht du.«

»Halt's Maul!«, schreit Angelica.

Julia und Zacke zucken zusammen. Sie hebt die Waffe und zielt auf Julia, die nach Luft schnappt.

»So redest du nicht mit mir«, faucht sie.

»Ich habe sogar zwischendurch gedacht … dass es Karsten war«, presst Julia mühsam hervor.

»Wie bitte?«

»Dein alter Freund Karsten.«

Angelica stößt ein hartes, kaltes Lachen aus.

»Karsten? Genau das meinte ich vorhin, Julia. Du hast keine Menschenkenntnis.«

»Warum sind wir hier, Angelica? Warum sind wir in Johns Haus? Was ist hier los?«

Angelica antwortet nicht. Plötzlich stellen sich auf Julias Armen alle Haare auf. Denn aus der Dunkelheit hinter Angelica löst sich ein Schatten.

35

Cilla

»Hier ist er umgebracht worden«, sage ich, als wir an der Stelle vorbeikommen, an der Sixtens Leiche vor fünfzig Jahren gefunden wurde.

»An der Weggabelung?«, fragt Adam.

»Ja, genau, ein Stück weiter in die Richtung.«

Aber wir haben keine Zeit stehen zu bleiben. Ich war heute schon einmal hier. Aber da konnte ich nur einen gesichtslosen Mann in einem beigen Mantel mit Hut vor mir sehen. Eine Schreckgestalt, die weder zum Haningemann noch zu Astrids Vater wurde. Jetzt habe ich endlich ein Gesicht dazu. Christer Jacobsen. Astrids Bruder. Ein junger Mann, in Hut und Mantel seines Vaters und mit einem Messer bewaffnet. Um dem jungen Mann die Kehle durchzuschneiden, der es gewagt hatte, sich in seine Schwester zu verlieben.

»Cilla, greifst du nicht ein bisschen verzweifelt nach dem erstbesten Strohhalm?«, fragt Adam, während wir die Landstraße entlanghetzen.

Es ist dunkel, aber wir können das Meer zwischen den Bäumen glitzern sehen. Die Fenster in der großen Kirche sind wie dunkle Spiegel.

Mir gefällt die Vorstellung ganz und gar nicht, dass Zacke hier im Dunkeln allein hingelaufen ist. Diesen Teil der Insel sollte man nie allein aufsuchen. Ich bin wirklich nicht abergläubisch, und ich glaube auch nicht an Geister und Gespenster. Ganz anders als unsere Rosie, die sich alle Folgen von *Das Unbekannte* auf TV4 ansieht und dabei gruselt. Aber eins steht fest, dieser Teil der Insel wird von schlimmen Dingen heimgesucht: Mord, rätselhafter Tod durch Ertrinken, spurloses Verschwinden…

»Wo müssen wir hin?«

Adam reibt sich die Stirn. Die Kirche und das Wasser liegen zu unserer Rechten, auf beiden Seiten der Bucht leuchten vornehme Villen. Dort also ist letzte Woche eine Frau ertrunken. In dem einen Haus wohnt vorübergehend eine Freundin von Zacke, und in dem anderen wohnt der frisch gebackene Witwer. Ich kann mich nicht entscheiden. In beiden brennt kein Licht, zumindest kann man es von hier nicht sehen. Ich lausche, vielleicht kann man Aretha Franklin bellen hören. Aber es ist alles still. Kurz entschlossen ziehe ich Adam am Ärmel, und wir gehen zu dem Haus auf der rechten Seite der Bucht.

*

»Hallo?«

Minuten später stehen wir auf der schönen Terrasse, von der man einen tollen Blick aufs Wasser hat. In der Küche brennt Licht, aber wir sehen weder Zacke noch Julia. Aber die Terrassentür ist offen. Ein Spalt, der uns geradezu auffordert, ins Haus zu gehen. Stattdessen rufe ich nach den beiden. Ich habe meine Hand auf der Türklinke, als Adam mir auf die Schulter klopft.

»Warte, warte... Zackes Freundin wohnt *hier* in diesem Haus?«

»Ja. Ich glaube schon. Julia.«

»Ich bin letzte Woche hier gewesen.«

Ich hebe überrascht eine Augenbraue, während Adam sich streckt, um besser durchs Fenster sehen zu können.

»Wie bitte?«

»Wir hatten einen Anruf bekommen, da ging es um Stalking, und ich habe das überprüft.«

»Warte mal. Warum warst du denn überhaupt auf Bullholmen?«

»Ähm... ich wollte in Mamas Laube nach dem Rechten sehen.«

»In Rosies Laube? Sie hat ihren arbeitswütigen Sohn losgeschickt, obwohl sie Rentnerin ist?«

»Es ist nie zu spät, sich als Sohn beliebt zu machen.«

»Das musst du mir später genauer erzählen, jetzt müssen wir hier nach dem Rechten sehen.«

»Fräulein Storm, das ist Hausfriedensbruch.«

Ich schüttele den Kopf, hole tief Luft und öffne die Tür. Erst jetzt bemerke ich, dass der Fernseher läuft und sein blaues Licht auf den flauschigen Teppich wirft. Auf dem Wohnzimmertisch stehen ein Laptop und ein Teebecher. In der Spüle stehen Teller und ein Weinglas und auf dem Küchentisch... ich muss näher herangehen, um es zu sehen. Dort liegen fünf Bücher über Wein. Daneben steht eine Reihe von leeren Flaschen.

»Die Spuren eines Sommeliers.«

Ich mache mir langsam Sorgen. Zacke ist vor einer Stunde aufgebrochen, und für die Strecke braucht man höchstens eine halbe Stunde. Die beiden müssten am Küchentisch sitzen und plaudern. Stattdessen ist das Haus menschenleer.

»Hallo? Julia? Zacke?«

Ich gehe von Zimmer zu Zimmer und schalte das Licht an. Überprüfe die Eingangstür, die ist verschlossen. Warum stand dann die Terrassentür auf? Da fällt mein Blick auf eine weitere Tür, die nicht verschlossen ist. Hinter dieser Tür befindet sich eine Treppe, die offenbar in den Keller führt. Dort unten brennt Licht.

»Cilla? Was tust du da?«

Adam flüstert, obwohl wir eindeutig allein im Haus sind. Ihm ist verständlicherweise unwohl dabei, dass wir uns unerlaubt Zutritt zu einem fremden Haus verschafft haben. Typisch Polizist. Überall gibt es Gesetze und Regeln. Manchmal muss eine distanzlose Journalistin kommen, damit die Dinge wieder in Ordnung gebracht werden.

»Da unten brennt Licht«, flüstere ich zurück.

Ich öffne die Tür und gehe langsam die Treppe hinunter, deren Stufen unangenehm laut knarren. Meine Hand streicht an der kalten Betonwand entlang.

Eine einsame Glühbirne hängt von der Decke, der Keller steht voller alter Möbel, Kisten und Gerümpel.

»Verdammt, Cilla«, keucht Adam, der sich hinter mir die Treppe heruntergeschlichen hat. »Das ist voll unheimlich hier.«

»Jetzt komm schon, du bist doch Polizist.«

»Ja, aber ich bin sehr ungeübt darin, in den Kellern von fremden Leuten herumzuschnüffeln.«

»Ich weiß auch nicht, Adam, ich wollte nur ...«

Ich verstumme abrupt, weil mein Blick an einem Foto hängen geblieben ist, das in einem der Regale steht. Eine Schwarz-Weiß-Fotografie einer Abiturientin. Ich kenne diese Frau.

»Astrid«, flüstere ich.

»Wie bitte?«

Ich nehme das Foto in die Hand. Das ist Astrid. Ich sehe sie in der Seniorenresidenz. Alt und ein bisschen verwirrt, aber ihre schönen klaren Augen hat sie noch, und ihre hellen Haare, die nur ein bisschen dünner und grauer geworden sind.

»Das ist Astrid, die Jugendliebe von Sixten, der hier auf der Insel ermordet wurde.«

Adam nimmt mir das Foto aus der Hand und sieht es sich an.

»Sie ist wirklich eine schöne Frau.«

»Ja, das stimmt. Das ist sie auch heute noch.«

Adam sieht mich an.

»Wie heute noch? Seid ihr euch mal begegnet?«

»Es könnte sein, dass ich sie eventuell in der Seniorenresidenz besucht habe, in der sie jetzt lebt.«

Adam schmunzelt.

»Und warum überrascht mich das jetzt nicht?«

»Adam, ich glaube, ich weiß jetzt, was passiert ist. Am Anfang habe ich ihren Vater verdächtigt, das scheinen alle getan zu haben. Er galt als jähzornig und gewalttätig. Sixten war ein einfacher Bauernsohn, vielleicht wollte der Vater die Familienehre verteidigen.«

»Die Familienehre? Das klingt eher nach neunzehntem Jahrhundert als nach den Sechzigern.«

»Stimmt. Außerdem ist das auch nicht die Lösung des Falles. Astrids Bruder hat seine Schwester ein Leben lang terrorisiert. Bis heute.«

»Warum?«

»Weil er so ist, wie er ist. Astrid ist siebzig Jahre alt, aber als wir vorhin telefoniert haben, hatte sie eine Todesangst vor Christer. Sein unmittelbares Umfeld war sein ganzes Leben lang davon in Mitleidenschaft gezogen. Der Mord an Sixten war nur der Anfang. Christers Frau ertrank vor etwa zehn Jahren hier in der Bucht von Kyrkviken. Und Astrid ist davon überzeugt, dass Christer auch für den tödlichen Autounfall ihres Mannes Kjell verantwortlich ist.«

»Oh Gott! Wirklich?«

»Das sind einfach zu viele Unfälle, Adam. Viel zu viele.«

Ich sehe mich weiter um und entdecke auf einem anderen Regal ein weiteres Foto. Wie sonderbar, dass die Bewohner des Hauses ihre Familienfotos im Keller aufbewahren, wo sie niemand sehen kann. Vielleicht, weil sie das Haus regelmäßig vermieten? Ich betrachte das Foto und runzele die Stirn.

»Noch ein Foto von Astrid?«, fragt Adam, der mir über die Schulter sieht.

»Nein.«

Das ist unmöglich. Zwar sehen sich die beiden Frauen zum Verwechseln ähnlich, aber dieses Foto kann nicht so alt sein. Das hübsche blonde Mädchen ist Anfang zwanzig, es wurde am Meer aufgenommen, vielleicht in den Schären. Ich kann mich an den Kleidungsstil erinnern – so sah ich auch als Teenager aus. Die Klamotten sind aus den Neunzigern, nicht aus den Sechzigern.

»Das kann unmöglich Astrid sein«, sagt Adam, der zu demselben Schluss gekommen ist. »Die sehen sich sehr ähnlich, aber das da ist wesentlich jünger.«

Ich drehe den Bilderrahmen um und biege die kleinen Metallplättchen auf, die die schwarze Rückwand festhalten. Auf der Rückseite des Fotos steht etwas: *Angelica, Juni 2001*.

»Angelica«, flüstere ich.

»Wer ist das?«

»Angelica.«

Hatte Christer nicht von seiner Tochter gesprochen und ihren Namen genannt?

»Das ist Christers Tochter Angelica.«

Und es ist auch logisch, dass Christers Tochter seiner eigenen Schwester ähnlich sieht. Mein Atem beschleunigt sich, ich spüre meinen Herzschlag in meinen Handgelenken.

»Julia hat also …«

»Ja. Sie hat Christers Haus gemietet.«

»Glaubst du, dass Angelica und Julia sich kennen?«

Ich stelle das Foto zurück ins Regal und merke, wie jede Faser von mir schnell wieder nach oben will. Dieser Keller hat etwas Beklemmendes. Er ist wie die meisten Keller feucht, abgestanden und dunkel. Aber da ist noch etwas anderes, das ich nicht richtig benennen kann.

»Komm, Adam.«

Ich ziehe ihn hinter mir die Treppe hoch und schließe schnell die Tür ab.

»Wo zum Teufel sind die?«, sage ich. »Wo sind Zacke und Julia?«

»Vielleicht sind sie spazieren gegangen.«

Ich nicke. Adam hat recht, das ist die vernünftigste Erklärung. Unschlüssig stehe ich im Wohnzimmer und sehe in die Bucht. Das Wasser ist spiegelglatt. Unvorstellbar. Dort ist letzte Woche eine Frau ertrunken. Schon die zweite. Das kann kein Zufall sein. Mein Blick fällt auf das Haus auf der anderen Seite der Bucht. Das ist ziemlich protzig. Modern, mit einer ausladenden Terrasse und einem großen Whirlpool, der mit Holz befeuert wird. Neben mir an der Wand hängt ein Fernglas. Ich nehme es herunter und stelle es scharf.

»Cilla? Was machst du da?«

Adam steht hinter mir. Ich kann seinen Atem in meinem Nacken spüren. Da sehe ich einen Schatten am Fenster gegenüber vorbeihuschen. Ein kleines Wesen, das mir sehr bekannt vorkommt. Ich senke das Fernglas und drehe mich zu Adam um.

»Aretha Franklin ist in dem Haus auf der anderen Seite der Bucht. Aber wo ist Zacke?«

36

Julia

Plötzlich stehen sie zu zweit vor ihnen.

Neben Angelica, die ihre Pistole fest in den Händen hält, steht jetzt John. Er trägt ein graues Sweatshirt und Jeans. Ist barfuß. Die Haare sind fettig, als hätte er schon lange nicht mehr geduscht. In Julias Kopf drehen sich die Gedanken in Lichtgeschwindigkeit.

»Kenn... Kennt...«

Sie kämpft um jede Silbe, wird immer kurzatmiger.

»Kennt ihr beide euch?«

Angelica lächelt. Dieses Lächeln sagt mehr als tausend Worte und erklärt alles. *Das Parfum.* Jetzt weiß Julia auch wieder, wann sie es gerochen hat. Als sie Angelica vor ein paar Wochen zufällig in der Weinbar getroffen hat.

Julia sieht ihre Hände an, die mit jeder neuen Erkenntnis, die hinzukommt, heftiger zittern.

An jenem Abend war Angelica mit einem Mann verabredet gewesen, von dem Julia nur den Rücken gesehen hatte. Das war John gewesen. Ihr wird ganz schwindelig davon. Sie hebt den Kopf, sieht Angelica und John an.

»Wie lange kennt ihr...«

Sie muss die Frage gar nicht beenden. Zacke neben ihr versteht die Welt nicht mehr, konzentriert sich aber darauf, den Hund zu beruhigen, der leise wimmert und immer wieder von seinem Schoß springt.

»Noch nicht so lange«, sagt John leise.

»Seit über einem halben Jahr«, korrigiert Angelica.

Julia nickt, holt tief Luft.

»Ihr habt sie umgebracht. Ihr habt deine Frau getötet, John. Stimmt das, habt ihr das getan?«

John bleibt stumm. Julia ballt ihre Hände zu Fäusten, damit sie aufhören zu zittern. Angelica kommt auf sie zu, und auch jetzt steigt ihr der Duft in die Nase und erschwert ihr das Atmen. *Das war kein Geist.* Sie muss an den Schatten denken, den sie zweimal in Johns Haus gesehen hat. Das war Angelica. Sie war die ganze Zeit da. Natürlich. Es gibt keine Geister.

Aber sie begreift auch noch etwas anderes. Angelica hat gesagt, dass die beiden sich seit einem halben Jahr kennen. Sechs Monate. Das ist genau die Zeit, in der Julia keinen Drohungen und Verfolgungen ausgesetzt war. Jetzt weiß sie auch warum. *Angelica war mit etwas anderem beschäftigt.* Diese Erkenntnis macht sie so wütend, dass sie für einen Moment ihre drohende Asthmaattacke vergisst.

»Du verstehst das nicht«, sagt Angelica. »Du wirst das niemals verstehen.«

»Ich verstehe immerhin, dass ihr sie umgebracht habt.«

Das Einzige, was Julia von dieser armen Frau weiß, die vor knapp einer Woche ertrunken ist, ist ihr Name. Sheila. Aber sie saß doch im Whirlpool mit John, sie haben Rosé zusammen getrunken und sind zusammen mit dem Boot rausgefahren?

»Aber wie ... ich verstehe nicht ...?«

Angelica geht vor Julia und Zacke in die Hocke.

»Natürlich verstehst du das nicht.«

Sie sieht regelrecht besorgt aus. Nein, nicht besorgt, höhnisch.

»Du bist schon immer so gutgläubig gewesen, Julia. Deshalb haben wir dich ausgewählt.«

»Ausgewählt?«

»Hm. Das hätte mit keiner anderen so gut funktioniert.«

»Wovon redest du?«

»Sie sollte nicht sterben. Das mit Sheila war ... ein Unfall.«

»Was war ein Unfall?«

Angelica lässt sich Zeit, streicht mit dem Finger über den Lauf der Pistole.

»Sie hat uns erwischt, John und mich. Das war vor ein paar Wochen. Sheila war verreist beziehungsweise sie sollte verreist sein. Die Reise wurde abgesagt, und sie kam spätabends nach Hause ... aber da lagen John und ich im Ehebett.«

Julia sieht über Angelicas Schulter in Johns Gesicht. Aber er steht stumm da, hat die Hände in den Hosentaschen vergraben. Julia hat das Gefühl, dass er so machtlos ist wie sie.

»Sie ist durchgedreht«, fährt Angelica fort. »Verständlich. Aber sie hätte begreifen müssen, dass es zwischen den beiden schon seit Langem vorbei war. Dass eine andere ihren Platz eingenommen hat. Ich glaube, sie ahnte es, wollte es aber nicht wahrhaben. Sie war naiv, Julia. So wie du.«

»Was habt ihr gemacht, als sie euch ertappt hat?«

Angelica lächelt.

»Lass es mich so beschreiben, es entstand ein ziemliches Chaos. Sie schrie herum, bekam eine Panikattacke. Ich weiß nicht, was in mich gefahren ist, Julia, aber ich bin nicht gewichen, keinen Millimeter. Weil, John gehört jetzt mir. Verstehst du? Und er gehört mir schon seit einem halben Jahr. Ich habe mich verteidigt, habe für mich gekämpft. Ich wurde wütend, sehr wütend. Sie tobte und schrie, und dann ... ist etwas in mir geplatzt. Und plötzlich lag sie da.«

Julias Lunge brennt wie Feuer. Ihre Asthmaattacke wird immer schlimmer. Wie konnte sie das Haus nur verlassen, ohne den Inhalator mitzunehmen? Sie hat rasende Kopfschmerzen, und der Sauerstoff im Raum reicht nicht mehr aus.

»Wo lag sie?«

»Am Fuß der Treppe. Sie ist die Treppe hinuntergefallen.«

Julia sieht erneut zu John, und sein Gesichtsausdruck sagt ihr alles, was sie wissen muss. Sheila ist nicht gefallen. Angelica hat sie die Treppe hinuntergestoßen.

»Du hast sie umgebracht«, keucht Julia.

»Es war ein Unfall. Wir sind sofort zu ihr, aber ... man konnte es gleich sehen. Sie war tot. Genickbruch. Wir bekamen Panik, wussten nicht, was wir tun sollten. Es war meine Idee, sie unter dem großen Komposthaufen im Garten zu verstecken. Dort hinten stinkt es sowieso schon und ... ich sah keine andere Lösung. Wirklich nicht.«

»Warum seid ihr nicht zur Polizei gegangen? Warum ...«

»Weil meine Familie das Unglück förmlich anzieht.«

Julia runzelt die Stirn. Was will sie damit sagen?

»Die Idee kam mir erst, als wir uns im E&G trafen. Du warst ein Geschenk des Himmels, Julia. Du hast uns gerettet.«

Sie lacht. Der Schmerz in Julias Brust wird unerträglich.

»Auf einmal wusste ich, wie wir aus der Geschichte wieder herauskommen.«

Julia dreht den Kopf, sieht aus dem Fenster hinaus aufs Wasser. Stress verstärkt das Asthma. Bewusstes Atmen hilft. Langsam einatmen und langsam ausatmen. Bloß nicht hyperventilieren. Sie sieht das Fernglas vor sich, das sich förmlich anbot, heimlich die Nachbarn zu beobachten. Sie hat John mit seiner Frau im Whirlpool beobachtet, obwohl sie nur ihre Hinterköpfe gesehen hat. Sie hat auch gesehen, wie die beiden rausgefahren sind. So war das also.

»Das bist die ganze Zeit schon du gewesen«, flüstert sie.

Angelica antwortet nicht, sie streckt nur die Hand aus, nach der John schlafwandlerisch greift.

»Du bist krank«, keucht Julia. Sie sieht Blitze, weil sie keine Luft mehr bekommt. »Hattest du eine Perücke auf oder was? Nur, damit ich euch sehen kann? Wie ihr im Whirlpool sitzt und zusammen rausfahrt. Warum …«

»Wir brauchten doch eine Zeugin, Julia«, unterbricht sie Angelica und sieht sie ungeduldig an. »Jemanden, der bezeugen kann, wie gut die beiden sich verstanden haben, bevor das Unglück auf dem Meer geschah.«

Julia schüttelt den Kopf. *Unglück auf dem Meer.*

»Wie … bist du wieder an Land gekommen? Bist du geschwommen?«

Wieder dieses überhebliche Lächeln. Sie ist stolz auf das, was sie getan hat. Stolz, dass es funktioniert hat. Kranke Psychopathin.

»Ich habe auf dem Boden des Bootes gelegen. Du warst so darauf fixiert, John zu helfen, dass du mich nicht bemerkt hast.«

»Du bist krank, Angelica. Verstehst du das? Wie krank muss man sein, so weit zu gehen, nur um nicht die Wahrheit sagen zu müssen? Begreifst du, wie *geistesgestört* das ist? Wie konnte ich das übersehen? Ich fand dich immer so großzügig und nett.«

Angelica lässt Johns Hand los.

»Du hast keine Ahnung, wer ich bin, Julia. Du weißt nicht, was für ein Leben ich hatte.«

Julia hat das Gefühl, dass ihre Lunge gleich platzt. Ihre Wut aber ist so übermächtig, dass sie sogar ihre Angst überdeckt.

»Ich weiß, dass du eine kleine, verwöhnte Oberschichtentussi bist, die es nicht aushält, wenn es anderen gut geht. Eine, die immer im Mittelpunkt stehen muss.«

Angelicas Gesicht verzieht sich zu einer Grimasse. John, ihr stummer Schatten, wirkt nervös. Julia spürt auch Zackes Nervosität, und Aretha Franklin quittiert das Ganze mit Gezappel und wütendem Gebell.

»Halt's Maul«, keift Angelica.

»Du bist ein kranker Mensch.«

»Du hast keine Ahnung, wie das bei uns zu Hause ...«

»Das ist mir vollkommen egal, wie es bei dir zu Hause war. Du bist gestört. Und feige bist du auch. Statt zuzugeben, dass du Johns Frau umgebracht hast, hast du dir einen kranken Plan ausgedacht.«

Julia zittert am ganzen Körper, trotzdem steht sie langsam auf. Zacke zieht an ihrem Hosenbein, aber Julia will sich nicht wieder hinsetzen.

»Du bist so erbärmlich, Angelica.«

»Sei endlich still.«

Angelicas Augen werden immer größer, als würden sie ihr gleich aus dem Kopf springen. Der Hund bellt wie verrückt, als hätte er etwas entdeckt. Julia weiß, dass sie vielleicht einen großen Fehler begeht, der sie das Leben kosten könnte. Aber sie wird nicht weichen. Sie ist wütend, unfassbar wütend.

»Ich werde nicht still sein«, sagt Julia. »Wie willst du hier rauskommen? Willst du uns beide erschießen? Sollen wir auch bei einem *Unglück auf dem Meer* umkommen? Ein bisschen viele Unglücke, findest du nicht?«

»Halt deine Fresse! Sei still!«

Julia steht jetzt so nah vor Angelica, dass sie ihren Atem spüren kann. Und das Geisterparfum riechen kann. Die Waffe zittert in Angelicas Hand. Julia muss sie nur ein bisschen ablenken und ihr die Waffe aus der Hand schlagen. Aber dann geschieht etwas, was alles auf den Kopf stellt. Julia hört, wie die Terrassentür aufgeht. Zuerst denkt sie, der Wind hätte sie aufgedrückt, aber dann sieht sie Schatten und Bewegungen im Augenwinkel.

»Polizei!«

Das Wort hallt durch das große Haus. Etwas stürzt zu Boden und zersplittert. Der Hund bellt noch lauter. Laute Schritte. Julia sieht die Panik in Angelicas Augen, dann löst sich ein Schuss. So laut, dass es in Julias Ohren klingelt. Es riecht streng, Julia weicht einen Schritt zurück, ein Mann ringt Angelica zu Boden. Eine Blondine steht in der Terrassentür und schreit. John steht wie angewurzelt, erstarrt vor Schreck. Und Zacke …

Sie dreht sich zu ihm um. An der weißen Wand ist ein dunkelroter Blutfleck.

Nein. Nein, nein, nein!

Zacke lehnt mit dem Rücken an der Wand, ihm läuft das Blut über die Brust. Der zottelige Hund auf seinem Schoß jault auf.

37

Zacke

Zacke hatte keine genaue Vorstellung vom Himmel. Wenn, dann käme dem wohl das Mon Dieu! noch am nächsten, seine geliebte Weinbar. Aber in dieser Version vom Himmel ist es einfach nur... sehr hell. Viel zu hell für seinen Geschmack. Das tut weh in den Augen. Und auch im Kopf.

Aber... es duftet nach Kaffee. Wie schön, dass sie Kaffee im Himmel haben, sonst würde es auch wahnsinnig langweilig werden. Ob sie auch Wein anbieten?

»Zacke?«

Als er nach langem Zögern die Augen öffnet, sieht er direkt in das Gesicht einer fremden Frau. Sie hat krauses Haar und trägt eine Brille. Er kann sein Spiegelbild in ihren Brillengläsern sehen, eine blasse Gestalt, die versucht, sich im Bett aufzusetzen. Im Bett? Was denn für ein Bett? Wo ist er?

»Wie geht es Ihnen?«, fragt die Frau. »Wissen Sie, wo Sie sind?«

Die Weinbar taucht vor seinem inneren Auge auf, seine geliebte Weinbar. Ist er hinterm Tresen eingeschlafen?

»Ähm... im *Mon Dieu!*?«

Die Frau sieht ihn verwirrt an.

»Ich spreche leider kein Französisch, Zacke. Sie sind im Karolinska-Krankenhaus.«

»Wo?«

Zacke hört, wie krächzend seine Stimme klingt. Hat die Frau eben gesagt, dass er im Krankenhaus liegt? Verdammt. Wie oft hatten ihn seine Eltern davor gewarnt. Zacke, du musst mehr Sport machen. Weniger Wein, weniger fettes Essen! Haben seine Arterien aufgegeben? Doch plötzlich meldet sich ein Erinnerungsfetzen. Ein Blitz. Ein Schuss. Und der Schmerz in der Schulter.

»Erinnern Sie sich, was passiert ist?«, fragt die Frau.

Aus dem Fetzen werden immer mehr. Er sieht das schwarze Meer, erinnert sich an Aretha Franklins wütendes Gebell, an die beiden Schattenfiguren vor ihm ... und an die Waffe. Sein Herz rast.

»Bin ich angeschossen worden?«

Die Frau nickt.

»Ja, leider. Aber zum Glück nicht von einer guten Schützin. Die Kugel hat Ihre linke Schulter gestreift. Sie haben eine große Fleischwunde, aber die wird wieder verheilen. Sie haben noch Blutergüsse am Arm, aber sonst keine weiteren Verletzungen. Sie hatten einen Schutzengel, würde ich sagen.«

Zacke nickt.

»Wir haben die Wunde genäht und Ihnen etwas Schmerzstillendes gegeben, Ihnen könnte ein bisschen schwindelig davon sein. Aber ansonsten geht es Ihnen gut.«

»Weiß jemand ... dass ich hier bin?«

Die Ärztin lächelt und wirft einen Blick über die Schulter.

»Ja, wir haben hier eine sehr besorgte junge Frau. Fühlen Sie sich kräftig genug, um Besuch zu bekommen?«

Zacke nickt, und die Ärztin winkt Cilla zu sich, die sofort ins Zimmer stürzt und sich auf den Stuhl neben dem Bett setzt. Sie ist blass, und ihre Augen sind rot vom Weinen. Auf ihrem Pullover sind Blutflecken. Sein Blut?

»Oh Gottogottogott, mein liebster, bester Zacke«, säuselt sie und nimmt seine Hand.

Ihr steigen die Tränen in die Augen. Zacke schüttelt den Kopf.

»Keine Tränen, mir geht es prima.«

»Gott sei Dank. Ich habe mir solche Sorgen um dich gemacht.«

»Wie spät ist es?«

Cilla lacht erleichtert auf.

»Das ist das Erste, was du wissen willst? Es ist halb neun Uhr morgens. Sie haben dich heute Nacht noch operiert. Und du hast ziemlich lange geschlafen. Ich habe eine Milliarde Jahre vor deiner Tür gewartet.«

»Wo ist Aretha?«

»Der geht es super, Julia kümmert sich um sie.«

Es kommen immer mehr Erinnerungen zurück. Wie er neben Julia auf dem Boden gesessen hat. Dass alles so schnell ging. Cilla stand in der Tür, Adam war auch da. Ein Riesenchaos, Geschrei, Pfeifen im Ohr und der Schmerz.

»Wie geht es Julia?«

»Ihr geht es auch gut. Sie hat einen kleinen Schock, aber ansonsten geht es ihr gut.«

»Und Adam?«

»Auch er kann nicht klagen. Er ist gewissermaßen kopfüber in den nächsten Fall gesprungen.«

»Ich verstehe das alles nicht, Cilla«, sagt Zacke und reibt

sich die Stirn. »In was sind wir da reingeraten? Angelica, meine ehemalige Kollegin von der Ausbildung zum Sommelier. Was hatte die da am Laufen? War sie es, die Julia gestalkt hat?«

Cilla holt tief Luft, zieht die Jeansjacke aus und hängt sie über die Stuhllehne. Sie fährt sich mit der Hand durch ihre blonden Haare und räuspert sich.

»Genau so war das. Ich erzähle dir am besten alles von Anfang an.«

38

Zacke

Als Zacke das nächste Mal die Augen aufschlägt, ist der Stuhl neben seinem Bett leer. Er muss wieder eingeschlafen sein. Er schläft ziemlich viel. Das liegt wahrscheinlich an den Schmerzmitteln, die er von den Schwestern im Karolinska bekommt. Die Tatsache, dass er angeschossen wurde, hat er noch nicht gänzlich verarbeitet und zugelassen. Das passiert nur Leuten in britischen Krimis oder Gangmitgliedern. Aber doch nicht Touristen in den Stockholmer Schären.

Er ist nervös, sieht immer wieder zur Tür, als würde er jeden Augenblick erwarten, dass Angelica im Zimmer steht. Mit der Pistole in der Hand. Allein bei dem Gedanken läuft ihm ein Schauer über den Rücken.

Er soll einen Schutzengel gehabt haben, hat die Ärztin gesagt. Er kennt den Ausdruck, aber er glaubt nicht an Engel. Aber offensichtlich hatte er tatsächlich einen. Beziehungsweise gleich zwei. Cilla und Adam, die im richtigen Augenblick aufgetaucht sind. Wie lange ist es her, dass Cilla ihm die ganze Geschichte erzählt hat? Zehn Minuten? Drei Stunden? Der Blumenstrauß, den sie mitgebracht hat, steht in einer

Vase am Fenster, und die Sonne strahlt mit den goldgelben Blüten um die Wette.

Die Geschichte ist wie aus einem Horrorfilm. Sie handelt von einem Mann namens Christer Jacobsen, der sein Umfeld seit über fünfzig Jahren in einem tödlichen Klammergriff gefangen hält. Alles begann mit seiner Schwester Astrid und dem Mann, in den sie sich Ende der Sechziger verliebte. In Sixten Axelsson. Christer hat ihm aus Eifersucht die Kehle durchgeschnitten. Aber damit hörte der Wahnsinn nicht auf. Er hat Astrid ihr ganzes Leben lang tyrannisiert und überwacht. Und die Menschen aus dem Weg geräumt, die ihm in die Quere gekommen sind. Dazu gehörten seine eigene Frau und der Ehemann von Astrid.

Angelica wiederum ist Christers Tochter.

Und sie hat offensichtlich dieselbe Persönlichkeitsstörung. Sie stieß die Ehefrau ihres Geliebten die Treppe hinunter und inszenierte dann ihren eigenen Tod. Ein gleichermaßen krankes und makabres Schauspiel. Und das Ganze fand seinen Höhepunkt, als sie Julia und Zacke mit einer Waffe bedrohte.

Ist das Böse eigentlich erblich?, fragt sich Zacke und schiebt sich das Kissen in den Rücken, um sich aufzusetzen.

Kann es an Blutsverwandte weitergegeben werden, oder überträgt es sich eher in der Kindheit und Jugend auf die nächste Generation? Zacke beschließt, nicht weiter darüber nachzudenken. Außerdem ist gerade etwas aufgetaucht, was seine volle Aufmerksamkeit erfordert.

In der Tür zu seinem Zimmer steht jemand, den er kennt. Sehr gut kennt. Er sitzt stumm im Bett, ihm steigen die Tränen in die Augen. *Jonathan.*

Jonathan betritt vorsichtig das Krankenzimmer und setzt sich auf den Stuhl neben Zackes Bett. Streckt seine Hand aus, Zacke legt seine hinein. Wie lange ist es her, dass er Jonathans warme Finger berühren konnte? Auch Jonathan hat Tränen in den Augen.

»Hallo, du«, sagt er.

»Hallo, du«, antwortet Zacke. »Ich ... ich bin so froh, dass du gekommen bist.«

Jonathan nickt.

»Du weißt echt, wie man ein dramatisches Wiedersehen inszeniert.«

Zacke lächelt und wischt sich eine Träne weg.

»Verzeih. Das war nicht der Plan, dass es so dramatisch wird.«

»Wie geht es dir? Ich habe fast einen Herzinfarkt bekommen, als ich heute früh wach wurde und ungefähr eine Million verpasste Anrufe von Cilla auf dem Handy hatte. Du bist ... angeschossen worden? Zacke?«

Er nickt. Was soll er auch sagen, wenn die ganze Schulter bandagiert ist.

»Mein Liebling, wie ist das passiert?«

Zacke drückt Jonathans Hand. *Liebling.* Das Wort hat er schon monatelang nicht mehr gehört.

»Wir sind da in etwas ganz Verrücktes reingeraten. Ausgerechnet auf Bullholmen. Erst hat Aretha Beweismaterial gefunden und dann war da eine verrückte, bewaffnete Nachbarin ... ich kann dir das alles erzählen, wenn du magst.«

»Cilla hat mir schon ein bisschen was erzählt. Das Wichtigste ist jetzt, dass du dich ausruhst, Zacke. Ich bleibe hier bei dir. Die Krankenschwester hat mir die wichtigsten Informationen gegeben. Du bist zum Glück nicht schwer verletzt. Dem Himmel sei Dank!«

Zacke nickt, wird wehmütig.

»Ich habe dich so vermisst.«

»Ich dich auch.«

»Wirklich?«

Jonathan schweigt, und in Zackes Kopf wirbeln die Gedanken durcheinander. Seinem Liebsten liegt etwas auf der Seele, das kann er sehen.

»Es tut mir leid, dass ich mich so idiotisch benommen habe«, sagt Jonathan schließlich.

Zacke ist ganz perplex.

»Was? Wie meinst du das?«

»Dass ich ein Idiot war. Einfach erbärmlich. Ein Mann in der Midlife-Crisis.«

»Ich bitte dich, Jonathan, das ist doch verständlich, wenn man bedenkt, was du …«

»Nein.«

»Doch, das finde ich schon. Deine Mama ist gestorben. Das hat ganz viel ausgelöst.«

»Leider vollkommen verhältnislos. Ich habe mich so unglaublich kindisch verhalten. Das hast du nicht verdient. Das Letzte, was ich nämlich will, ist eine Beziehungspause. Das wäre total … hirnverbrannt.«

Zacke lacht. Aber das tut in der Schulter weh.

»Aua.«

»Du sollst nicht so viel lachen.«

»Okay. Versprochen. Jonathan?«

»Ja?«

»Ich habe mich doch genauso idiotisch verhalten. Ich

muss die ganze Zeit an den Abend denken, an dem ich mich betrunken habe und dann diesen Fehler begangen habe, weil alles ein riesiges Durcheinander war und …«

Jonathan legt eine Hand auf Zackes Arm und seufzt.

»Mein Herz. Wir haben uns beide wie Idioten benommen. Wollen wir das hinter uns lassen?«

Leider muss Zacke da an einen Instagram-Account denken. *Ciaomattias*. Und an Jonathans Likes unter jedem Post.

»Wer ist Mattias?«

Jetzt ist Jonathan perplex.

»Bitte wer?«

»Mattias. *Ciaomattias*. Ich habe gesehen, dass ihr euch auf Instagram schreibt. Ist da etwas zwischen euch?«

»Zacke, ich bitte dich. Hast du wirklich geglaubt, dass ich so etwas tun würde?«

»Ich weiß nicht.«

»Mattias arbeitet bei mir in der Bank. Er hatte gerade angefangen, und ich war mit ihm essen, um ihn willkommen zu heißen. Es stellte sich heraus, dass sein Vater an Krebs gestorben ist, fast zeitgleich mit dem Tod meiner Mama. Wir haben viel über diesen Verlust gesprochen. Er verstand, wie es mir ging, und andersherum genauso. Aber er ist verheiratet, Zacke. Mit einer Frau, mit Sofia.«

»Dann hattest du nichts mit ihm?«

»Um Himmels willen, nein.« Jonathan lacht. »Außerdem trinkt er keinen Schluck Alkohol.«

»Vielleicht sehnst du dich nach jemandem, der das genaue Gegenteil von mir ist?«

»Warum sollte ich das?«

Jonathan beugt sich zu Zacke und küsst ihn. Im ersten

Moment schießt Zacke in den Kopf, dass er, halb erschossen, weder geduscht noch seine Zähne geputzt hat. Aber dann lässt er den Kuss zu. Denn er hat sich so lange danach gesehnt.

»Gibt es wieder ein *wir*?«

Jonathan nickt.

»Eigentlich war es nie weg.«

Zacke lächelt.

»Manno, du weißt echt, wie man einem angeschossenen Mann eine Freude macht.«

Da klopft eine rothaarige Krankenschwester an den Türrahmen und steckt ihren Kopf ins Zimmer.

»Ich will euch Jungs ja nicht stören, aber gleich gibt es Essen, Zacke. Sie müssen ja sterben vor Hunger. Heute Abend gibt es vegane Linsensuppe.«

Zackes Lächeln erstirbt abrupt, und er sieht Jonathan verzweifelt an.

»Diese Nachricht ist schlimmer, als jeder Schmerz sein kann.«

39

Julia

Einen Monat später

Der Sommer ist da.

Das lässt sich an vielem ablesen. Zum einen glitzert das Wasser am Strandvägen in Stockholm intensiver, zum anderen benötigen die Gäste in den Cafés keine Wärmepilze und verfilzten Fleecedecken mit Brandlöchern mehr, um ihren Rosé zu genießen.

Der Frühling ist vorbei, und dafür ist Julia sehr dankbar. Sie hatte noch nie zuvor einen so dramatischen Frühling erlebt. Manchmal träumt sie nachts davon. Von Bullholmen, dieser wunderschönen Schäreninsel, die mehr Geheimnisse hat, als sie es sich hätte vorstellen können. Die Insel, auf die sie gefahren ist, um ihr Buch fertig zu schreiben, und die sie fast das Leben gekostet hätte.

In den nächtlichen Träumen kommt auch *sie* immer vor. Angelica. Die attraktive Frau mit dem lauten Lachen, die sie bei ihrer Ausbildung zur Sommelière kennengelernt hatte, die sich aber als psychisch gestört entpuppt hatte. Sie hatte mit ihrem Geliebten den Tod einer Frau inszeniert, um die wahren Umstände ihres Todes zu verschleiern. Und sie hatte Julia als Zeugin missbraucht. Ein Plan, der so hinterhältig ist, dass sich Julia manchmal kneifen muss. Hatte sie das vielleicht alles nur geträumt? Nein, Zacke hat zum Beweis eine große Narbe auf der Schulter.

Angelica war auch der Stalker, der Julia jahrelang das Leben zur Hölle gemacht hatte. Auch das war schwer zu begreifen. Dass sie dazu fähig gewesen ist. Angelica hatte behauptet, dass sie das nur getan hatte, um Julia vor Schlimmerem zu beschützen. Julia schüttelt immer wieder den Kopf, nur bei dem Gedanken daran. Angelica war nur neidisch. Aber es gab bestimmt einen tiefer liegenden Grund für das alles. Vielleicht konnte sie nicht anders. Vielleicht musste sie ... anderen Schaden zufügen. Julia hat mittlerweile Verständnis dafür. Sie kann ihr nicht verzeihen, aber sie versteht die Zusammenhänge. Denn seit jener Nacht in Bullholmen kam einiges über ihren Vater ans Licht. Christer Jacobsen ist kein guter Mensch. Sein Leben ist durchzogen von einer nicht abreißen wollenden Serie von Unfällen und Unglücken. Angehörige, die zum Teil schwere Schicksalsschläge erleiden mussten. Seine zweite Frau Jolanta hatte ihn verlassen und sich öffentlich über die physischen und psychischen Qualen in ihrer Ehe geäußert. Sie erzählte von dem Keller auf Bullholmen, der zu einer Folterkammer wurde, wenn sie auf der Insel waren. Ein Ort, an dem Christer tun und lassen konnte, was er wollte, weil niemand ihre Schreie hörte.

Mithilfe von Zackes Freundin Cilla Storm konnte auch endlich der Mord an Sixten Axelsson aufgeklärt werden. Zwar droht Christer deshalb keine Strafe mehr – diese alten Fälle sind verjährt, außerdem gibt es keine Beweise, die seine

Schuld eindeutig belegen. Aber die Zeitungen waren voll von diesem Fall und den jüngsten Ereignissen auf der Schären-insel. Und Christer Jacobsen kommt dabei nicht besonders glimpflich weg.

Was für ein Mensch wird man, wenn man mit einem Psy-chopathen als Vater aufwächst? Vielleicht gibt es nur die bei-den Möglichkeiten. Entweder leistet man Widerstand und will unbedingt anders werden. Oder man tritt in seine Fuß-stapfen.

Angelica und John sind des Mordes an Sheila Lexell an-geklagt. Sie behaupten nach wie vor, dass es ein Unfall war. Darüber hat Julia viel nachgedacht. Warum sollte Angelica ausgerechnet in jener Nacht die Wahrheit gesagt haben? Julia muss an die Fabel mit dem Hirtenjungen denken, der sich einen Spaß erlaubt und laut »Hilfe! Ein Wolf!« ruft. Sie glaubt nicht daran. John ist das erbärmliche Anhängsel von Angelica gewesen. Für einen kurzen Augenblick war sie sei-ner großen Anziehungskraft erlegen. Aber er hat nur nach Angelicas Pfeife getanzt. Das waren beide kranke Köpfe. Ju-lia weiß nicht, wo die beiden sind. Ob sie noch in Haft sitzen oder die Zeit bis zur Urteilsverkündigung in ihrem schicken Haus auf Bullholmen verbringen dürfen. Aber Julia wird gegen sie aussagen.

Das ist ihr alles nicht mehr so wichtig.

Denn sie hat einen wichtigen Entschluss gefasst. Der Sommer ist da, und es gibt keinen Platz mehr in ihrem Leben für die ewige Angst. Damit ist endgültig Schluss. Sie will leben, und zwar in vollen Zügen. Und nichts und niemand wird sie aufhalten können.

Angelicas Worte in dieser schicksalshaften Nacht spukten wochenlang in ihrem Kopf herum. *Du bist schon immer so naiv gewesen.* Daran wird schon etwas Wahres sein. Oder? Angelica behauptete, dass sie ihr das vom ersten Tag an angesehen hat. Dass Julia leicht zu manipulieren ist. Weil sie zu gutgläubig und leicht zu täuschen ist. Diese Gutgläubigkeit hatte auch möglich gemacht, dass Douglas sie permanent betrügen konnte – in ihrem gemeinsamen Bett –, ohne dass sie sich wehrte. Aber was, wenn Angelica sich in ihr geirrt hatte? Wenn Julia tief in ihrer Erinnerung gräbt, weiß sie, dass sie von Anfang an das Gefühl gehabt hat, dass mit Angelica etwas nicht stimmt. Und – Hand aufs Herz – sie wusste auch von Anfang an, dass sich Douglas für andere Frauen interessierte.

Das Problem war nicht ihre Naivität, sondern nur die Tatsache, dass Julia nicht auf ihre innere Stimme gehört hat. Nicht gefragt hat, was *sie* will. Sie hatte das Richtige gespürt, es aber ignoriert.

Auch damit ist jetzt Schluss.

Sie hält ihr Gesicht in die Sonne, hört das Klappern ihrer Sandalen auf dem Kopfsteinpflaster des Strandvägens. Sie steht mit beiden Füßen auf dem Boden. Im Leben. Im Café *Glashuset* lacht eine Gruppe junger Frauen herzhaft, eine Möwe jagt einer Serviette des Burgerladens *Max* hinterher, und ein junger Typ saust auf einem Elektroscooter an ihr vorbei. Sie hört Musik von einem Ausflugsdampfer, der vorbeifährt. Vielleicht feiert ein Hochzeitspaar seinen großen Tag.

Sie wiederholt ihr Mantra.

Damit ist jetzt Schluss.

Und zwar ein für alle Mal.

Ihr kommt ein Mann entgegen, als sie den Biergarten vom *Glashuset* betritt. Er kommt ihr irgendwie bekannt vor. Auch er scheint zu stutzen, dann dreht er sich um.

»Julia?«

Julias Magen verkrampft sich. *Diese Augen, diese Haare.* Er kommt zu ihr zurück, lässt seine Begleitung, einen jungen Mann, warten. Der beschäftigt sich mit seinem Handy.

»Karsten«, sagt Julia und schiebt ihre Sonnenbrille auf die Stirn. Sie muss blinzeln, weil sie das Licht blendet.

»Hallo. Ich fasse es nicht. Ist das lange her, dass wir uns gesehen haben.«

»Das stimmt. Seit der Ausbildung.«

Sie umarmen sich nicht zur Begrüßung. Jeden anderen aus der Zeit hätte Julia freudestrahlend umarmt, aber Karsten nicht. Sie streckt ihre Hand aus, was sich steif und formell anfühlt. Karsten erwidert den Händedruck. Seine Hand ist kalt, obwohl es draußen so warm ist.

»Ich habe viel an dich gedacht«, sagt Karsten.

Julia ist ein bisschen ratlos, was sie darauf antworten soll.

»Wirklich?«

»In letzter Zeit vor allem. Die Geschichte mit Angelica stand ja in allen Zeitschriften, die konnte man gar nicht übersehen.«

»Hm, ich weiß. Verrückte Geschichte. Hast du mit ihr gesprochen?«

»Nein, nein. Himmel, nein. Wir haben seit Jahren keinen Kontakt mehr. Aber du warst in die Sache involviert?«

Julia schluckt. Dass sie bereits vor den Ereignissen über eine gewisse Prominenz verfügte, hatte das Medieninteresse nur verstärkt. Die Schlagzeilen waren voll davon, dass die bekannte Weinexpertin vom TV-Sender TV4 mit dem Morddrama in den Schären zu tun hatte. Alle Bekannten und Verwandten hatten sich daraufhin bei ihr gemeldet, und der Sender hatte sie gefragt, ob sie ein persönliches Interview machen will, in dem sie über die Ereignisse berichten kann. Aber das wollte sie nicht. Auf keinen Fall. Sie war nur in die Schusslinie geraten und hatte das falsche Haus gemietet. Das war weder ihre Tragödie noch ihre Geschichte.

»Mir tut es so leid, dass du da mit reingezogen wurdest«, sagt Karsten.

Julia lacht auf. Wie lustig, warum entschuldigt *er* sich?

»Aber Karsten, damit hattest du doch nichts zu tun?«

Sein zerknirschtes Gesicht sagt etwas anderes.

»Oder doch?«

»Ich hatte ein ziemlich schlechtes Gewissen, dass ich dich nicht gewarnt habe«, sagt er.

»Gewarnt? Wann?«

»Na, damals, während der Ausbildung, als ihr euch mit Angelica angefreundet habt, du und dieser Typ, wie hieß er noch gleich …«

»Zacke.«

»Genau. Ich hätte euch schon damals warnen müssen.«

»Uns warnen? Vor Angelica?«

»Ja. Wir hatten ein ziemlich gestörtes Verhältnis. Also rein freundschaftlich! Ich bin schwul. Wir haben uns als Teenager im Gymnasium kennengelernt und waren lange eng befreundet. Zu eng, wenn du weißt, was ich meine. So von der Art: Wir gegen den Rest der Welt.«

»Ja, so habt ihr auch auf uns gewirkt.«

»Das kann ich gut verstehen. Und daran hatte ich auch

meinen Anteil. Wie sagt man: Wie du dich bettest, so schläfst du. Angelica war sehr manipulativ und hatte großen Einfluss auf mich. Sie befahl, und ich gehorchte, denn ich hatte sonst niemanden. Deshalb wurde ich auch so eifersüchtig, als sie sich mit euch anfreundete. Weil ich selbst das *niemals* hätte machen dürfen. Sie stehen zu lassen, um mit jemand anderem Zeit zu verbringen. Sie aber hat es getan, ohne mit der Wimper zu zucken. Und das … das hat mich so wütend gemacht.«

Julia legt eine Hand auf Karstens Schulter.

»Mir wäre das auch so gegangen«, sagt sie.

»Glaubst du wirklich?« Karsten sieht sie überrascht an.

»Ja, mir ist jetzt klar geworden, wie unglaublich manipulativ sie gewesen ist. Was mich nicht weiter verwundert, seit ich weiß, dass sie in einer dysfunktionalen Familie aufgewachsen ist.«

Karsten nickt. »Ich glaube, ich wollte ihr immer nur helfen. Aber dann habe ich begriffen, dass ich ihr nicht helfen kann. Sie veränderte sich immer mehr und wurde wie ihr …«

»… Vater?«

»Ganz genau.«

»Karsten, kommst du jetzt?«

Der junge Typ hat offensichtlich keine Lust mehr zu warten und winkt Karsten zu sich.

»Sorry, ich muss los. Es tut mir leid, dass ich dich nicht gewarnt habe, was für ein Mensch Angelica in Wirklichkeit ist.«

»Das ist nicht deine Verantwortung, und du konntest ja nicht wissen, dass es so eskalieren würde.«

»Das Schlimmste ist, dass ich mir da nicht so sicher bin.«

Er rückt seine Schirmmütze zurecht.

»Aber ich hoffe, dir geht es gut. Du siehst aus, als würde es dir gut gehen.«

Julia nickt. »Ja, das tut es auch. Wie schön, dass du dich nochmal umgedreht hast. Vielleicht begegnen wir uns in der Welt der Weine irgendwann einmal wieder.«

Karsten lächelt.

»Bestimmt. Pass auf dich auf.«

»Gleichfalls.«

Julia hat Herzklopfen von der unerwarteten Begegnung mit dem Mann, über den sie nur Schlechtes gesagt und dem sie so viele böse Sachen unterstellt hatte. Auf einmal war es nicht mehr Kälte, die sie in seinen eisblauen Augen sah, sondern seine Angst vor Kälte.

Aber auch in seinem Leben hat Angelica keinen Platz mehr. Und das scheint ihm sehr gutzutun.

»Wie viele?«, fragt der Kellner, der für die Tische draußen zuständig ist.

»Nur ein Platz.«

Er nickt, bringt sie an einen Tisch und gibt ihr die Speisekarte.

»Wollen Sie etwas trinken, während Sie sich etwas aussuchen?«

»Haben Sie einen Champagner offen?«

»Ja. Die gelbe Witwe.«

Sie nickt. *Die gelbe Witwe*. Leider muss sie bei diesem Spitznamen, der seit Jahren im Nachtleben von Stockholm kursiert, an Angelica denken.

»Haben Sie eventuell auch einen … Sancerre?«

»Aber natürlich.«

»Dann hätte ich gerne davon ein Glas.«

Denn Julia ist gekommen, um sich zu feiern. Nur sie ganz allein. Gestern hat sie ihr Manuskript an ihre sehr zufriedene Verlegerin geschickt, die es an die zuständige Lektorin weiterleiten wird. Gleichzeitig hatte die Agentur mitgeteilt, dass Verlage in Tschechien und Deutschland am Kauf der Auslandsrechte interessiert sind. Dafür wird sie keine riesigen Vorschüsse bekommen, aber es ist mehr, als Julia zu hoffen gewagt hatte. Die Vorstellung, dass Leser in Deutschland oder in Tschechien bald ihr kleines Buch über Wein kaufen können, war großartig. Das ist ein unglaubliches Gefühl.

Sie feiert, dass sie das Buch abgeschlossen hat. Voller Tatendrang hat Julia gestern direkt im Anschluss bei der Redakteurin vom *Morgenmagazin* angerufen und ihr mitgeteilt, dass sie für mehr Sendungen bereitsteht. Nächste Woche hat sie einen Termin mit der Programmleitung.

»Bitte sehr, Ihr Glas Sancerre.«

Julia nimmt das Glas, schwenkt den feinen Franzosen darin. Er duftet nach Brennnesseln, Holunder, Stachelbeere und nassen Steinen. Sie lächelt, sieht sich schmunzelnd um, ob sie jemand beobachtet.

»Skål, Julia«, flüstert sie sich zu. »Gute Arbeit.«

Sie nimmt einen Schluck, schließt die Augen, um alle Noten zu schmecken.

Der Sommer liegt vor ihr wie ein unentdecktes Land. Frida und ihre Familie haben ein Sommerhaus in Östergötland gemietet und haben sie eingeladen. Vielleicht wird es auch Zeit, das Geburtstagsgeschenk zum Siebzigsten ihrer Mutter einzulösen. Sie könnten nach Cornwall fahren. Das wünscht sich ihre Mutter schon so lange. Und Zacke hat doch bestimmt ein paar gute Tipps. Zacke will sie auch wiedersehen. Sie vermisst ihn jetzt schon, obwohl sie erst vor ein paar Tagen Kaffee trinken waren.

Sie nimmt noch einen Schluck.

Julia weiß nicht, was der Sommer für sie bereithält. Was sie aber weiß, ist, dass sie sich seit langer Zeit nicht mehr so frei gefühlt hat wie jetzt.

40

Cilla

Ich inhaliere die vielen Düfte, die so ein Sommerabend zu bieten hat. Im Hintergrund höre ich das Horn der letzten Fähre, die vom Hafen ablegt. Ich bin auf dem Weg zurück zu meiner Laube, nachdem ich mir in den Gemeinschaftswaschräumen eine Dusche gegönnt habe. Der Kies knirscht unter meinen Schuhen, und ich winke den Nachbarn, die den warmen Abend genießen und grillen.

Hier auf Bullholmen habe ich meinen Platz auf Erden gefunden. Und was für ein Glück, dass ich den schon jetzt gefunden habe, mit Anfang dreißig. Das ist genau genommen großartig. Die zwölf Monate, seit ich meinen Fuß zum ersten Mal auf diese Insel gesetzt habe, waren eines der aufregendsten Jahre meines Lebens. Nein, das streichen wir. Es war ohne jeden Zweifel das aufregendste Jahr meines Lebens. Wenn ich nur an die abgefahrenen Geheimnisse denke, in die wir verwickelt waren. Rosie und ich. Und was für gute Freundinnen wir dadurch geworden sind. Und was Zacke und Jonathan alles erlebt haben in dieser Zeit.

Ganz zu schweigen natürlich von dem schönsten Kommissar, den die Polizei von Nacka zu bieten hat. Adam Ängström. Mein Liebster. Dass wir ein Paar werden, war am Anfang gar nicht selbstverständlich. Aber das ist es jetzt. Auch wenn ich vor einer Woche einen mittleren Anfall hatte. Nicht seinetwegen. Er stand nur leider in der Schusslinie. Zum gefühlt dreißigsten Mal hatte er diesen IKEA-Besuch angesprochen. Wir schlenderten gerade durch Gamla Stan, und ich blieb abrupt stehen und habe losgebrüllt. Dass ich nicht zu IKEA fahren will. Dass ich auch kein neues Sofa will. Ich habe mit dieser Einlage eine Gruppe von japanischen Touristen zu Tode erschreckt, und auch der Mann, der Musik auf Glasflaschen spielte, packte schnell seine Sachen zusammen. Als wir an diesem Abend nach Hause kamen, fasste ich mir endlich ein Herz und gab zu, dass mich das Thema Zusammenziehen quält.

Adam lag auf dem Sofa und sah auf.

»Quält?«, hatte er gefragt.

»Ja, weil … weil ich einfach keine guten Erfahrungen mit Beziehungen gemacht habe. Die sind alle auseinandergegangen.«

Adam schmunzelte.

»Das gilt auch für mich.«

»Es hat nichts damit zu tun, dass ich mit IKEA ein Problem hätte. Die haben wunderbar unkomplizierte Bauanleitungen, es ist nur so, dass … IKEA steht für etwas Bestimmtes. Und ich weiß nicht, ob ich schon so weit bin.«

»Und das wäre?«

»Ich weiß es nicht, Adam.«

Er war aufgestanden und hatte mich in den Arm genommen.

»Den Schlüssel für meine Wohnung, den ich dir gegeben

310

habe, den kannst du benutzen, wie du willst. Ich freue mich, wenn du das tust. Aber ich wollte dich damit nicht stressen. Es war keine Aufforderung, dein eigenes Leben aufzugeben.«

Ich nickte. Mein eigenes Leben. Ich sah sofort meine kleine Wohnung auf Södermalm vor mir, deren Dusche einen unfassbar schlechten Wasserdruck hat und wo es im Winter eiskalt ist. Aber ich dachte auch an meine tiefen Fensternischen, den Ausblick auf das Kopfsteinpflaster und das Gefühl, am Puls der Stadt zu wohnen, und an Zacke und Jonathan, die um die Ecke leben ... Ich wusste, dass ich nicht bereit war, das alles aufzugeben. Die Wohnung gehört mir, nur mir. Sie war meine Höhle, mein Rückzugsort. Dort hatte ich nächtelang meine Folgen für *Blutspur* geschrieben oder mit einem Glas Wein und Roxy Music im Hintergrund auf meine Straße hinausgeblickt. Ich war noch nicht bereit, sie zu verlassen.

»Aber ... könntest du dir vorstellen, mir einen Schlüssel zu deiner Wohnung zu geben?«

Ich starre Adam fassungslos an.

»Ist das dein Ernst? Du willst einen Schlüssel für meine Bruchbude?«

»Ja.«

»Meine Nachbarn rauchen, und der Gestank dringt durch den Türspalt. Im Treppenhaus riecht es gefährlich, es kann sein, dass einer der Vermieter ähm ... auf die Seite der dunklen Macht gewechselt ist.«

Adam hatte laut gelacht. Seine Wohnung war ein ganz anderes Kaliber, eine Musterwohnung. Ein Makler könnte zu jeder Tages- und Nachtzeit eine Besichtigung vereinbaren, und die Gebote würden auf der Stelle ins Haus flattern.

»Ich würde ihn trotzdem nehmen. Sofern du Lust hast, ihn mir zu geben und mich in dein Reich zu lassen?«

Ich nickte.

»Natürlich. Aber … hast du wirklich kein Problem damit, dass wir nicht zusammenziehen? Dass wir es so machen?«

»Natürlich, Cilla.«

»Aber alle anderen ziehen zusammen.«

»Wer hat denn gesagt, dass wir wie die anderen sein müssen?«

Ich hatte erleichtert gelacht und ihn lange geküsst.

Eine ältere Laubenbesitzerin ist in ihrem Liegestuhl eingeschlafen. Sie ist braun gebrannt, hat einen großen Hut auf dem Kopf, und neben ihr steht ein Tischchen, auf dem ein Radio steht, aus dem klassische Musik trällert. Ich lache in mich hinein. Das bin ich in vierzig Jahren. Ohne die klassische Musik allerdings, wir werden keine Freunde mehr. Aber für den Rest meines Lebens meine Sommer hier auf Bullholmen zu verbringen … ich kann mir Schlimmeres vorstellen.

Als ich an Rosies grüner Laube vorbeikomme, bleibe ich kurz am Tor stehen. Sie trägt ein weißes Sommerkleid und sitzt in ihrem Garten. Und sie hat Besuch.

»Hallo, Frank!«

Ich winke dem älteren Mann in Shorts und Hemd zu. Den eleganten Pistenwächter hatten wir im Winter in Idre Fjäll kennengelernt. Er kam vor ein paar Tagen nach Stockholm, und die beiden wollten die Woche um Mittsommer auf der Insel verbringen. Rosie betont immer wieder, dass sie nur Freunde sind. Für mehr hätte sie keine Energie. *Ich hatte genug Kerle in meinem Leben – es ist ganz schön, frei und un-*

gebunden zu sein, Cilla. Trotzdem strahlt sie noch mehr, seit Frank da ist.

»Hallo, Cilla!«, ruft Frank. »Aus deiner Laube duftet es wunderbar!«

»Wirklich? Meine Freunde schwingen heute den Kochlöffel. Wollt ihr zum Essen zu uns kommen, oder habt ihr andere Pläne?«

»Ich habe Frank auf meine berühmte Pasta Pomodoro eingeladen! Danach wollten wir schwimmen gehen. Wenn ihr später noch wach seid, können wir noch auf einen Absacker vorbeikommen.«

Ich grinse.

»Tut das. Zacke hat ein paar sehr edle Absacker aus der Großstadt mitgebracht. Ihr seid herzlich willkommen! Seid schön vorsichtig beim Baden – nicht ausrutschen.«

Rosie verdreht die Augen.

»So alt sind wir noch nicht, Cilla.«

Ich werfe ihr einen Luftkuss zu und gehe zu meiner Gartenpforte. *Meine berühmte Pasta Pomodoro.* Ich habe Rosie noch nie mit ihren Kochkünsten prahlen hören. Eher im Gegenteil. Sie hatte kein Interesse daran, in ihrem Alter noch am Herd zu stehen und zu schuften. Offenbar ist aber so ein Besuch aus den Bergen eine ganz willkommene Inspiration.

Ich sehe das Meer glitzern. Die Fähre ist am Horizont verschwunden, ich atme die salzige Luft gierig ein. Dass so eine traumhaft schöne Insel so viele Geheimnisse birgt, hätte ich nicht für möglich gehalten. Allein im letzten Jahr sind grausame Dinge ans Licht gekommen, die zum Teil weit in die Vergangenheit zurückreichen. Der Mord an Sixten ist das jüngste Beispiel, das noch aufgeklärt werden muss. Die Frage ist allerdings, ob der jemals aufgeklärt werden kann. Ich bin davon überzeugt, dass Christer Jacobsen 1968 den jungen Sixten Axelsson ermordet hat. Aber gibt es noch irgendwelche Beweise? Nein. Es ist tragisch, dass der Mord an ihm niemals offiziell bestraft wird. Vor allem für Sixtens Familie und Verwandte.

Aber eine Sache hat mich nicht mehr losgelassen. Der Kranz aus Gänseblümchen, den Sixten auf dem Kopf hatte.

Warum sollte Christer Jacobsen so etwas getan haben? Wollte er damit von sich ablenken? Ich muss an Astrids Gemälde denken, das sich ganz bestimmt auf den Mord an Sixten bezieht. Aber hat sie die Gänseblümchen hingelegt? Hat sie den Toten gefunden und ihm dann Blumen auf den Kopf gelegt? Nein. Das ist undenkbar.

Ich habe mit Rosie und Adam immer wieder darüber geredet. Aber wir sind zu keinem Ergebnis gekommen. Erst jetzt, am Gartentor zu meinem Schrebergarten, fällt der Groschen.

Ich hole mein Handy aus meiner Badetasche, das ich in meine Klamotten eingewickelt und neben mein nasses Handtuch gelegt habe. Es dauert eine ganze Weile, bis jemand rangeht.

»Lillian am Apparat.«

Ich sehe sie in ihrer großen Wohnung sitzen. Die sie nicht von ihrem Gehalt als Journalistin bezahlt hatte, sondern mit dem Geld ihres Mannes. Mir hatte ihre elegante Erscheinung imponiert, immerhin war sie eine Pionierin des weiblichen Journalismus. Ihr Name fiel noch, als ich Journalismus studiert habe. Lillian Asplund hatte Frauen wie Amelia Adamo den Weg bereitet. Sie war eine der Größten ihrer Zeit.

»Hallo, Cilla Storm hier«, sage ich mit gedämpfter Stimme. »Erinnern Sie sich an mich? Die Journalistin? Ich war im Mai bei Ihnen.«

Ein heiseres Lachen.

»Natürlich. Ich bin noch nicht senil.«

»Wie schön.«

»Ich habe in der Zeitung gelesen, was da alles passiert ist auf Bullholmen. Das Rätsel um den Mord an Sixten ist also wieder aufs Tapet gebracht worden?«

»Ja, seit ich bei Ihnen war, ist einiges los gewesen.«

»Die Kollegen vermuten, dass Christer Jacobsen, Astrids Bruder, der Täter ist? Glauben Sie auch, dass er es war?«

»Ja, das tue ich.«

»Verstehe. Auf die Idee wäre ich damals nicht gekommen. Aber es ist ja auch über fünfzig Jahre her.«

»Apropos …«

Ich verstumme, weil ich nicht weiß, wie ich es formulieren soll. Lillian hatte mir erzählt, dass sie zufällig in den Schären segeln war. Und dass sie von ihrem Chef wusste, wo der Mord geschehen war. Sie war als Erste vor Ort an jenem Morgen im Mai 1968. Noch bevor die Polizei eintraf.

»Lillian, ich habe lange über den Kranz aus Gänseblümchen auf Sixtens Kopf nachgedacht.«

Schweigen am anderen Ende der Leitung.

»Ich glaube, dass Sie die Blumen dort hingelegt haben.«

Ich bin nervös, mir ist kalt, obwohl ich gerade warm geduscht habe. Wird sie auflegen und nie wieder mit mir sprechen?

»Ich bin darauf gekommen, weil Sie mir von dem Alltag von Journalistinnen zu der Zeit erzählt haben. Sie wollten weiterkommen, Karriere machen. Sie wollten einen Scoop landen, stimmt's? Ich habe mal gelesen, dass amerikanische Kollegen so etwas Ähnliches gemacht haben. Es war früher nicht ungewöhnlich, dass sie vor der Polizei an den Tatorten eintrafen. So wie bei Ihnen. Erinnern Sie sich noch an den Fall der Schwarzen Dahlie? Die halbierte Leiche einer Frau, die in den Zwanzigern in Los Angeles gefunden wurde? Es gab das Gerücht, dass einer der Reporter eine Dahlie platziert haben soll, um den Fall später so benennen zu können? Und ich glaube, Sie haben das bei Sixten getan.«

Erneutes lang anhaltendes Schweigen. Dann dieses Lachen, dem man die vielen Zigaretten anhört.

»Ach, Cilla. Sie haben sich offenbar Gedanken gemacht. Aber eine richtige Journalistin würde so etwas niemals am Telefon diskutieren. Ich schlage vor, Sie kommen mal bei mir vorbei, und wir genehmigen uns einen Drink. Dann werde ich erzählen, wie das damals so war. Was sagen Sie dazu?«

»Einen Drink?«

»Ja. Ende des Sommers. Melden Sie sich, wenn Sie Zeit und Lust haben. So, und jetzt ist Zeit für meine Abendroutine. Mein Badewasser wird kalt. Guten Abend.«

Ich starre auf das schwarze Display und muss schmunzeln. Verraten hat sie nichts. Trotzdem habe ich das gute Gefühl, dass wenigstens dieses Rätsel gelöst ist. Ich lege mein Handy zurück in die Badetasche und öffne das Gartentor.

Frank hatte recht, es duftet verführerisch. Vor meiner Laube sind zwei der wichtigsten Männer in meinem Leben versammelt. Zacke steht am Grill, und Jonathan liegt auf einem Liegestuhl und ist mit seinem iPad beschäftigt.

»Es riecht umwerfend«, sage ich und klopfe Zacke auf die Schulter.

»Kleine Alupäckchen mit Feta, Honig und frischen Kräutern«, sagt er. »Ich dachte, wir essen das als Vorspeise mit Sauerteigbrot vom Bäcker.«

»Das klingt unglaublich gut.«

Zacke geht es blendend. Zumindest gesundheitlich. Seine Wunde ist verheilt, aber er hat ab und zu Schlafschwierigkeiten. Die Polizei hatte ihm mehrfach psychologische Hilfe angeboten, aber das hat er dankend abgelehnt. Mein sturer Zacke. Auch ich habe ihm damit in den Ohren gelegen, sich aufs Sofa einer netten, alten Tante zu setzen und darüber zu reden, aber er behauptet steif und fest, dass er so etwas nicht braucht und auch keine Zeit hat. In einer Woche öffnet das *Mon Dieu!* wieder seine Pforten. Zacke wird alle Hände voll zu tun haben. Und damit hat er natürlich recht. Ich freue mich wahnsinnig auf die Wiedereröffnung. Es ist, als hätte Zackes Herz im Frühling eine Zwangspause einlegen müssen, solange die Bar geschlossen war. Ich schiele rüber zu Jonathan. Noch eine Sache, bei der alles wieder ganz beim Alten ist. *Zum Glück.* Ob die Schussverletzung die beiden wieder zusammengebracht hat, weiß ich nicht. Hauptsache, es geht ihnen gut miteinander. Aber Jonathans Krise hat doch zu Veränderungen geführt. Seine Sehnsucht, einen Ort außerhalb der Stadt zu haben, ist nach wie vor aktuell. Deshalb haben die beiden vor einer Woche die Skihütte in Idre Fjäll zum Verkauf angeboten. Ihr Plan ist es, ein Häuschen im unmittelbaren Umland von Stockholm zu finden. Ein schönes Haus mit Garten, in dem Jonathan werkeln und die Stille genießen kann. Vielleicht werden sie sich auch etwas

Kleineres in der Stadt suchen müssen. Ich werde ihre Wahnsinnsbude am Mariatorget sehr vermissen, aber ich finde es richtig.

Denn das Wichtigste ist, dass die beiden ein Paar bleiben. Und dafür müssen alle Kompromisse eingehen. Jonathan ist wahrscheinlich gerade auf der Suche nach einem schönen Häuschen in Gnesta oder so. Oder er liest Stellenanzeigen. Er weiß noch nicht, womit er in Zukunft sein Geld verdienen will, zum Glück hat er ein bisschen gespart. Sie haben vereinbart, dass er sich ruhig Zeit lassen soll, um herauszufinden, was er machen will. Wenn alle Stricke reißen, kann er auch im *Mon Dieu!* jobben.

Ich spüre Zottelfell an meinen Füßen und bücke mich, um Aretha Franklin zu streicheln. Süße Maus. Vielleicht sollte ich sie zur Therapie schicken? Zacke meint, dass sie seit dem Abend auf Bullholmen etwas schreckhafter ist als vorher. Aber Zacke behauptet auch, dass Aretha Franklin einen Herzstillstand bekommt, wenn sich ein Vogel auf das Fensterbrett in der Wohnung setzt.

Ich lasse den kuschelsüchtigen Hund bei seinen Herrchen und setze mich auf die kleine Veranda zu meinem dritten und allerliebsten Mann in meinem Leben. Adam hat seinen Laptop auf dem Schoß und ein eiskaltes Bier in einem Weinglas neben sich stehen. Das Weinglas hat er Zacke zu verdanken. Adam wolle den Abend doch schließlich nicht »wie ein Fußballhooligan« einläuten.

»Musst du noch arbeiten?«

Er klappt den Laptop zu.

»Ich bin in dieser Sekunde fertig geworden und habe jetzt alle Zeit der Welt für dich. Und für Bullholmen.«

Ich schüttele den Kopf.

»Ich bin die Letzte, die einen Stein wirft. Ich habe selbst bis heute Nacht um eins an der *Blutspur*-Folge gesessen.«

»Und? Ist sie gut geworden?«

»Ich hoffe doch.«

Nach der dramatischen Folge über Sixten hatte ich mich für einen Fall in Großbritannien entschieden. Das war dringend nötig. Nicht unbedingt für die Hörer. Die lieben die Fälle aus der Heimat am meisten, aber für meine eigene Psyche. Es genügt mir, dass mein Bullholmen so viele dunkle Geheimnisse hat. Mein kleines Paradies brauchte mal eine Pause von Mord und Schrecklichkeiten.

Ich lehne meinen Kopf an Adams Schulter. Er holt mit dem freien Arm eine Flasche Wein aus der Kühltasche. Die hat Zacke mitgebracht, weil er niemals ohne Kühltasche verreisen würde.

»Ein bisschen Rosé?«

Ich nicke, und er schenkt mir ein Glas ein. Ich schwenke die rosa Flüssigkeit im Glas und sehe den Sonnenstrahlen zu, wie sie darin reflektiert werden. Vor einem Jahr noch empfand ich den Kauf der Laube als ein Verlustgeschäft. Ich hatte vorgehabt, mit meinem Ex ein Sommerhäuschen auf dem Land zu kaufen. Ich sah mich im großen Garten stehen, mit Kletterrosen und einer großen Scheune, in der man herrliche Feste feiern konnte. Stattdessen landete ich hier. In einer winzigen Laube, in der man sich im Bett den Kopf an der Decke stößt. Im Sommer ist es zu warm und im Winter so kalt, dass man sich darin nicht aufhalten kann. In den Waschräumen müffelt es unangenehm, und man ist nie weiter als eine Armlänge von seinem Nachbarn entfernt.

Doch ich würde es gegen nichts in der Welt tauschen.

Ich stoße mein Glas gegen Adams.

»Der Sommer ist fast da«, sage ich. »Was meinst du, wird er schön?«

Er lächelt mich an.

»Selbstverständlich wird er das. Wir machen ihn uns schön.«

»Darauf stoßen wir an. Skål, Adam.«

»Skål, Cilla Storm.«